通惠河工

翟鹏延 著

一个传承百年的工种,
化解了祖孙三代的内心坚冰。

山西出版传媒集团
北岳文艺出版社
BEIYUE LITERATURE & ART PUBLISHING HOUSE
—太原—

图书在版编目(CIP)数据

通惠河工/翟鹏延著.—太原:北岳文艺出版社,2019.10

ISBN 978-7-5378-5990-5

Ⅰ.①通… Ⅱ.①翟… Ⅲ.①长篇小说-中国-当代 Ⅳ.①I247.5

中国版本图书馆 CIP 数据核字(2019)第 161421 号

书　　名	通惠河工
著　　者	翟鹏延
责任编辑	吴国蓉
书籍设计	米　乐
出版发行	山西出版传媒集团·北岳文艺出版社
地　　址	山西省太原市并州南路 57 号
邮　　编	030012
电　　话	0351-5628696(发行部)
	0351-5628688(总编室)
传　　真	0351-5628680
网　　址	http://www.bywy.com
E-mail	bywycbs@163.com
印刷装订	北京市兴怀印刷厂
开　　本	880mm×1230mm　1/32
字　　数	183 千字
印　　张	8.5
版　　次	2019 年 10 月第 1 版
印　　次	2019 年 10 月北京第 1 次印刷
书　　号	ISBN 978-7-5378-5990-5
定　　价	68.00 元

本书版权为本社独家所有,未经本社同意不得转载、摘编或复制

目 录
CONTENTS

第一章　"丑"媳妇初登门　　≫001

第二章　团圆饭　　≫010

第三章　难念的经　　≫020

第四章　家有一老，如有一宝　　≫031

第五章　关于未来的争执　　≫041

第六章　爱的加减法　　≫048

第七章　山雨欲来风满楼　　≫056

第八章　鸿门宴　　≫066

第九章　父与子的战争　　≫076

第十章　固执即自私　　≫083

第十一章　爱情最美的模样　　≫092

第十二章　三种爱情　　≫098

第十三章　爱的安全感　　≫107

第十四章　城南旧事　　≫113

第十五章　怒发冲冠　　≫121

第十六章　分开不分手	≫131
第十七章　破釜沉舟	≫140
第十八章　男人女人，倦鸟归林	≫147
第十九章　墨菲定律	≫158
第二十章　得妻如此，夫复何求	≫166
第二十一章　一波未平，一波又起	≫173
第二十二章　男人的嫉妒心	≫179
第二十三章　失败的滋味	≫191
第二十四章　不辞而别	≫198
第二十五章　代代相传的精神	≫203
第二十六章　更年期综合症	≫211
第二十七章　比恨更深的是爱	≫219
第二十八章　上阵父子兵	≫228
第二十九章　实战出真知	≫236
第三十章　懂你，爱你	≫242
第三十一章　相濡以沫	≫248
第三十二章　大好河山	≫255

第一章 "丑"媳妇初登门

深秋时节,烟雾缭绕下的帽檐胡同多了一丝萧瑟,枯黄的树叶在枝头冻得直发抖,一阵秋风袭过,悬在枝头上的一片枯叶无奈地挣扎了几下,伴随着彻骨的淅沥凉雨,依依不舍地飘落下来。

初寒袭来,天刚刚擦亮的胡同里行人寂寥,只有升起的袅袅炊烟萦绕在胡同的上空。

枯叶在空中翻转了几下,刚开始挣脱枝头的时候,有些兴奋,轻快而且雀跃,越往下落越是沉重,轻悠悠又慢悄悄地在空中游荡,回旋盘桓。最后,落在了满是雨水的大地上,这个时候它才发现,原来自己飞得再高,飘得再远,最终还是要叶落归根的,这就是宿命。

枯叶落下,正好落在了拎着菜往胡同里走的陈镜河的脚下。

年过七旬的陈镜河停住了脚,抬头望了望光秃秃的槐树,忍不住缩了缩鼻子,人老了就会多些莫名的伤感,喜欢上回忆的味道,离不开又舍不得,就像这条他已经走了一辈子的胡同、陪伴着他长大的老槐树和熟悉的院落,还有那个他永远都不会忘记的她。

"老陈,买菜了?"住在陈镜河隔壁的老樊热情地打着招呼。

陈镜河笑着点点头:"是啊,孙子今天要回来,准备好好地做一顿。"

"嘿,老陈真是好福气啊!陈盼不像我家那臭小子,到处跑,连个人影儿都瞅不见。看你这架势,莫不是冰子和雪梁也回来了?"

"回来,回来,今天都回来啦!"陈镜河的脸上露出了愉悦的笑容,上了岁数的人心境都会变成一个小孩子,对于儿孙就像是小时候对待父母一样,有着一种莫名的依恋,陈镜河自然也不例外。年轻的时候,总想着展翅高飞,直到老了才发现飞得再高、飞得再远,倦鸟也得归巢。

"回来好啊!一家团聚了。"老樊的脸上露出羡慕的神色。人老了,能够期盼得也少了,什么宏图大志、家财万贯、高爵厚禄,都比不上儿孙绕膝、子孙满堂来得幸福一些。

"老樊,今儿个准备包饺子,等我包好了,来家里尝一尝?"陈镜河见老樊孤身一人,于是发出邀请。

老樊虽然平时经常到陈镜河家蹭吃蹭喝,但想着今天毕竟是人家一家团圆的时候,自己去难免有些不识趣,于是拒绝道:"我和老李头已经约好晚上去他家吃饭,就不去凑你家的热闹了。"

自从入冬之后,陈镜河的身边已经有好几位老人相继离世了,让这个冬天多了几分伤感,而他的身体状况也是一天不如一天。不过今天,他却是一点儿都不觉得累,浑身有使不完的劲儿,就好像是回到了年轻那会儿,倍儿精神。

不知不觉,陈镜河忙碌了一天,天刚刚擦了点儿黑,炊烟升起,各家各户都传出了浓郁的饭香。

"爷爷！"

院门外，陈盼露出了陶醉的神情，忍不住深深地吸了吸鼻子，年轻的脸上满是喜色，对着缩在自己身边穿着白色羽绒服的秀丽女孩说道："小果，怎么样，被我猜中了吧？我就说嘛，只要我一回家，爷爷肯定会做好大餐等着我。"

女孩显然有些紧张，她裹着厚厚的羽绒服，冻得有些发红的脸庞上扬起了一抹无奈的笑容："陈盼，我就这么去你家，是不是有些太唐突了啊？万一你爷爷不喜欢我怎么办？"

"怎么会？爷爷最喜欢的就是像你这样温文尔雅又端庄秀气、贤良淑德又才貌双绝的女孩子了。怎么，怕啦？你完全不用担心啦！"陈盼轻轻地搂了搂田小果的蛮腰，安慰地说道。

"有长进啊，你这嘴是不是开过光了，怎么这么有灵性，都能口吐莲花了，我不在的这两个月，你这夸人的水平大有长进啊，是不是找人练习过了啊？"田小果狠狠地剜了一眼陈盼。

陈盼赶紧表态："没有，绝对没有！事实就是如此，我这个人你应该清楚，'油腔滑调'这个词和我的距离就是山海相隔的距离。"

"贫嘴！"田小果又朝陈盼甩了几个白眼，转而担心地说，"不过，我还是有些害怕，咱们的事情你也没提前和家里人说过？"

"那是当然了，咱的保密工作做得多好啊！"

田小果脸上露出一丝笑意，很快愁容又重新回到了脸上："不行不行，我这心里还是有些发怵。按照攻略上讲的，应该先见一见叔叔阿姨的，这样好歹还有一个升级的过程。现在可好，直接就来见爷爷，肯定是不行的啦！"

说着，田小果又开始试图挣脱陈盼的怀抱，往后走了。

陈盼几乎是拖着田小果，劝慰地说道："放心吧，我爷爷很好相处的,你见了就知道了。再说了,只要在爷爷这里通关了,接下来见我爸妈就容易多了。"

田小果忍不住点点头:"你说得好像挺有道理的,不过我觉得,还是改天比较合适,我还没有准备好啊!"

说着,田小果扭头就要走。

陈盼一把搂住了田小果,换了一副悔恨的神色,装着无奈地说:"晚了,汽车撞了你知道拐了,股票涨了你知道买了,判刑了你知道悔改了,大鼻涕流到嘴里你才想起来甩了啊?"

"呃,好恶心啊!"田小果皱了皱眉,表情夸张地说。

"不是不是,你的鼻涕真的流到嘴里了!"陈盼一本正经地说道。

田小果下意识地伸出手,手伸到一半,才明白自己被陈盼给涮了,直接一巴掌拍在了陈盼的胳膊上。

"嘿嘿,是不是有一种果冻的味道?"

"去死!"田小果脸上挂不住了,又在陈盼的胳膊上捶了两下。

陈盼的脸上堆满了笑容,阳光下,他帅气的脸上棱角分明。

陈盼望着田小果风姿娟秀的颜容,有着南方小家碧玉的秀气,陈盼的心头涌出了一丝甜蜜。他将手搭在田小果的肩上,慰藉道:"丑媳妇总是要见公婆的。"

田小果有些埋怨地拿胳膊肘儿捅了捅陈盼,瞪着眼睛有些娇嗔地说:"怎么?这还没结婚呢,就开始嫌弃我丑了啊!"说完,田小果又垂下了眼皮,一副担忧的样子,"要是你家里人不满意我怎么办?"

"不对啊,这可不像你啊,天不怕地不怕的田小果还会怕见家长?"陈盼装出一副十分吃惊的神情。

田小果狠狠地剜了一眼陈盼，恶狠狠地说："陈盼！"

"好了好了，不逗你玩了，放心好了，我爷爷和我爸妈都很好相处的，没你想象得那般凶神恶煞。"陈盼安慰似的搂了搂田小果的肩膀，亲昵地说道。

挣扎了几下，田小果蹙眉道："严肃点儿，这可是在你家院门口呢，咱们要是还这样搂搂抱抱的，会让你家里人误会的。"

"误会什么？"

"你，给本宫一边儿待着去，今天对我来说就是一场考试，这场考试对我的重要程度，绝对不亚于你刚刚参加的国考，这是很严肃很严肃的事！"田小果眨巴眨巴大眼睛，躲开了陈盼略有些过分的亲昵举动，"我可不想让爷爷觉得我是一个不稳重的女孩。"

"嘿嘿，现在就开始注意自己的形象了？"陈盼笑呵呵地说道。

田小果撇了撇嘴，没有接陈盼的话茬儿。突然间她好像想起了什么，兴高采烈地对陈盼说："说起来，浦城那边我都已经帮你联系好了，他们对你的简历非常满意。"

听到这话，陈盼心头微微地一颤。

"你也知道的，这对于你来说是一个很好的机会，而且浦城那边也暖和一些，不像京城天气这么冷。最重要的是，我爸妈年纪大了，我回去后也能帮他们打理生意，让他们多休息休息。"田小果根本没有注意到陈盼的神色中隐藏着一丝尴尬。

"好了，好了，不说这个了。"陈盼心里有些发虚地说道。

其实陈盼也有个惊喜一直藏在心里面，但他知道一旦说出来，田小果肯定不会认为这是惊喜，而是一个大大的惊吓。他甚至能够预见得到，田小果到时候一定会大发雷霆的。

这个惊喜就是，国考的成绩已经出来了，陈盼已经被通惠区河湖管理处录取了。而且,他今天已经去报到了。当然,他做的这一切,不仅瞒着田小果,还瞒着家里所有的人。

"哦,对了,国考的成绩是不是快出来了?不过有没有被录取都没有关系,反正浦城那边我也已经帮你联系好了。以你的设计,很多大公司都争着要呢!为了咱俩的将来,我得好好替你规划一下。"田小果充满憧憬地说道。

"嗯。"陈盼的笑容中多了一丝苦涩。

从陈盼和田小果刚开始谈恋爱,陈盼就知道,田小果一直都不太喜欢北方干燥的气候,她更喜欢待在空气略显湿润的浦城。

浦城是国内一线城市,现代化的大都市吸引着无数追求梦想的年轻人,虽然京城也是一线城市,但相较于浦城的时尚,京城则显得有些厚重和陈旧,历史沧桑感让京城少了一份活力和朝气。这也是田小果为什么一直想要去浦城的原因。

但是,陈盼并不是这么想的,从小到大,他一直生长在京城,在帽檐胡同的小院子里,满满的都是他的记忆,他压根儿就不愿意离开自己的故乡,尤其是不愿意离开最疼爱他的爷爷。这里是他的根,是他的一切。

但面对田小果期盼的眼神,陈盼很难向她表达自己对于家乡的依恋之情。

陈盼知道,如果涉及这些,他们之间的感情就会变得俗套,这样会让爱情多了一丝苦涩,而且会让这种苦涩蔓延,直至情果变苦果。

"小盼,到门口了怎么不进来啊,这孩子,外面这么冷,还不快点儿进来?你瞅瞅,我都已经给你煮好……"陈镜河话说了一半,目光便停留在田小果的身上，呆呆地愣了几秒，目光又回到陈盼的脸上，带着一丝询问的神色。

陈盼大大方方地笑着替爷爷介绍道："爷爷，这是田小果，我女朋友。"

"啊？"陈镜河一愣，反应过来后，笑呵呵地说道："快，快请进，外面太冷了。"

"爷爷好。我是田小果，小盼的同学。"

"同学？"陈镜河的目光来回地在陈盼和田小果身上扫过，然后深深地看了一眼陈盼。

"女朋友。"陈盼坚持着说道，冲着陈镜河微微地点点头。

田小果这会儿已经满脸潮红，羞涩地把头低到了羽绒服里面。

陈镜河脸上的笑容愈发地和蔼了，眼中更是难掩的高兴，上下打量着田小果，越看越喜欢，满意地点点头："好好好，同学好，同学好，丫头，快进来吧，外面太冷了。"

田小果掀开厚厚的帘子，走进了屋内，一股暖气袭来，好像一下子进入到另外一个世界，一个温暖如春的世界。

陈盼正要进屋，却被陈镜河拉住了："你小子，搞什么突然袭击？什么时候追上人家姑娘的？"

"上大学那会儿。她不是说过了嘛，我们是同学。"

陈镜河瞪大了眼睛，说："都相处这么长时间了啊！不过你比你爹有出息，他可是在工作之后才找的对象。"

"那是，'青出于蓝胜于蓝'嘛！"

"少在这里耍贫嘴，瞒我这么长时间，连一道细缝都察觉不到，浑小子！"陈镜河假装生气地说道。

"嘿嘿，那是！"陈盼笑呵呵地说。

"你小子,女孩子家是哪里的啊?看样子不像是北方人,是不是南方人啊?"陈镜河看到突然到访的孙媳妇乐坏了,都忘了把饺子煮到锅里面。

陈盼笑着说道:"浦城人。"

"浦城媳妇啊!"陈镜河点了点头,转而问道,"人家愿意留在咱们这里?"

陈盼被陈镜河这么一问,心里有些不安,赶紧说道:"我说爷爷,八字还没一撇呢,你急什么?"

陈镜河瞪大了眼珠子,严肃地说道:"我说你小子,这姑娘一看就是好姑娘,你要是敢做对不起人家的事情,小心我扒了你的皮!"

"怎么会啊!"陈盼赶紧表态。

"这还差不多。"陈镜河这才想起自己的饺子,接着对陈盼说道,"我给人家姑娘下饺子去,你先进屋陪人家聊会儿。"

陈盼一脸掩饰不住的兴奋,笑着说道:"爷爷,孙子厉害吧,直接把孙媳妇给您带回来了。怎么样,长得还算可以吧?"

"姑娘长得倒是挺漂亮的,比电视里的大明星都漂亮。不过,这么大的事儿你也不提前打个招呼,直接就带人上门了,你爸妈那里知道吗?"陈镜河站在厨房,透过玻璃望着屋内的女孩,有些意外地说道。

陈盼摇了摇头。

陈镜河伸出手指戳在陈盼的脑门上,急切地说道:"都这么大的人了,做事还是这么的毛躁。哦,对了,你俩的关系进展到什么程度了?"

"什么什么程度?"

"就像这饺子一样,是包好了?下锅了?还是煮好了?"陈镜河关切地问道。

陈盼被陈镜河的话弄得一头雾水。

陈镜河看到陈盼一脸迷惑的样子,忍不住又戳了一下他的脑门:"看来还没有。"

明白过来的陈盼,忍不住笑出了声儿。爷爷实在是太有趣了,这隐喻也太过于晦涩了一些吧。他忍不住笑着说道:"放心吧,爷爷,我和田小果可是很纯洁、很简单的男女朋友关系,像你说的包圆、下锅、煮熟,还没有发展到那一步呢。"

"那就好,那就好!"陈镜河点点头,"我说你小子,可千万不要欺负人家姑娘,要不然我可不会放过你!话又说回来,小田这丫头长得确实蛮漂亮的,你小子挺有福气。哦,对了,人家父母那边同意你们俩相处吗?"

"同意,当然同意了。您孙子可是跟您当年一样优秀,他们才舍不得把这么优秀的女婿往外推呢。"陈盼打小和爷爷陈镜河一起生活,二人的关系最亲近了,陈盼和爷爷无话不谈。

"你小子就吹吧!"陈镜河乐呵呵地说道。

"哦,对了,我爸妈呢?怎么还没过来?"

"差不多快到了。你先进去陪人家,别让人家姑娘一个人在屋里待得无聊,我煮饺子去。你这小子,这么大的事儿也不提前告诉我一声,让我好有个准备。"陈镜河朝陈盼瞪了两眼,然后又开始忙碌了起来。

第二章　团圆饭

陈盼钻进了屋子里,发现田小果正在认真地看着墙上的老照片。

"这是你爷爷?"田小果指着挂在墙上泛黄的黑白照片,好奇地问道。

陈盼点点头,从抽屉里拿出几炷香,略微有些得意地说道:"看不出来吧?我爷爷年轻那会儿是个大帅哥呢!"

田小果眨巴眨巴眼睛,笑着说道:"爷爷比你要帅多了。"

照片中的陈镜河笑得很是灿烂,照片的背景是一条宽阔的河。

田小果看完所有的照片,忍不住好奇地问道:"这照片上怎么没有奶奶呢?"

"奶奶在这里!"陈盼指向了一张照片,背景还是那条河,只不过在照片中多了一个清秀的身影,陈镜河和她站在一起,是如此地般配,田小果的脑海中只有四个字——天造地设。

"我爷爷是机床厂的工人,冬天活儿少的时候,他就和胡同里的人一起做通惠河的河工。他呀,最喜欢的就是胡同后面的通惠河了。老人家一辈子就没离开过这条河,和我奶奶也是在河边认识的。"陈盼的脸上露出了淡淡的笑容,记起了爷爷经常给自己讲的故事,"爷爷还说,通惠河就是他和奶奶的红娘月老。"

"河工?"听到了这个词,田小果微微皱了皱眉头,原本脸上的笑容顿时收敛了一些,眉宇中藏着一丝担忧。

陈盼当然知道田小果在忧虑什么,他曾经隐晦地向田小果表达过自己想要到河湖管理处工作的意向,但是田小果并不同意。

对于田小果来说,河工这个身份,甚至是这个词都让她心里有了一丝阴影。看到田小果有些不快,陈盼权当自己没看见,他有自己的坚持。

陈盼打小就在通惠河边长大,对于他来说,自己儿时的记忆有一多半是和这条河有关的。说句心里话,他并不愿意离开这里,就像有一根细细的线紧紧地拴在了心头,而那一头,是疼爱自己的爷爷和通惠河。

陈盼知道,这就是所谓的羁绊,离得越远,羁绊这条线就会把自己的心勒得越紧,所以,陈盼一直在说服田小果能够留在京城,留在自己的身边。但是,田小果也有自己的坚持。

陈盼和田小果都在刻意地回避着这个话题,谁都不愿意碰触,但他们也清楚,这个矛盾会像个气球一样不停地膨胀,总有一天是会爆掉的。

"好了,来给奶奶上炷香!"陈盼将香点燃,递给田小果。

陈盼和田小果虔诚地冲着陈盼奶奶的牌位上了香。

田小果看着照片上陈盼的奶奶,她长得很清秀,眼神十分明亮。田小果忍不住问道:"奶奶很早就离开了?"

"嗯,奶奶走的时候才三十几岁。那年冬天她得了一场大病,你也知道，那会儿医疗条件不好，奶奶因病离世了。奶奶留下来的照片也不多，这张是她最漂亮的，爷爷天天坐在对面的椅子上瞅着照片。"

陈盼说完，脸上露出哀伤的表情，田小果也不好意思再问下去。一时间，二人默然无语。

"爷爷之后一直一个人？"田小果打破了沉默。

陈盼点点头，说："没错，爷爷告诉我说，这心里面啊，已经塞满了和奶奶的记忆，再也放不下其他的人了。他说只要自己活着，奶奶同样也就活着，只不过是一直活在爷爷的记忆里。"

田小果觉得自己的眼眶有些生涩，鼻子有些酸，喉咙也有些发干，她觉得陈盼爷爷奶奶的故事比任何韩剧都要让人感动。

"奶奶真幸福，有一个深爱着她的男人。"田小果低喃着说道。

"是啊，所以爷爷一直都和我说，要是遇上了对的人，一定要全心全意地对她好。就像你我这样的，一个生活在京城的胡同小院，而另一个则是生活在浦城的高楼大厦，如果不是缘分的话，怎么可能会走到一起？"

田小果"扑哧"一声笑了出来："你又在逗我开心。"

"当然了，我一直都相信，你就是那个对的人，不逗你开心还能逗谁啊？"

田小果使劲儿地翻了一个白眼，想着自己就是败在陈盼的甜言蜜语上。不过不得不承认，陈盼是一个非常优秀的小伙子，而且陈盼的身上带着北方汉子天然的男人味道，自己不知不觉就被攻陷了。

陈盼和田小果有一句没一句地相互调侃着，陈盼知道，这是田小果第一次来到他的家，心里肯定非常紧张，而他只好开着一些小玩笑，缓解田小果内心的紧张。

很快地,饭菜的香味吸引了在屋里的两人,热气腾腾的饺子被陈镜河端了上来。

"小盼,愣着干什么,和丫头过来坐啊。"陈镜河瞪了陈盼一眼,但是嘴角咧开的笑容却表明了陈镜河的心情很好。

"我爸妈呢?还没回来?"

陈盼的话音还没有落下,门帘就被掀了起来,两道身影走了进来,陈镜河脸上的笑容不自觉地有些不自然。在儿子面前,陈镜河总是有些心虚,找不到和孙子相处时的亲切,父子二人的关系并不融洽。

"爸!"陈冼冰生硬地说道,如同是一阵寒风,让屋内热闹的氛围瞬间冷却了下来。

"回来了?"

"嗯。"

陈镜河已经习惯了陈冼冰的冷淡,转头看到了田小果,于是赶紧和陈冼冰说:"这是小盼的女朋友田小果,人家是第一次登门,你陪着人家先说会儿话。"说完,他又对着陈盼的母亲说:"雪梁,还有两个菜,你来帮我打打下手,等菜齐了我们就开饭。"

"好的,爸!"已经中年的乔雪梁保养得非常好,看上去很年轻。她麻利地将手里面拎着的东西放下,脱了外套,娴熟地拿起放在角落里的袖套,跟着陈镜河走了出去。

陈冼冰将手上的东西放了下来,脸上一直挂着寒霜,好像是被外面的寒意感染了一样,他上下打量了田小果半天。

田小果文静地站着,端庄秀雅,对着陈冼冰笑了笑,或许是感到有些尴尬,她的笑容有些牵强。

陈冼冰也察觉到了田小果的不自在，但是不得不承认，田小果是一个非常不错的女孩子。就像是欣赏着一件天然雕琢而成的艺术品，陈冼冰找不出任何的瑕疵，他缓缓地点点头："不错，小果，在这里就和在自己家一样，千万不要太拘束了。"

说完，陈冼冰扭头瞪了陈盼一眼："还愣着干什么，给人家姑娘倒水啊！"

"叔叔，不用了，我刚喝了一杯。"田小果有些紧张地坐在陈冼冰的对面。

陈冼冰接着问道："那好，小田姑娘，你是哪里人啊？"

"浦城。"田小果显得有些紧张，双手都不知道应该放在哪里好了。

陈冼冰的眼神在陈盼的身上浅浅地掠过："今后有什么打算，是准备留在京城呢，还是要回浦城。"

田小果看了陈盼一眼，眼神中带着一丝幽怨，又有一丝无奈，转而轻声细语地回答道："我希望陈盼和我一起回浦城工作，那边发展得快，工作机会也多，只是……"

将满是凉气的大衣脱掉，陈冼冰点点头，说："是啊，年轻人嘛，就应该到外面去闯一闯，整天闷在这一亩三分地上，目光也会变得短浅了。浦城是发展得挺快的，机遇肯定也有很多。陈盼，你是怎么想的？"

田小果隐晦地拉了拉陈盼的衣角，但陈盼好像并没有察觉到她的举动。

陈盼摇了摇头，说："我还没有想好，到时候再看吧！"

"一个大老爷们儿，还没人家小姑娘有远识！"陈冼冰有些恨铁不成钢地说。

陈冼冰刚想要再训一训陈盼,乔雪梁端着菜走了进来,打断了陈冼冰的话:"小果,来来来,尝尝爷爷的手艺。"

"谢谢阿姨!"田小果客气地接过筷子。

陈冼冰忍不住皱了皱眉头。乔雪梁将丈夫不满的神色看在了眼里,她走到陈冼冰的身边,小声地说:"儿子这是带着女朋友上门,你就不要只揪着儿子不放了!"随即转身对田小果说:"小果,别理他们俩,一对石头脑壳儿,特硬。"

田小果忍不住"扑哧"一声笑了出来,不过她立刻感觉到这样的表现在陈冼冰和乔雪梁面前很不礼貌,又尴尬地捂了捂嘴。

说话间,陈镜河的最后一道菜也做好了,老爷子系着围裙两手将菜端了上来,然后坐了下来,脸上挂着笑容,在饭桌上踅摸了半天,这才对着陈盼说道:"去,把我的酒拿来,今天高兴,喝两盅。"

"爸,您的身体不太好,少喝点儿。"乔雪梁有些担忧地说道。

陈镜河毕竟是上了岁数的人了,乔雪梁是怕他喝多了,影响身体健康。

"没事,今天高兴嘛,这小酒怡情啊。再说了,这不有陈盼监督着我呢吗?"

陈镜河显然并没有把儿媳妇的提醒放在心上,倒是坐在一旁的陈冼冰一本正经地说道:"最多两盅,岁数大了,喝多了对您的身体不好。"

陈镜河的脸色略微地沉了沉,倒是田小果很机智地说道:"爷爷,您年纪大了,酒只能少喝一点儿,多吃菜,这样对身体好。"

"嗯,好,听丫头的,只喝两盅!"

虽然只是一餐饭，但是却让陈镜河的心里面暖暖的，一家人围在一张桌子前吃饭，这种其乐融融的感觉，陈镜河很是享受。

"就是，爸，小果说得没错，您一大把年纪了，就该好好地享清福，今年清淤的任务您就不要跟着掺和了，我已经和上级领导打过招呼了，天寒地冻的，您腿脚又不方便，去了只能是添乱，我看这种事让给年轻人做就好了。"陈冼冰一边吃着饭，一边随口说道。

陈镜河脸上的笑容渐渐地收敛了起来。

"咣"的一声，陈镜河的筷子重重地砸在碗上面。乔雪梁忍不住拽了拽陈冼冰的胳膊。陈冼冰并没有理会妻子，而是继续说道："再说了，我认为清和不清都一样，都清了几十年的河了，那条河还不是和以前一样，又脏又臭，完全就是一条臭水沟子，还有什么好清理的？我看还不如将河填平了盖房子呢，现在房地产业很火爆的……"

陈镜河听到陈冼冰如此形容通惠河，心里很不舒服，他冷冷地说道："是你打的招呼？"

"对！"陈冼冰点了点头，"一听说要清淤，就数您老积极，而且这也不光是我一个人的意思，上级领导也有同样的担忧，生怕有个什么闪失。您要知道，上级领导也一直在关心您。"

"滚！"

陈镜河气得直哆嗦，通惠河就是他全部的记忆。每当看见这条河，陈镜河就好像看见了自己这么多年的岁月一样，况且通惠河还承载着自己与老伴儿的爱情故事。这些年来，他一直都把通惠河当成自己的爱人，用心尽力地呵护着。

前几天听说清淤工作就要开始了，陈镜河主动请缨，却被区领导拒之门外。本来自个儿还有些纳闷呢，原来这一切都是陈冼冰在背后捣的鬼。

"爸,您消消气,洗冰这么做也是为了您好,您想想,您今年都七十七岁了,还要跟着去清淤,万一出了事儿怎么办?在这件事情上我也是同意洗冰的做法的,您可不能出任何闪失。"乔雪梁见陈镜河生气,在一旁赶紧劝道。

"他懂个屁!"陈老头看了一眼儿媳妇,火气这才压了一截,转过头冷冰冰地瞪着陈洗冰:"陈洗冰,你太让我失望了!你知不知道,这条河就是我的命,我这把老骨头就是死了,骨灰也得给我撒在河中。"

田小果看了看陈盼,陈盼无奈地笑了笑,伸手握住了女朋友的手,示意她没什么事儿。

打陈盼记事儿起,陈洗冰和陈镜河两人就从来没有好好说过话,这样的争吵几乎是伴随着陈盼长大的。

"爸,今天小盼带着女朋友来,不要让人家姑娘看笑话。好了好了,您老也先消消气儿,咱先不提这个了,吃饭吃饭。"乔雪梁替陈镜河换了一双筷子,脸上露出了和善的笑容。她对于陈镜河父子俩的脾气清楚得很,这些年来她已经习惯了,夹在中间的她只好充当和事佬。

陈镜河压着火气朝着陈洗冰指了指,扭头对着田小果慈祥地笑道:"丫头啊,不好意思,让你见笑了。"

"没,没什么,爷爷。"

田小果缩了缩脖子,想到陈盼的性格,这一家人的脾气完全就是一个模子里刻出来的。她和陈盼相处了这么多年,对陈盼的脾性摸得一清二楚,又倔又暴的。

"小果,你们准备什么时候回浦城?"陈冼冰心中有气,想着在小辈面前失了颜面,语气不免有些僵硬了起来。

"叔叔,我们过段时间吧。"田小果小心翼翼地回答道。

"嗯,也好。其实我是希望陈盼能够到外面的世界闯一闯,年轻人不要老想着窝在一个小地方,很没有出息的。"陈冼冰赌气似的看了陈镜河一眼,硬邦邦地说道。

眼看着陈镜河又准备生气了,乔雪梁急忙劝住了陈冼冰:"好了,吃你的饭吧!"

"我觉得京城就挺不错的,机会也一样多,没必要非要跑到浦城去。"陈盼自然是站在陈镜河一边。他从小就和爷爷生活在一起,和爷爷的感情要比和爸爸的感情深得多,对于陈冼冰话外的意思,他自然不赞同。

听了陈盼的话,田小果的脸色一黯。

"是啊,这里就是咱的根儿,人啊,什么都能忘,就是不能忘根,忘本!"陈镜河听到陈盼的话,高兴地说道。

陈冼冰皱了皱眉头:"看来这饭是吃不下去了。"

"吃不下去就给我走,又不是我请你回来的。"陈镜河站了起来,走到了一边的椅子上,点着一根烟,冲着院子吸了起来。

陈镜河和陈冼冰这父子俩,根本就没有心平气和说话的时候。乔雪梁看了看正在赌气的爷俩儿,无奈地摇摇头:"爸,冼冰也是怕您老一个人孤单嘛,天天念叨着想要调回来,也好有时间陪陪您。这不,冼冰刚办完移交手续,从县里调回来了,在通惠区规划局上班,行政级别是副局级。"

"哼,副局级的大干部啦?他就是正局级我也不拿正眼瞧上他一眼，装什么装？"

听到陈镜河这话，陈冼冰的脸色渐渐地阴沉了下来。在小辈面前，父亲把自己说得如此不堪，陈冼冰的心里面怎么可能不恼呢？只不过面对的是自己的父亲，陈冼冰不好发作而已。

"爸，您调回区里来了，这是好事啊，值得庆贺。来来来，小果，咱俩敬爸爸一杯。"陈盼生怕两人闹得太僵，在自己母亲眼神的"逼迫"之下，出来打圆场。

陈冼冰端起杯和陈盼、田小果碰了一下，喝了一口酒，脸上的神色才稍微地缓和了一些。

陈镜河一直坐在角落里闷头不作声地抽着烟。

第三章　难念的经

田小果喝了一点儿酒，脸上红扑扑的，对着陈洗冰说道："叔叔，我已经替陈盼联系好了，浦城的 FM 建筑设计事务所非常欣赏陈盼的作品，他们希望陈盼能够入职。"

"FM？"陈洗冰对于建筑行业并不了解。

"是全世界出名的建筑设计事务所之一，我想这对于陈盼来说是一次绝佳的机会。"田小果有些得意地向陈洗冰介绍。

陈洗冰和乔雪梁的眼睛顿时都亮了。哪个当父母的，不希望自己的儿子有出息！

"可是……"田小果说了一半，将头扭向了陈盼。

陈盼脸上的笑意在这一刻消失了一大半，他显得有些微微地失落，对于女朋友的小心思他何尝不明白，只不过他已经做好了决定。看着父母以及田小果期盼的眼神，陈盼觉得事情再拖下去，只会让他们三个人更加失望。

陈盼并不想在这种氛围之下和田小果摊牌，但是他知道，这件事必须要有一个结果。

于是，陈盼对着田小果露出了一个极其勉强的笑容，说道：

"小果,这件事就此打住吧,我可能去不了浦城了。"

"为什么?"

陈盼的话就像是一道晴天霹雳,直接劈中了田小果对陈盼那脆弱的信心。她的眼睛瞪得大大的,有些不可思议地看着自己的男朋友。

既然都已经到了这个份上了,陈盼也就不准备藏着掖着了,长痛不如短痛。他看着田小果,感觉到好像有什么东西正在从田小果的眼中渐渐地消失,田小果变得前所未有的陌生。

"国考成绩出来了,我已经被录取了。"陈盼极其艰难地说道,就好像是用尽了自己全身的力气一般,"通惠区河湖管理处。"

陈盼的话还没有说完,田小果的眼泪已经涌出了眼眶,她能感觉到从心脏涌出来的凉意,已经渐渐地传染到了全身,似乎比外面的天气还要冰冷。

"胡闹!"陈冼冰猛地站了起来,气愤地直接将筷子狠狠地摔在桌子上,筷子从桌子上弹了起来,掉在了地上,"就情愿守着这一亩三分地,你还有没有点儿志气?"

坐在角落里的陈镜河皱了皱眉头,目光在屋子里的几个人身上一一扫过,嘴唇微微地颤动着,却并没有说出什么话来。

"叔叔!"

看见陈冼冰生气的模样,就连田小果都有些着急了,她没有想到事情居然会发展到如此无法收场的地步,原本应该是一顿温馨而且快乐的团圆饭,现在却被自己的几句话给搞砸了,而且还是在自己第一次登门的时候。

"小果,你放心,没有我的同意,他是绝对不会去那个河湖管理处报到的。"

陈冼冰死死地盯着陈盼，胸口一起一伏，他被陈盼的举动气得有些喘不过气来。他一直希望陈盼能比自己有出息，但现在看来，他离自己的期盼差距很大。最让他感到绝望的是，这种差距是二人方向上的南辕北辙。

"爸！"陈盼勃然怒道，"这是已经下了通知书的。"

"你是我儿子，儿子就得听老子的！"陈冼冰冷冰冰地说道，因为过于愤怒，他脖子上的青筋都鼓了起来。

陈盼看见陈冼冰的样子，也不敢再火上浇油了，只好独自生着闷气。

"冼冰，怎么生这么大的气呢？"乔雪梁端了一杯水放在了陈冼冰的面前，徐徐说道，"儿子现在长大了，他的路就由他自己选择就好了，无论是在浦城还是在京城，其实都一样的。"

"选什么选！"陈冼冰的火暴脾气使他根本听不进乔雪梁的劝，他冲着陈盼大声喊道："陈盼，河湖管理处那边我会打招呼的，你没必要去那种没有前途的单位。过了年你就老老实实的和小果去浦城，小果说的 FM 建筑设计事务所才是你唯一正确的选择。"

陈盼听着陈冼冰的话，低着头沉默，他没有答应，也没有拒绝。

过了一会儿，陈盼的脸上露出一丝无奈，说："所以爷爷说，你不懂！"

陈冼冰冷冷地说道："你说什么？"

"我说你不懂！"

陈盼的目光迎上了陈冼冰的眼神，他觉得父亲的安排完全是不可理喻，他有权利选择自己想要的工作，比如说河湖管理处。

"你这小子，怎么着，长大了，翅膀硬了，敢跟我犟嘴了！"

陈冼冰觉得自己心中积攒的不满总算是有了一个可以宣泄的口

子,他原本是有希望到区财政局或者是税务局当一个副局长的,就因为自己有一个会治河的父亲,他就被一竿子打到了规划局。虽然级别上没有任何区别,但是陈冼冰的心里却一直耿耿于怀,他将所有的不满全部都怪罪到了陈镜河的"河工"身份上面。但陈镜河毕竟是自己的父亲,陈冼冰也不好表示自己的不满。今天,陈盼的举动给了他一个宣泄的理由。

"你说得对,这是咱们老陈家的习惯,也是咱们老陈家的传统了,做儿子的总是让父亲失望,你是,我也是!"陈盼瞅了一眼坐在角落里的爷爷,然后目光落在了陈冼冰满面怒容的脸庞上。

"啪!"一个声音清脆的巴掌声,陈盼看着陈冼冰还停留在空中的手,露出一脸不可思议的神情。

"小盼,你少说两句。小果,天太晚了,我让小盼先送你回去。"乔雪梁也不是第一次看到陈盼和陈冼冰吵架,但今天毕竟还有田小果在,她也不好说什么,只好先把这两人分开。

田小果拿起自己的外套,没有理会陈盼,像是丢了魂儿一样地走了出去。

陈盼还愣在原地,直到乔雪梁拉了一下他,他才回过神儿来,立刻慌慌张张地追了出去。

"爸,您别生气,冼冰最近情绪不太好,他不是针对您。"乔雪梁看着有些失落的陈镜河,还有气鼓鼓的丈夫,脸上赔着笑容说道。

陈镜河并没有说话,看着院子里的树,一动不动。

乔雪梁再一次捅了捅陈冼冰的腰,对着他使了个眼色。陈冼冰这才深吸了一口气:"爸,对不起。"

"小盼说得没错,你确实不懂。"

陈镜河重重地叹了一口气,就好像是多年的精气神儿一下子被抽掉了一样。

"爸……"

陈镜河抬了抬手,阻止了陈冼冰,他无奈地说道:"好了,今天我也累了,你们回去吧,放心吧,我没事的。"

"爸,我和冼冰商量过了,我们在西庄小区买了一套房子,等我们装修得差不多了,到时候我接您过去和我们一起住。这些年您一直在帮着我们照顾小盼,也该让您享享清福了。"

陈镜河微微地摇摇头:"算了吧,高楼大厦我住不惯,就这小四合院我住得最舒服了。你们也不用那么麻烦,什么时候想起来了,就回来看看我这个糟老头子就可以了。再说了,真要住到一起,只怕那房顶都要被掀起来了,还是不要住在一起的好。"

乔雪梁见陈镜河已经做好了决定,知道再说下去也没什么用,只好叹了口气,默默地收拾起桌上的饭菜来。

帽檐胡同口,田小果低着头向前走着,她丝毫没有觉得冷,沉浸在自己的思绪中,心里难受极了。陈盼的话还留在她的耳边,就像是对她最终的宣判一样,让她的心彻底地被凉透了。

田小果想不明白,大学四年,研究生三年,她和陈盼相恋了七年。这七年,他们从最开始的热恋,到现在渐渐地沉淀下来,二人早已成了彼此无法割舍的亲人,她甚至愿意为了两人共同的未来,放弃自己在母校留校任教的名额。可为什么,陈盼就不能放弃在京城工作呢?

田小果一直以为感情这种东西是相互的,为彼此付出得越多,得到的回报也就越多。可是现在,她付出了那么多,为什么还换不来陈盼应有的回报呢?

突然间，田小果的胳膊被一只手抓住了，一道身影站在了自己的面前。

田小果抬头看着陈盼，这张脸她曾经很熟悉，但现在她却有些不认识了。

"小果，对不起。"

陈盼想了很久，却还是只能说出一句抱歉。陈盼知道自己喜欢田小果，但是他同样也无法离开这里，他不是一个胸怀大志、四海为家的大男人，他只想要守护自己现在最珍视的一切，包括爷爷、四合院、老槐树、帽檐胡同，和爷爷守护了多年的那条通惠河，还有，眼前这个让他心疼的女孩子。

田小果的心凉了、碎了，她伸出手抚摸着陈盼的脸庞，眼睛里渐渐涌出了眼泪，她几乎是恳求着说："你能跟我一起去浦城吗？我父母其实很好相处的，等我们工作稳定了，我们就结婚。而且我们在浦城的生活质量肯定会比在京城要好上许多。"

"就算不是为我，为了你的前途和未来想一想，留在京城，根本就发挥不出来你的才能，只会束缚你，会让你的激情消磨，最终变得平庸无为。"田小果苦口婆心地劝道。

待在京城，陈盼根本无法施展出自己的才华，这是一种资源的浪费，田小果相信陈盼也一定明白这个道理，只不过为了所谓的家乡情怀而放弃前途，真的值吗？

陈盼的心中满是愧疚和怜惜，但是他还是摇了摇头："对不起，我不能。"

"难道我也不能说服你离开这里吗？"

"小果，这不是谁来说服我的问题，而是有些事情，我必须要去做。这个话题，我们以后再聊好吗？"陈盼觉得自己今天的话说得实在是有些过于绝情了。田小果对他的心意,他怎么可能不知道呢?但是,他的内心却无法做到放弃。

田小果咧了一下嘴角,脸上带着一丝无奈,说道:"以后,以后你就会改变你的想法?还是说,你希望的只是生米能够煮成熟饭?"

"你想多了。"陈盼看见田小果的表情,心有些疼。

"是啊,我是想多了,我天天在想你我的前途和我们的幸福,我只不过是想要和你一起追求更好的生活,这样也是我想多了?"田小果忍不住质问道。

陈盼也不知道自己该说什么,只好低下头沉默。

田小果摇摇头,淡淡地说道:"陈盼,现在我很冷静,目前这种情况,我想我们还是先好好想一想吧。"

田小果的话让陈盼的心里一凉,一下子愣在了原地,想要说什么却说不出口。

"真的,我们彼此应该冷静下来,想一想我们到底想要什么?而彼此想要什么?我们之间谈了七年的恋爱,早就已经没有了冲动和激情,现在是该好好地考虑一下彼此的未来了。"田小果的声音失去了往日的甜美,变得异常冰冷。

陈盼将田小果送到地铁口,看着田小果的身影变得越来越远,越来越模糊,站在原地的陈盼心里五味杂陈。

陈盼想要挽留住田小果,但是他知道自己根本就没有任何理由让田小果留下来。他已经在爱情面前自私了一次,那就没有理由一味地要求田小果无私地包容他。

家,对于所有人来说都是温馨的存在。只不过在刚刚大吵一架的陈镜河的家里,虽然炉子烧得很旺,但是人去屋空的空荡,让这温暖的屋子少了一丝人气,多了一丝寂寥。

这种感觉,尤其是对于陈镜河这样的老人来说,更添了一丝悲凉。他叹了一口气,坐在椅子上望着陈盼奶奶的照片,眼睛渐渐地模糊起来,眼泪在眼眶中打转。通惠河,承载的是自己所有的美好回忆,那是爱情、亲情和友情。

或许永远都不会有人知道,通惠河对于陈镜河的意义。

擦了擦满脸纵横的老泪,陈镜河轻轻地抚摸着挂在墙上的照片,照片中的女人笑起来永远都是那么的甜,那么的好看,那么的让自己着迷,即便是过去了四十多年也是如此的记忆犹新。

不知不觉间,陈镜河又回想起了当年的事情。

"你的眼睛就像河水一样的清澈明亮,你的眉毛就像河岸边的柳叶一样修长漂亮,你是我在这个世界上遇到过的最漂亮的女人了。"陈镜河对着河岸边石凳上的方雅琴有些紧张地说道。

方雅琴好像很喜欢看陈镜河脸红的样子,她发出如同是黄鹂一般清脆的笑声:"你见过几个女人?"

陈镜河尴尬地笑了笑:"三个,我妈,我妹还有你。"

"那你就敢说我是你遇到的最漂亮的女人?"

憨厚的陈镜河用力地点了点头,十分肯定地说道:"当然!"

"呆头呆脑的家伙,我猜啊,这番话你肯定是从哪里抄来的,你这个大老粗会懂这些文雅的东西?不过啊,我还是很喜欢听你这么说。"方雅琴有些害羞地说。

河边的陈镜河挠着头傻笑。

"镜河,人总是会老的,有一天你肯定会发现,天下比我好看的女人多了去了,到时候你喜欢的是年轻的我,还是已经老了的我?"方雅琴戏谑的声音中满是甜甜的笑意。

"在我的心中，你将永远是最漂亮的。不管你是年轻，还是老了。"陈镜河深情地说道。

"真的？"方雅琴清脆的笑声，让陈镜河想到了会唱歌的夜莺。

陈镜河一本正经地说道："当然了，你也知道，我不怎么会说话，但是我保证，我会一辈子对你好的。"

"呆子，最好不要轻易地对女人许诺，你要知道，女人都是很认死理的，你许诺了，我要是认真了怎么办？"方雅琴的声音越来越低，越来越小，白洁的脸蛋上荡起两抹红霞，满是娇羞。

"那这么说，你是同意了？"陈镜河大喜道。

白了陈镜河一眼，方雅琴似埋怨又似动情地说道："我爸说了，我们可以先处着试一试，毕竟现在和以前不一样了，恋爱自由嘛。"

"你爸真同意了？"陈镜河感到幸福来得是如此的突然。

方雅琴无奈地说道："你整天往我家送鱼，我爸要是再不同意你，只怕左邻右舍都能够闻到鱼腥味儿了。"

陈镜河突然凑上来一把将方雅琴抱了起来，连着转了好几圈。方雅琴吓得惊叫了起来，随后她又捂住自己的嘴，生怕被别人看到这一幕。看着陈镜河兴奋得像个小孩子，方雅琴的脸上布满了红霞，在落日的余晖之下显得更是娇艳如花。

"快把我放下来，要是让别人看到了怎么办？"

方雅琴粉拳捶着陈镜河的肩头，"咯咯"的笑声回荡在通惠河边，河面上泛起了片片涟漪，闪过了粼粼波光。

"哈哈，太好了，太好了！"陈镜河的脸上露出幸福的微笑。

陈镜河轻轻地抚摸着照片，脸上露出沉醉的微笑，无比深情地自言自语道："雅琴，在我的心中，你将永远是最漂亮的。"

陈冼冰夫妻俩已经离开了，陈镜河有大把的时间去回忆和妻子短暂而又幸福的时光,直到他听到掀起帘子的声音。

陈盼的脸上满是失落的神情,像是泄了气的皮球一样,他一屁股坐在了椅子上面,失神地发着呆。

"小盼,怎么了?"

陈盼摇了摇头,深吸了一口气,故作轻松地说道:"爷爷,没事,就是有点儿冷了,我先暖和暖和。哦,对了,我爸妈他们回去了?"

"回去了。"陈镜河淡淡地说道,"你小子和小果之间是不是闹什么别扭了?"

"没有。"陈盼不想让爷爷跟着他上火。

"你爷爷还没有老眼昏花呢,看人还不会走眼。你这样子就像丢了魂一般,如果不是和小果吵架了,会这样吗?"

陈盼无力地点点头。

"年轻人嘛,在恋爱中吵架是不可避免的,慢慢磨合就好了,等你结婚了你就知道了,过日子不是过家家,酸甜苦辣、锅碗瓢盆、柴米油盐都是要经历的,人生百态都要尝遍才叫过日子。

"不过啊,这话又说回来,小果是个不错的女孩,性子好,人又善良,你可要好好地把握住,人家女孩子向你发发小脾气,你可不要放在心上,男子汉大丈夫心眼儿比针眼儿还小,那怎么行?"陈镜河笑着说道。

"爷爷,我和小果之间的事情很难用一两句话说清楚的。我知道她也是为了我好,但是有些事情,她不懂。"陈盼打起了精神,长长地吐了一口气,好像要把自己心中所有的不快全部都吐出来一样。

"不过也好,借着这个机会我把工作的事情跟大家都说开了,我爸、我妈、您,还有小果,都摆在桌面上一五一十地说出来,比藏着掖着憋在心里面要舒坦多了。"陈盼平静地说道。

"这么说,你真的已经决定了?"陈镜河有些担心地问道。

陈盼抬起头:"决定什么?"

"到区里的河湖管理处上班,从一名基层的公务员做起?你知道的,钱挣得不多,而且事情也不会少。况且现在又要准备清淤,只怕到时候你会遇到很多很多的困难,小盼,你能坚持得住吗?"

虽说陈镜河像是在劝陈盼放弃这份工作,但他的脸上还是不自觉地露出一抹微笑,孙子的态度让他欣慰不已,让陈镜河的心情好了许多。

缓缓地点了下头,陈盼一本正经地说道:"想好了,我得在您跟前守着您啊,从小我就一直希望长大后能够成为和爷爷一样的人,现在我终于有了这个机会。爷爷您放心,我一定会好好干的,不会堕了您老的名号的。"

陈镜河脸上露出了慈祥的笑容。

陈盼见爷爷终于露出了笑容,心情顿时也好了不少,年轻刚毅的脸庞上露出了阳光一般的笑容。从小到大,陈盼就一直和爷爷住在一起,耳濡目染,言传身教,陈盼心里面已经深深地烙上了爷爷的影子。

陈盼的选择,是陈镜河今天最高兴的一件事了。

第四章　家有一老，如有一宝

陈盼已经正式入职通惠区河湖管理处工作一个月了，而他更是被幸运地安排到了治河清淤办公室，陈盼正在渐渐地熟悉新的工作环境。

这一天，陈盼正在埋头整理着手头的工作。

"丁零零！"

就在这个时候，办公桌上的电话铃声响了起来，陈盼立刻接起了电话。

"小陈！"电话那头响起了通惠区河湖管理处处长方为民浑厚的声音，"现在来我办公室一趟，有任务要安排给你。"

"好！"

很快，陈盼就出现在了方为民的办公室门口。

陈盼敲了敲门走了进去，看见方为民正在一份文件上签画着什么。

过了十几秒后，方为民才抬起头，脸上挂着平和的笑容，示意陈盼先坐下，然后接了一杯水，放在陈盼面前，这才缓缓地对陈盼说道："小陈，来我们这里快一个月了吧？有没有什么不适应的？"

陈盼被方为民的举动弄得有些不安,他点点头,说:"挺好的。"

方为民随手拿起一份文件,递到了陈盼的面前,依然面带微笑地说:"你是大学生,更是年轻人,积极的工作态度和创新的工作思维是必需的。这一个月来,你的表现让我们非常满意,现在有一个更加艰巨的任务要交给你,虽然你刚入职,但是我相信你一定能够完成的。"

陈盼的眼睛在文件上面扫了一眼,即便是已经有了充分的心理准备,在看到文件的时候,他的心还是扑通扑通地跳了起来。

"怎么样,有没有信心?"方为民看着陈盼。

陈盼吞了吞口水,郑重地点了点头,他脸上的表情渐渐地变得凝重了起来,认真地说道:"方处,我才刚刚任职,没有太多的治河清淤的经验。"

"哈哈,你这小滑头,你虽然是新人,但是我可知道你的底细,对于河湖管理,你在这方面也可以称得上是专家了。"方为民哈哈大笑起来,手指朝着陈盼虚点了几下,"虽说在处里我们是上下级的关系,但私下你可是要叫我一声方叔的。我好歹也是看着你长大的,怎么会不知道你是陈老的孙子,想必来这里工作也是经过陈老点头的吧?"

"方处,我对自己现在的工作非常满意。"

"这个我清楚,也明白。"方为民摆了摆手,"都说好钢要用在刀刃上,像你这样的,就必须要做到人尽其才,要不然的话不就是大大的浪费了吗?所以啊,我想了想,今天我先给你安排一个任务,今年上级领导要对通惠河进行清淤治理,文件就在你的手上,我有个想法,今年我们特别一点,弄个动员会,想请陈老为我们讲一讲,给大家鼓鼓干劲儿。"

陈盼眼中带着一丝兴奋,他立刻站了起来,神色颇为激动地说道:"保证完成任务。"

方为民压了压手掌,满意地说道:"知道这对于你来说不是什么难事,陈老对于我们治河清淤提出过许多宝贵的意见,他的功绩我们是不会忘记的。今年参加清淤的年轻人居多,这也是一种好现象。毕竟,我个人觉得应该把陈老的这种精神传承下去。"

"我爷爷那个人,只要一说是治河,那绝对是热情高涨,劝不住也拦不住。"陈盼调侃地说道。

方为民也深有同感地说:"是啊,陈老是个不可多得的热心肠,我深有体会啊!"

说着,方为民手一挥:"好了,你回去好好地研究一下文件,这一次市里对于通惠河的清淤工作可是相当地重视。我们处也是下了大决心的,要将通惠河彻底建设成市里和区里的景观河、示范河,所以我们肩上的担子重啊。"

陈盼点点头,对于方为民的话深有感触。

在陈盼的记忆中,通惠河曾经非常的美丽,记不住在多少个夕阳西下的时候,爷爷会背着年幼的他在河边溜一圈。河边青苇摇曳,河上木舟摆渡,流水声在耳旁回响;低头看去,鱼儿成群结队地游过,真是一幅最美丽最生动的画卷。

而现在的通惠河,和小时候记忆中的那条河,完全不一样。几十年来,疏于河污治理和环境保护,通惠河,这条哺育了一代又一代通惠人的清河,如今却变成了一条臭水沟。

不知何时,那种渔舟唱晚的惬意已经找不到了。治河,既是清淤,又是在改善环境,最重要的是还通惠人一片青山绿水。

"请领导放心,我一定会尽全力完成任务。"陈盼看着方为民,坚定地说。

方为民对陈盼表现出来的上进精神非常的满意，赞许地点点头，笑着说道："那好，你来联系陈老，我来安排动员会。"

走出方为民办公室的时候，陈盼的眼中闪过了难以掩藏的兴奋，他亲眼看到了通惠河由清变浊的过程，现在经过他的努力，通惠河将会由浊变清，昔日的美景又会回到自己的眼前，想必这是爷爷一直想要看到的。

陈盼相信，爷爷也一定会支持自己的。

就在这个时候，陈盼放在裤子口袋里的手机响了，拿出来一看，是一条系统短信，提示他手机已欠费。

看完了短信，陈盼却被手机屏幕上的女孩勾起了心中的愧意。田小果已经有一个月没有和他联系过了，就好像是从自己的面前消失了一样，看来田小果并没有想好，而陈盼也同样没有想好。

不过陈盼知道，自己对田小果已经渐渐地形成了依赖，就像手机欠费这样的琐屑小事，以前从来就不需要自己考虑，田小果会细心地帮自己续费。田小果已经在不知不觉间，渗透到自己生活的方方面面，让他已经习惯了田小果在身边的感觉。

微微地摇摇头，陈盼脸上露出了无奈的神色，他最熟悉田小果的脾气，田小果有自己的固执与坚持，他根本无法说服田小果。而田小果也同样无法说服他，现在也只能这样一直僵持着。

田小果何尝不是陈盼心中另外一份羁绊和牵挂。

忍不住地有些唏嘘，陈盼觉得再这样冷战下去，二人的感情也会变得冷淡。但他还没有想好如何面对田小果，这和之前的小打小闹不一样，这毕竟是关乎一辈子的大事，他也不想二人日后都生活在对彼此的责怪里。

爱情这东西,一开始总是美好的,渐渐地就会因为各种各样的矛盾发酵,直至变质,最终,能够妥协的是婚姻,不能够妥协的那就只有爱情了。

陈盼和田小果正在经历着是否妥协的煎熬。有时候陈盼也在想,这或许是一种考验,通过了就是夫妻,无法通过的话,那就只能变成前任了。

陈盼想着自己和田小果的事,不知不觉间,回到了熟悉的帽檐胡同。

这段时间陈盼一直和爷爷住在帽檐胡同的老院子里,这里虽然简朴,但是却让陈盼觉得温馨。

"爷爷!"

陈盼走进了屋子,发现陈镜河坐在炉子边烤着红薯,扑鼻的香味溢满了屋子。陈盼忍不住吸了吸鼻子,搬了个小板凳坐到了陈镜河的身边。

"嘿,你这小子鼻子还真灵,又闻见馋味儿了?"陈镜河乐呵呵地说道。

屋里的热气消退了陈盼身上的寒气,陈盼捧着一个热乎乎的红薯啃了起来,烫得嘴直吸气,他一边吃一边问:"爷爷,哪儿弄的?"

"老杨头山西老家的亲戚捎过来的,怎么样,这味道不错吧。"

"错不了,错不了。"快速地吃完了一个,陈盼正要准备再拿一个,手还没碰到红薯,就被陈镜河打开了。

陈镜河没好气地说道:"急什么,这个还没熟透呢。"他瞪了一眼陈盼,突然间想到了什么,有些奇怪地问道,"小盼,最近怎么没见小果过来啊?"

"她?"陈盼的脸上露出了苦笑。

"你们俩小娃子还在冷战呢?"陈镜河透过老花镜的镜片,目光落在了陈盼身上。看到陈盼的神情,陈镜河瞬间就明白了,陈盼的心思全部都写在了脸上,根本就不用去猜测什么。

陈盼也知道瞒不过陈镜河,只好点点头。

"你小子是个男人,得主动一点儿,难道要等着人家小姑娘跟你道歉不成?小果是个好姑娘,从我第一眼看到她的时候就知道,你和小果挺登对的,你可千万别辜负了人家姑娘的一片心意。"陈镜河絮絮叨叨地说道。

陈盼苦笑了一下,说:"爷爷,你说的我知道,可是现在她正在气头上,我们两人都需要好好地冷静冷静,这个时候见面恐怕不太合适。"

"那你就不会哄哄人家,我刚说过嘛,你是男人,就得有担当,怎么能和小姑娘一样小肚鸡肠呢?"陈镜河伸出手指戳了戳陈盼的脑门,怒其不争地说道。

陈盼笑了笑,并没有反驳。田小果在他的心中分量不轻,只不过这一次和之前的情况完全不一样,不是靠着几句甜言蜜语哄一哄就能够和好如初的。而且这段时间,陈盼给田小果打电话不接,发短信不回,这个信号已经是十分明显了,田小果是故意躲着自己。

就在这个时候,陈盼的手机又响了起来,拿出来一看,又是系统短信,只不过欠费的手机已经续过费了。

陈盼的心中涌起了一丝的暖意,看来田小果还是一如既往的心思细腻,而且她对陈盼的关心已经沁入了骨子里面。陈盼有种恍惚的感觉,自己或许真的做错了。

陈镜河的目光一直盯着陈盼。

陈盼不好意思地笑了笑，淡淡地说道："手机欠费了，刚交的手机费。"

陈镜河的脸上又涌起慈祥的笑容，白了一眼陈盼，缓缓地说道："是小果帮你续的费吧？"

陈盼点点头。

"为什么不打回去呢？都是年轻人，哪有什么隔夜仇啊？话说开了不就行了吗？"陈镜河乐呵呵地说道，"快打一个电话哄哄人家。"

"我天天打电话，小果不接，发短信也不回。"陈盼有些无奈地说道，不管是要道歉，还是要说甜言蜜语，总得让他有机会开口吧，可是田小果根本就不给他这个机会。

"笨蛋！"陈镜河再一次狠狠地戳了一下陈盼的脑门。

陈盼有些不解地抬起头，看着爷爷，不明白爷爷在气愤什么。

陈镜河看着陈盼傻傻的样子，使劲儿地翻了一个白眼，没好气地说道："那是你的诚意不够，人家还没有解气呢！"

看到陈盼一脸迷茫的样子，陈镜河气不打一处来。陈盼平时看起来鬼精鬼精的，怎么在这件事情上就想不通呢？

"你想想，你们俩现在冷战，你天天给人家打电话、发短信，那今天怎么没给人家打电话、发短信？"陈镜河决定要好好地开导一下陈盼。

"我手机欠费了。"陈盼理所应当地回答道。

"那人家怎么又给你续费了呢？"

"是啊，以前手机没费了都是她帮我续交的啊，这很正常啊！"陈盼有些呆呆地说道。

没救了！这家伙真的是笨死了！

这是陈镜河脑子里的第一反应,他用手指着陈盼,一副你没救了的表情:"人家正等着你打电话、发短信呢,你打不打电话、发不发短信是态度问题。人家小果接不接电话、回不回你短信是心情问题。"

"哦,原来是这样!"陈盼这才恍然大悟。

"想明白了?"陈镜河没好气地说道。

陈盼用力地点点头。

"想明白了,怎么还不给人家小果打电话、发短信呢?你就说我老头子烤好了红薯,让小果过来一起吃。"陈镜河对陈盼已经失去了耐心。

陈盼有些犹豫地说道:"万一她不过来呢?"

"先发短信,再打电话。小果那丫头可不像你,聪明着呢,她一定会来的。之前不理你,说明你给人家台阶下得分量不够,也就是你小子的面子不够大,而我这把骨头还行。"陈镜河笑呵呵地说道。

陈盼急忙站了起来,大脑有些短路地说道:"是啊,我怎么没想到呢?"

"是啊,你怎么没想到,老陈家怎么有你这么一个笨小子啊!"陈镜河情不自禁地感叹道。

陈盼不理陈镜河的嫌弃,开心地说:"好咧,爷爷,我这就联系小果。"

陈盼先是发了短信,然后又赶紧打了电话过去。电话"滴滴"地响了好几声,田小果都没有接,就在陈盼快要失去耐心的时候,电话终于被接通了。

"干吗?"

"小果，爷爷烤好了红薯，我知道你喜欢吃甜的，所以想让你过来尝一尝。"陈盼和田小果在一起这么多年了，说话还从未如此紧张。

"不吃！"田小果盘腿坐在床上，使劲儿地翻着白眼，就好像陈盼站在自己面前一样，心里想着这个木讷的家伙总算是开窍了。

陈盼捂着话筒摇了摇头，陈镜河狠狠地瞪了一眼陈盼，把手伸了出来，陈盼赶紧把电话递到了爷爷的手中。

陈镜河接过电话，和蔼地说："喂，丫头。"

"爷爷！"田小果就像是换了个人一样，刚才冷冰冰的声音立刻变得甜了起来，如同抹了蜜一般，听得人心里又甜又酥。

"过来吃红薯啊？"

"好！"

"我让陈盼过去接你？"

"行！"

又和田小果说了两句，陈镜河这才把电话交还到陈盼的手中。陈盼正要准备再说上两句的时候，电话那头的田小果直接把电话给掐断了。

陈盼有些不解地看着陈镜河："爷爷，小果她同意了？"

陈镜河点点头。

"就这么简单？"

"那你还要怎么复杂呢，这又不是商业谈判、外交磋商，只不过是一个小小的邀请，你小子太笨了。赶紧换衣服吧，现在去把小果接过来吃红薯。"陈镜河的脸上根本藏不住笑意，对着陈盼说道。

"可是我连她现在住在哪儿我都不知道啊！"陈盼有些无奈地说道。

"你鼻子下面长的是什么，不会问吗？"陈镜河被陈盼说的话气坏了，作势要打他。

陈盼突然间明白了过来，他迅速站起来，拿起外套准备出门，一边走一边还嘟囔："对啊，小果平时和琪琪的关系最好了，我可以去问琪琪，她俩说不定在一起呢！"

"那你还不快去？"陈镜河无奈地摇摇头。这男人要靠捧，女人要靠哄，连这点儿道理都不懂，陈盼这小子实在是太生涩了。

"哦！"陈盼急急忙忙地穿上外套，向外面走去。

"路上注意安全。"陈镜河满面笑容地叮嘱道。

陈镜河看着陈盼心急如焚的样子，心想这小子猴急的样子还真的是有点儿像自己了，忍不住放声笑了起来……

第五章　关于未来的争执

放下电话的田小果缩在床上,即便是屋子里有暖气,但她还是觉得北方的天气实在是太冷了。田小果猛地打了一个寒战,忍不住叹了一口气。

笨蛋!田小果在心里面忍不住地骂道。

"这才过了一个月就忍不住了?"陆琪看到田小果这样子,故意调侃道。

"真的是笨死了。"田小果也有些后悔自己刚才的举动。

"你和陈盼闹什么别扭了?你在我这里都住了一个月了,你别糊弄我,我可是亲眼瞧见了,陈盼天天给你打电话你不接,发短信你也不回。我说大姐,男朋友要是这么晾,早就晾成肉干儿了,哪一天要是跟别的女人跑了,看你不后悔死。"

"去去去,琪琪,忙你的去吧,别来烦我了。"田小果只要一想到陈盼不愿意离开京城和自己一起到浦城发展,她的心里就忍不住涌出一种莫名的烦躁。

陆琪显然已经习惯了田小果和陈盼的吵吵闹闹,她撇了撇嘴,说:"首先说好,我可不是嫌弃你啊。我说你们小两口闹别扭,自伤自残就可以了,别殃及我这条闲鱼啊!你这一吵架就往我这里跑,天天霸占着我,导致我和我男朋友都已经一个月没见面了。"

田小果翻了一个白眼,没好气地骂道:"见色忘义!"

"咱们彼此彼此,你和陈盼好的时候,我也没见你想过我啊!哦,难道你家陈盼想着我了,看来我的魅力果然是不可抵挡啊,要不是看在陈盼是你男朋友的分上,说不定他早就已经是我的裙下之臣了!"

田小果见陆琪越说越过分,忍不住打了她一下,说:"大白天的做什么梦呢?"

"嘿,是谁规定大白天就不能做梦了?"陆琪凑了上来,乐呵呵地说道,"怎么,行行好,放我一马,你和陈盼和好,我也能继续和我男朋友过浪漫的二人世界,大家谁都不耽误谁,怎么样?"

田小果面露忧色,无奈地说道:"你以为我不想啊,这个家伙压根儿就没想过和我好好地在一起,居然瞒着我去报到!"

"你说的也是。哎,亲爱的,你说陈盼这家伙是不是脑子有毛病,放着FM那么好的事务所不去,非要待在一个小小的河湖管理处,他是不是傻?"陆琪恨恨地说道。

田小果穿了一件乳白色的毛衣,盘腿坐在床上,她眨了眨大眼睛,手指轻轻地拍着脸上的面膜,声音里多了一些幽怨,显然心中依然愤愤不满:"不要说是你了,就连我都想知道为什么呢?"

"怎么?听刚才说话的那老头儿,你们已经见过家长了?"陆琪忍不住八卦地问道。

田小果点点头:"别这么没礼貌,那是陈盼的爷爷。不过见过家长又没什么用,现在我算是看出来了,他是铁了心打算留在京城了,根本就不会考虑我的感受。这家伙太固执了,只要是他认准了的事儿,就是九头牛都拉不回来,你说我该怎么办?"

"你问我啊,要不然你们俩散伙儿算了。"陆琪一本正经地说道。

田小果反问道:"你也这样想?"

"是啊!"陆琪凑到田小果的面前,美滋滋地说道,"要不这样,你回浦城再找一个高富帅,陈盼就让给我怎么样?咱们好姐妹,谁用不是用呢,肥水不流外人田嘛。"

"去你的,有你这么劝人的吗?"田小果冲着陆琪狠狠地翻了一个白眼,心想果然不能指望从她这里得到什么有用的答案。

陆琪想了想,接着说道:"其实呢,还有一个办法。"陆琪装作高深莫测的样子对田小果说道:"你们可以先生米煮成熟饭,然后你就调头回浦城,让陈盼那家伙上演千里寻妻,他还不乖乖地就范?以后你说什么就是什么,让他向东他绝对不会向西。"

田小果打了一下陆琪,不耐烦地说:"你出的都是什么馊主意啊!一边去,烦死了。"

"哎,我这可是在替你出谋划策啊!有你这么对待朋友的吗?"

就在两人打闹的时候,陆琪的手机响了起来。陆琪拿起来一看,发现是陈盼的来电。

陆琪把手上的手机冲着田小果摇了摇,不怀好意地笑着说:"看到了没有?有人着急了!"

"别管他!"田小果赌气地说道,但是眼神还是忍不住朝着电话瞟过去。

陆琪接通了电话,对着电话那头的陈盼说道:"陈帅哥,你好,我是陆琪。田美女说了,让我别理你。哦,对了,你们什么时候散伙,你可以考虑考虑我……什么?你已经在楼下了!"

说着，陆琪假装慌慌张张的样子对着田小果打趣道："完了，完了，小果，让你亲夫捉奸在床了。这，这可怎么办啊？要不我找个大衣柜躲一躲？"

"陆琪！"

"好好好，我怕了你了！"随后，陆琪对着电话说道："你等着，你那小媳妇儿等你可等得望穿秋水了，我现在就给你开门。"

陆琪走过去开了门，寒风透过门缝钻了进来，田小果忍不住裹了裹被子，看到陈盼的身形，田小果没好气地说道："你来做什么？"

"爷爷请你去吃红薯，我来接你过去。"陈盼不好意思地说道。

陆琪站在门口，笑着说道："小果，去呗。"

田小果还坐在床上，根本就没有要动的意思。陈盼很是尴尬地站在原地看着田小果。

陆琪见状，赶紧当起了和事佬："好了好了，别闹公主脾气了，快收拾一下走吧。吃红薯啊，你看我就没有这个口福了。这红薯要是凉了可就不好吃了。"

看到田小果还是没有任何动作，陆琪眼珠子一转，然后嘴角露出一抹邪笑，对着田小果威胁道："这么说，你已经准备实施 B 计划了？"

"什么 B 计划？"陈盼有些摸不着头脑。

田小果的脸腾的一下就红了，眼睛死死地瞪着陆琪，警告着喊道："不许说！"

"好好好，不过小果啊，你要是不打算执行 B 计划，那么我可就要执行 A 计划喽。"陆琪一副笑嘻嘻的样子看着陈盼。

其实，田小果明白陆琪这么做是在给自己台阶下，要不然她和陈盼这么一直僵着实在不是办法。

所以，听了陆琪的话之后，田小果立刻就像是受到了惊吓的小猫咪一样"噌"地跳了起来。

陈盼被田小果的动作吓到了，这剧情反转得实在是太快了，看着田小果迅速地穿戴好，裹得厚厚的就好像是雪人一样，然后拉着陈盼离开了屋子，只留下门内陆琪"咯咯"的笑声。

冬天的京城，天气异常寒冷，虽然田小果已经在这里上了七年学，但还是受不了这里寒冷的气候。

陈盼习惯性地将自己的手套递了过去，田小果没有丝毫犹豫就接了过来，戴在手上。两人一路上没有说一句话，就这样一直朝陈盼爷爷家里走着。

一路走回来，陈盼感觉到氛围实在是过于尴尬了，他清了清嗓子，带着歉意说道："小果，对不起。"

田小果没有搭理陈盼，依旧自顾自地往前走。

在胡同口，陈盼一把拉住了田小果："你能给我两年时间吗？就两年，两年一过，我就和你一起去浦城。但这两年，我希望你能留下来。"

"说白了你还是想让我再一次地妥协？人们都说爱情其实是两个人相互妥协和迁就的过程。可是我们之间为什么是我一直在迁就你，难道你就不能迁就我一次？"田小果抬起了头，大大的眼睛死死地盯着陈盼。

"通惠河，这里是我的家。"陈盼低下头说道。

"只要相爱的人在一起，哪里都可以是家。"田小果反驳道。

陈盼知道想要说服田小果并不是一件容易的事情，但是他还是想要试着去说服自己的女朋友。

"我的父母，我的爷爷，我不想离他们太远。"陈盼无奈地说，

"而且，我最大的心愿就是能够让通惠河变得和以前一样清澈，我们家世世代代是河工，我是河工的后代，呵护通惠河是我的责任。"

"那么我呢？我爸妈也只有我一个女儿，我也不想离他们太远。陈盼，说来说去，你就是一个彻头彻尾自私的人！你不想离开京城，可是我也想要回浦城，我们之间必须要有一个人做出让步。"

田小果停下了脚步，扭过头，眼里已经涌出了泪花，带着一丝丝委屈和心酸，对着陈盼说道："我一直在迁就、忍让，只是希望你能够为了我们的未来考虑，可是你呢，却只为你一个人考虑，你很自私。"

陈盼摇摇头，伸出手轻轻地将田小果涌到眼角的泪珠拭去，有些无奈地说道："我知道这是我的错，我可以跟着你去浦城，但不是现在。再给我两年的时间，可以吗？"

"两年的时间，我马上就要三十岁了，我还能有几个两年？我怕我自己等不起！陈盼，浦城那边我都已经替你联系好了，只要你同意，马上就能入职，年薪百万。一个河湖管理处的河工至于让你放弃如此好的机会吗？"

"我知道，但是有些东西，不能用钱去衡量。"

"陈盼，你现实一点儿好不好，留在河湖管理处，对你的才华是一种天大的浪费。FM才是你应该去的地方，在那里，你的才华才会发光发热！"

"对不起，我暂时还不能离开京城，只要你能留下来陪我，我一切听你的。"陈盼诚恳地说道。他希望田小果能够体谅自己，能够理解自己。

但是，田小果却依旧固执地摇了摇头："其他的事情都可以商量，唯独这件事情，我们没得商量。只要你愿意和我去浦城，我一切也听你的。"

陈盼觉得他和田小果之间的距离越来越远,自己心头的暖流渐渐散去,变得和这天气一样地冰冷。他不知道为什么,两人之间的隔阂越来越大,他的心头充满了失落和悲凉。

看到陈盼的样子,田小果心都碎了,她停下了脚步:"看来,我今天不适合去见爷爷。"

田小果的心中满是痛楚,被冻得有些发白的小脸上有藏不住的苦涩。这一刻她发现,外面的寒冷和自己心中的凉意比起来,根本就是微不足道的。

陈盼没有说话,只是呆愣愣地站在田小果的身边。

显然,两人之间的谈话并不是太愉快,甚至有些不欢而散的意思。

第六章　爱的加减法

"丫头,外面这么冷,你一个南方的孩子能受得了吗?都到家门口了,快进来,爷爷给你烤好了红薯,先暖暖胃。陈盼,还不快和丫头一起进来?"就在这个时候,陈镜河突然出现在了胡同口,脸上挂着慈祥的笑容,冲着田小果热情地说道。

田小果白了陈盼一眼,轻轻地吸了一下鼻子,收起了自己脸上悲伤的表情,勉强地笑了起来,对着陈镜河说道:"好的,爷爷!"

进到屋子里,屋内温暖的气息驱散着田小果和陈盼身上的寒意。陈镜河剥好了一个红薯递到了田小果的手中。

田小果吃了两口,暖暖的甜甜的,她的心情这才略微变得好了一些。

"怎么了?陈盼那臭小子是不是欺负你了?你和爷爷说,我好好地收拾他,替你出气。"陈镜河坐在火炉边,熟练地剥着红薯,看着田小果眼中的失落,慈祥地说道。

"没有!"田小果想着陈盼的爷爷年纪毕竟大了,不想再让他为自己和陈盼的事操心了。

"小两口拌嘴是好事,要是哪一天连和你斗嘴的人都没有了,你就会难受的。"陈镜河一副过来人的语气说道,"就像是你奶奶一样,她活着的时候我在家的时间不多,等她不在了,我想要好好陪她都没有机会喽。"

陈镜河又剥了一个红薯递到田小果的面前,絮絮叨叨地说道:"所以啊,人都是失去了才知道珍惜,就像现在的我,总觉得自己的心里空落落的。没有陪你吵架的人,也是很寂寞的啊。"

田小果之前听陈盼讲过他爷爷奶奶的故事,现在看到陈镜河如此模样,田小果有些不好意思地说:"爷爷,对不起,勾起了您的伤心事。"

"没什么,陈盼奶奶走得早,他爸爸工作忙又照顾不了他,这小子打小就是和我生活在一起。他的性格是怪了一些,不过这小子没什么坏心眼儿,你们处得时间长了也应该看出来了,这小子重情。"陈镜河徐徐说道。

田小果的脸上露出了甜蜜的微笑,陈盼的好她自然是知道的,要不然自己也不会把终生托付于他。听到陈盼的爷爷这样夸他,田小果的心里还是很开心的。

"爷爷,我知道。"

"是啊,我打第一眼见到你,就觉得你是个好女孩,懂礼貌明事理,是个聪明的孩子。只能说我们家陈盼这小子眼光不错。"

顿了一下,陈镜河有些调侃地说道:"大概这也是遗传得好,我们老陈家找媳妇的眼光向来是不错的,像陈盼他妈妈、他奶奶,都是贤惠淑德的好女人。"

"爷爷,我和陈盼之间的感情根本没法跟您和奶奶的爱情比,你们那会儿,没有任何物质上的奢求,没有任何身世和财富的差别,这才是世界上最纯洁最真挚的爱情。"田小果有些向往地说道。

"我们那会儿日子过得都差,基本上就是吃饱了穿暖了就行,也不像现在生活这么好。不是没有奢求,而是不敢有。"陈镜河笑着说道,"我和小盼他奶奶刚开始处对象的时候,都是偷偷摸摸的,就连说句话也得偷偷地跑到河边没人的地方,生怕被人给看见。可不像你们现在的年轻人,都大胆得很啊,很会表达自己的感情。"

陈镜河看了一眼表,觉得是做晚饭的时候了,于是就把陈盼赶到了厨房,自己则和田小果一边围着火炉子吃着热乎乎的红薯,一边闲聊着。

"我们年轻的时候,雅琴在附近的胡同里那可是数一数二的大美女,十几个小伙子天天围着她转。那会儿大家都吃不饱,我晚上就偷偷地跑到河边钓两条鱼,隔两天送一条,愣是送了一年多,终于把雅琴追到手了。"陈镜河陷入到了美好的回忆之中。

"河里有鱼吗?"

陈镜河摇摇头,笑了起来:"对于一般人来说,当然没有了,但是我是谁啊?"陈镜河说着,将裤腿向上捋了捋:"我打小就在河边长大,对这条河可以说是最熟悉不过了。有一个地方只有我知道,从那里能够钓到鱼。而且这捕鱼是有技巧的,尤其是冬天捕的时候还不能穿太厚的鞋裤,否则鱼一听见声响就跑掉了,我这两条腿就是那会儿冻伤的。"

陈镜河的两条小腿的皮肤皱皱巴巴的,就好像是裹了两圈厚毛巾一样:"不过也值了,能够娶到雅琴,是我这辈子最大的福分。"

看着陈镜河像个小孩子一样炫耀着自己两条冻伤皮肤的腿,田小果的心中涌出了一丝甜意。她仿佛看到了陈镜河在寒冷的冰面上,穿着单薄的衣服钓鱼的样子。

不过,田小果从陈镜河满是笑意的脸上看出,那会儿陈镜河的心中应该是暖暖的。

"丫头。"陈镜河从回忆中走了出来,他平静地说道,"这条河对于我们这些一辈子都生长在河边的人来说,它就是我们的希望。至少在那个困难的年代,我们就是靠着这条河熬过来的,这么多年了,有感情了。"

田小果知道陈镜河这番话是在帮陈盼解释他留在京城的原因,田小果一时不知道该说些什么。

这个时候,陈盼走了进来,做好了饭菜的他默默地摆好桌子,对着陈镜河说道:"爷爷,吃饭了。"

"好,丫头,我们去吃饭。"

老少三口坐在一起吃饭,田小果依旧沉浸在陈镜河的话中,一言不发,陈盼也只是埋头吃饭。

陈镜河看着陈盼和田小果,心中涌出一份感慨。

一转眼,五十多年了,陈镜河想到当年方雅琴看到自己拎着两条鱼,双腿冻得发紫,站在她家门口的时候,她抛开了女孩的矜持,直接扑进了陈镜河的怀里,痛哭了起来。

陈镜河只是笑着安慰方雅琴:"放心,有这条河在,有我在,咱就饿不死。"

方雅琴紧紧地靠在陈镜河宽阔的胸膛前,泪水打湿了陈镜河的衣服。

"你傻啊,天天送鱼,这么冷的天,你不要命了!"

陈镜河脸上的笑容越来越浓,他低下头,安慰着怀里的女人,动情地说道:"别哭了,再哭就不漂亮了。我家也没啥钱,也就这捕鱼的手段还可以,以后保证让你天天有鱼吃。"

"傻子,你的腿老了会落下病根的,我们家少吃几条鱼没什么问题,倒是你这么不爱惜自己可怎么办?你是不是真傻啊?"

"没你说得那么严重。"

方雅琴哽咽着说道:"你知道什么,怎么不严重,等你老了就会后悔的!以后不要再往家里送鱼了,已经够吃了。你要是冻坏了,我怎么办?"

女人的情话是所有男人最灵验的良药,陈镜河的心顿时被方雅琴的话融化了:"放心吧,以后不会了。"

陈镜河的脸上依然挂着灿烂真挚的笑容,这笑容是如此的纯洁,紧紧地揪住了方雅琴的心。

方雅琴知道,她自己这一辈子,心已经被陈镜河紧紧地攥在手里面了。

陈镜河嘴角的笑容渐渐地变成了胜利者的笑容。

田小果是陈盼送回来的,不过她的脸上并没有比出去的时候好多少,依旧满是失落,两人之间的谈话并没有达成一致,甚至田小果有一种感觉,这一次,陈盼已经懒得去哄她了,哪怕是虚情假意的情话也没有了,这让田小果的心里堵了一块大石头。

"怎么了?"正在对着镜子涂口红的陆琪忍不住地问道。

田小果摇了摇头,心中突然间闪过了一丝的烦躁,她使劲儿地将手中柔软的枕头在床上狠狠地摔了两下,然后歇斯底里地叫了起来。

"啊!"

田小果的这一声发泄让陆琪手中的口红一抖,一下子画在了下巴上面,就像是吸血鬼刚吸完血后流淌出来的血痕。

但是一看到田小果一副憋闷的样子，陆琪根本不顾及自己的形象，她笑了起来："我说亲爱的，看你这样子，是 A 计划失败了？还是 B 计划失败了？"

田小果长长地叹了一口气，身体像是一个麻袋一样重重地摔在床上："别烦我，我现在很狂躁，我明天就回学校去找张院长。"

"宝贝你有没有发烧啊？你想干什么？难不成你还想真的留下来？"陆琪吃惊地问道。

"还能干什么，走都走不了了，还不留下来找个活干啊？我又不像你，有张长期饭票。"田小果白了一眼陆琪，没好气地说道。

陆琪伸出手，放在田小果的额头上面："没发烧吧？"

"去你的！"田小果打开了陆琪的手。

"我说，你不会是真的要留下来当老师吧？这个完全不像是你的风格啊！田小果，你的战斗精神呢？"陆琪用审视的眼神打量着田小果，"啧啧啧，难道你真的要为了爱情舍弃一切，果然是个绝世大情种啊！"

"去你的！"田小果缓缓地说道，"放心吧，我已经做好打持久战的准备了，我就怕你这样的女人会饥不择食地扑上去，万一陈盼那个家伙意志不坚定，我岂不是吃大亏了？便宜谁也不能便宜你这条白眼狼啊！"

"嘿嘿，本小姐让你有危机感了？"

"也太看得起自己了，你顶多就算个自作多情的小母鸡！"田小果摆出一副正宫娘娘的架势，对于陆琪的调侃岿然不动。

虽然田小果假装自己不在意，但其实她的心中还是升腾起一种无奈，说句实在话，七年的感情，并不是那么容易能够割舍得下的，她必须要再争取一把。

既然陈盼说需要两年的时间，那自己就再等他两年吧。

田小果下了决心，但随后一想，又有些不甘心，怎么每一次选择妥协的都是自己啊！想到这里，她的鼻子有些酸涩。

陆琪看着田小果躺在床上，泪水顺着脸颊流下来，她有些紧张地问："我说亲爱的，是不是陈盼那家伙欺负你了？"

田小果摇了摇头，她只是觉得自己的心里有百般的委屈。爱情就像是带刺的玫瑰花，握得越紧，刺也就会扎得越深越痛，痛苦的永远都是不愿意放手的人，很不幸，现在的她就在扮演着这样一个角色。

"怪了，不会是你和他真的生米煮成熟饭了吧？"

田小果又摇摇头。

陆琪无奈地说道："不应该啊，遇到坏人了？你这样的应该不会被色狼盯上啊！"

"一边儿去！"田小果就知道陆琪不会有什么好话，她拿起身边的枕头砸过去，打断了陆琪的臆想。

陆琪一把抓住枕头，无奈地叹了一口气，缓缓地说道："哎，你说我这又当闺密又当老妈子的，容易吗？田姑娘，到底是怎么了？你说出个道道来，谁欺负你，我马上拿刀剁他去，让他欺负我闺密！"

田小果坐了起来，对着陆琪两眼泪汪汪地说道："琪琪，我就知道你对我最好了！"

田小果哭得那叫一个伤心，把陆琪弄得有些尴尬，这种状况她还真是从来都没有处理过，她伸出胳膊轻轻地环住田小果，手在田小果的后背上轻轻地拍了拍，安慰地说道："好了，好了，不哭了。"

田小果的心情突然间地不好,陆琪不知道是怎么回事,但是陈盼却知道。

送回了田小果,陈盼觉得自己的心情无比压抑,他明知道自己这么做会伤田小果的心。二人交往以来,田小果为自己付出了太多,他心疼都来不及。可是现在,自己却反而在她的心口深深地划了一刀。

回到家里,陈盼围着火炉坐了下来。

陈镜河看到陈盼魂不守舍的样子,他叹了口气,微微地闭上眼睛,缓缓地说道:"你和小果之间的事情,本来我不应该多掺和。但是小盼,爱情是需要两个人共同让步的,人家小果是个好姑娘,你可不要辜负了人家。"

"嗯。"

"而且,你是一个男人,应该大度一些,该让步的时候就要让步,这是一种姿态,知道了吧?"陈镜河拍了拍陈盼的肩膀,语重心长地说道。

陈盼点点头:"放心吧,爷爷,我会好好待小果的。"

"嗯,这样就对了,不要等失去了才觉得后悔,既然不想要让自己后悔,那么最好就是把握住现在。"陈镜河的眼神又忍不住朝着墙上的照片望了过去,照片上方雅琴笑得那么灿烂。

第七章　山雨欲来风满楼

陈镜河将毛毯往上拉了拉，享受着火炉子带来的温暖，笑着说道："哦，对了，你们河湖管理处什么时候开始清淤动工，现在已经进入枯水期，再过段时间，天气变得再冷一点，土冻上了就可以进行清淤了。"

"三天后工程就要正式启动了。我们方处长希望您能给大家鼓鼓劲，提提气！"陈盼一边剥着红薯，一边说道。

陈镜河猛地坐了起来，眼睛瞪得圆圆的看着陈盼："你这臭小子，这么大的事情怎么不早和我说？"

陈盼手里面捏着半个红薯，看着爷爷激动的神情，嘟囔地说道："今天上午我们领导刚和我聊过，我的意思是回来先看看您的态度。"

"臭小子，这么好的事情我怎么会不同意呢？同意，我当然同意了。"陈镜河激动地说道。

陈盼好像早就知道了陈镜河的态度，他笑着说道："爷爷，您老的觉悟就是高啊，我们方处长说您肯定会同意的，果然让他猜着了。不仅如此，我还有另外一个好消息要告诉您。"

"什么消息?"

"通惠河要进行整治,不光是要清淤,还要治理成一条景观河,这件事还被市里列为重要工作来抓。主要的方案由通惠区规划局来制订。看这情况,这一次通惠河改造,市里可是下了大力气的,过不了两年,通惠河就要变清了。"陈盼笑呵呵地说道。

"真的?"陈镜河的眼睛顿时亮了起来,通惠河能够恢复从前的清澈,这一直都是他希望看到的。听到陈盼的话之后,陈镜河激动不已。

陈盼将口中的红薯咽了下去,接着说道:"当然了!市里都已经下文件了。通惠河整治的工作也已经开始部署了,相信很快就能进入实施阶段。"

"太好了,真的是太好了。"陈镜河激动地站了起来,围着屋子转了好几个圈,对着陈盼说道:"市里终于要对通惠河进行整治了,这实在是太好了!"

"是啊,这样一来,很快就能再见到通惠河的青山绿水了。"陈盼也是激动不已,对于这一天,他们祖孙俩可是期盼了很久。通惠河由浊变清,恢复往日的容貌,对于两人来说,这不仅仅是一项工程,更是一种情怀。

最近几年以来,通惠河的污染情况已经十分严重,臭气熏天的味道给周围的居民带来了不少的麻烦,甚至很多人搬离胡同,就是因为通惠河散发着难闻的味道。

以前的通惠河是一条宝河,而现在的通惠河则是一条废河。

通惠河作为京城人民的母亲河,河上碧波荡漾,河边杂草青青,河岸垂柳摇曳,河畔芦苇荡漾,简直就是一幅绝世的佳景。而曾经如此美丽的通惠河,现在已经枯竭成了一条臭水沟。

为此，很多在河边居住多年的老人都唏嘘不已，也多次向市里反映情况，希望能够改善河边的环境，还通惠河一片绿水青山。

而这一次，区里终于采纳了居民的建议，决定要进行整改，彻底改变通惠河污染现状。

听完了陈盼的解释，陈镜河忍不住拍了下大腿，神色激动地说："早就该这样了，我们不能只管自己，不管我们的子孙后代，这条河之前养育了我们的祖祖辈辈，如今变成这样，要是一直这样下去，得给我们的后辈添多少烦恼啊！"

陈盼的眼睛亮了起来："爷爷，听你这么一说，我怎么感觉我现在做的事情特别的崇高啊！"

"废话，自从通惠河被开凿之后，我们河工世世代代服务这条河，说是这条河的守护神也不为过。陈盼，你要知道，不是你觉得，而是这件事情本身它就是非常崇高的！"陈镜河浑浊的眼神里写满了骄傲和自豪。

听了爷爷的话之后，陈盼的心中涌起无限的激情。对于他来说，这条河承载着他许多的回忆，他希望通惠河能够在自己的手中重新焕发往日的生机。

通惠河，有一条红线深深地拴在了陈盼的心上，牵动着他的心弦，而这，是他和通惠河的羁绊。

陈冼冰坐在书房中，神色疲惫地倚靠着椅背，这里是他刚刚安置好的新家，陈冼冰想到了父亲和儿子，他深深地叹了口气，他想不明白，一条河，能有多深的羁绊？

透过门缝，陈冼冰看到乔雪梁正在收拾屋子。陈冼冰承认乔雪梁是一个贤德的妻子，更是一个孝顺的儿媳妇，这次自己调回来，也是她多次劝解的结果,其实她是在替陈镜河着想。

不过,陈洗冰是陈洗冰,陈镜河是陈镜河,他们俩不一样,陈洗冰一直不愿意回来,最主要的是他并不知道自己如何和陈镜河相处,横亘在他和陈镜河之间的,是一件让他耿耿于怀的旧事,即便已经过去这么多年了,他依然不能释怀。

陈洗冰希望躲得远远的,但是命运却捉弄了他,又让他回到了这里,不可避免地要重新揭开那道依旧疼痛的"伤疤"。

让陈洗冰头疼的除了和父亲陈镜河的关系之外,还有放在他手边的一份文件。

这份文件是关于整治通惠河的文件,也是他从心底一直都在反感和抵触的事情。为了和这条河不再有任何的交集,他躲得远远的,没想到转悠了一圈,到头来他还是要和这条河打交道,就像是他和父亲的关系一样。

陈洗冰觉得有些讽刺,他依然十分清楚地记得那年,母亲的骨灰就是撒在这条河中,这种近乡情怯的负重感压得他有些喘不过气来。一直以来,他觉得母亲的离开与通惠河、与父亲脱不了干系,这是他的心结,也是他无法原谅父亲的原因。

陈洗冰本以为只要自己躲得远远的,就不会和通惠河再有任何联系,可是现在上级领导的安排,让他不得不再一次面对曾经的伤口。

通惠河,真的有那么重要?

陈洗冰无奈地叹了一口气,作为通惠区规划局的副局长,他已经被任命为通惠河改造成景观河工程的总负责人,而他接下来的工作,就是要面对自己一直以来十分抵触的通惠河。

"洗冰,怎么了?"

乔雪梁将一杯热茶摆在了陈冼冰的书桌上,看着丈夫有些纠结和黯然的神色,忍不住关切地问道。

"没什么!"陈冼冰揉了揉太阳穴,无奈地说道,"小盼工作调动的事情,我已经和领导提过了,领导对于小盼很满意。估计就在这一两天,调令就会下来了。小盼那里,你跟他说一说吧,我出面不合适。"

"调动,什么调动?在河湖管理处不是挺好的嘛,怎么还要调动啊?"乔雪梁有些不解地问道。

"河湖管理处,那也能叫单位?在那里能有什么前途,你不想让儿子有个好的未来吗?"陈冼冰一本正经地说道。

乔雪梁的眉头皱了起来:"冼冰,这件事情你事先和小盼商量过吗?"

陈冼冰摇了摇头,缓缓说道:"如果他知道了的话,这件事情就办不成了,就他那犟脾气,事情肯定会黄,所以要你来跟他说,就说是我的主意。我这么做都是为了他好,让他不要再任性了!"

乔雪梁无奈地叹了一口气,她有一种强烈的预感,恐怕这家里又要来一次"地震"了。

河湖管理处今天十分热闹。

"通惠河清淤动员大会"的横幅标语十分醒目,所有的工作人员都在有条不紊地进行着自己的工作,今天是通惠河清淤工作正式启动的日子。

此时在处长的办公室,穿着一身干净中山装的陈镜河见到了方为民。

"陈叔,不好意思,让您劳累了。"见到陈镜河,方为民热情地迎了上来,直接握住了陈镜河的双手,激动地说道,"陈叔,您能来实在是太好了。"

"应该的,清淤嘛,我都干了一辈子了,只要组织需要,我这把老骨头,一定会义不容辞的。"陈镜河慷慨激昂地说道。

"陈叔,你们这些老前辈都是我们学习的楷模啊!"方为民感叹地说道,"现在我们这些基础的河湖管理工作者,缺乏的正是你们的这种精神。陈叔,今天好好地给我们上一课。"

陈镜河摆了摆手:"上课的话就算了,这个我做不来的。不过啊,为民,我觉得这个动员大会搞得很有意义啊,有些东西,我们是应该传承下去的。"

"陈叔,您说得很对啊,这种好的传统必须要传承下去。我那会儿刚参加工作的时候,也是以您为榜样的。而且我一直觉得,论治河清淤,您可是老前辈了,走过的桥比我们走过的路都多。今天把您老请来,主要是希望您可以传授一些经验,顺带着给我们鼓鼓劲儿,出出主意。"

方为民满脸热情的样子,打动了陈镜河。都是河边长大的孩子,同样也是河工的后代,撇开处长的头衔不说,方为民是打心眼里钦佩陈镜河。

"有人曾经劝过我,动土之前要先拜神,讨个彩头。"方为民突然想起了之前一个下属的话,不禁和陈镜河也提了起来。

说到这里,两人都笑了起来。

方为民接着说道:"我跟他们很明确地说过,咱们是坚定的唯物主义者,迷信的那一套咱们不应该信,也不能信。

"不过这该拜的'神'还是要拜的,泥神就算了,要拜就要拜'真神'。我一合计,要论起这治河清淤的'真神'的话,那非陈叔您莫属了。所以就想着请您来给我们指导一番,说几句鼓气的话,比我们拜什么神、拜什么佛的要管用得多了。有您这座'真神'在,我们这心里就有谱儿了!"

陈镜河笑着用手指了指方为民,爽朗地说道:"方家小二啊,还是和小时候一样机灵。小盼那小子回去跟我这么一说,我一猜准是你小子出的主意。小时候就不老实,长大了做官了,想着怎么也应该安分下来了吧,嘿,还是和当年一样,鬼精鬼精的!"

方为民也没有在意陈镜河的调侃,笑着回答道:"还是陈叔您了解我。"

"方处长,我听小盼说,今年通惠河不光要清淤,还要治堤,甚至还要进行景观河的改造,这可不是动动嘴皮子的事情,那可是一项浩大的工程啊!"

说句实话,陈镜河的心里还是有些担心的,以前就曾经说过要治河要清河,可是年年都是雷声大雨点小,最终几年下来,通惠河还是一条让两岸百姓苦不堪言的臭水沟。

"陈叔,您还是叫我方小二吧,嘿嘿,我听得舒服,一口一个方处长的,回去我家老爷子、您那老伙计要是知道了,还不得把我这皮给扒了啊!您老饶了我吧。"

"你小子。"陈镜河摇摇头,脸上是忍不住的笑意。

方为民的嘴角带着笑意,话锋一转,郑重地说道:"陈叔,您放心,这一次啊,市里是下了大决心要对通惠河进行整治的。如今,中国的国际地位越来越高,京城更是中国面向世界的一张名片,通惠河如果不整治,那可就是名片上的一个污点啊!所以啊,市里是绝对不会让这个污点影响京城在世界的形象的。市里的领导已经做出重要的指示了,河要治,不仅要治标,还要治本;不光要治河,还要治景。"

"上级领导真这么说的？"陈镜河眼前一亮，方为民的话让他吃了一颗定心丸。

"陈叔，您呀，就把心放宽吧，这一次国家和市里，可都是下了大力气、大决心的。"方为民笑呵呵地倒了一杯茶，摆在了陈镜河的面前，面带笑容地说道，"新闻里说，国家环保督察组也开始准备对京城进行巡查，通惠河是必须要变清变美的，而且就在不远的将来。"

陈镜河心里满是欢喜，竟一时顾不上说话了。

方为民将陈镜河的表情看在眼里，他满脸的笑意，坚定地说道："陈叔，俗话说，'家有一老，如有一宝。'您的经验多，我们还得从您这里取经。"

"没问题。"

两人聊得甚欢，就在这个时候，陈盼走了进来，对着方为民说道："方处，已经都准备好了，九点半我们就可以开始了。"

"好！"

方为民抬起手腕看了看表，然后对着陈盼说道："你先去忙你的吧，等人到齐了，我陪着陈老一起过去。"

陈盼点点头，退出了方为民的办公室。

"陈叔，小盼这个年轻人这段时间工作做得不错，年轻就是好啊，有朝气有活力，而且勤快。"

方为民夸赞着陈盼，让陈镜河的心里舒畅不已，比夸自己还要高兴。

虽然心里开心，但是陈镜河嘴上却很谦逊地说道："小盼毛手毛脚的，方家小二，他既然到了你这里，你可得多费费心，管得紧一点儿。年轻人，可不能惯他一身的坏毛病。"

"呵呵，陈叔啊，小盼不错，要不然建设局的梁局长也不会点他的将。"方为民意味深长地说道。

陈镜河皱了皱眉头，人老成精，他怎么可能听不出来方为民话里面的意思？陈镜河的心瞬间沉了下去，难不成这里面还有什么变数不成？

"这和建设局的梁局长有什么牵扯？"

"冰子和我通过电话了，他希望小盼能够调到建设局。也是，小盼这能力，在我这里确实是屈才了，建设局好，一定能给小盼更多的发挥空间！"方为民话里话外酸酸的，陈盼有学历有能力，更重要的是有热情，他已经准备要好好地培养陈盼，谁承想却是空欢喜一场。

陈镜河陷入了沉默，一言不发。

陈镜河了解陈盼，他知道这不是陈盼的意思，一定是儿子陈冼冰偷偷地瞒着所有人做的。不过从陈镜河心底最深处来说，他也希望陈盼能过得好一些，有更好的前途，虽然他也希望陈盼能够将河工这个身份传承下去。

最重要的是，这还要看陈盼自己的意思。

"方家小二啊，这件事情你和小盼交流过没有，你就没有问问他是什么打算？"陈镜河沉吟了片刻之后，然后缓缓地说道。

方为民笑了起来："这个，我这个外人不好开口吧。"

陈镜河点点头："我看啊，这件事情你还是先问问小盼的态度吧。"

"冰子那里的意见也很重要。"方为民聪明地点道。

陈镜河笑呵呵地说道："最终的决定权在陈盼那里。"

方为民点了点头,他知道这个话题再进行下去,也不会有任何结果。他看了看手表,时间正好,于是说道:"陈叔,时间差不多了,我们先过去吧。"

陈镜河笑着站了起来,语气淡然地说道:"这件事情啊,是冼冰自作主张了,还是那句话,最终的决定权在小盼的手中。不过,我尊重小盼的决定。"

"是啊,小盼的意见是最重要的。"方为民的神色缓和了一些。

第八章　鸿门宴

在方为民的带领之下,陈镜河来到了会议室。

此刻,通惠区河湖管理处的大会议室里人头攒动,随着陈镜河走进来,所有人都站了起来,朝着这位老前辈鼓起了掌。

站在门口的陈盼心中涌出了一抹难以自抑的激动,这是爷爷一辈子的信念,此刻的他最能够感悟到爷爷当下的心情。

对于做了一辈子的河工来说,这份殊荣真的是难以描述的。

方为民将陈镜河请到他的位置上,然后走上了讲台。

"大家好,今天我们有幸请到了陈镜河老前辈,想必在座的人,对于陈镜河的名字并不陌生。陈老在通惠河做了一辈子的河工,对于这条河那是再熟悉不过了。今天我特意请陈老过来,主要是希望这位老一辈的河工给我们上上课、传传经,对于我们治河清淤来说,那是相当有必要的。"

哗!热烈的掌声再一次响了起来。

方为民接着说:"今天呢,我也和在座诸位的身份一样,只是一名后进小辈,也只专心学习。废话就不多说了,接下来就有请陈老!"

在热烈的掌声中，陈镜河坐到了所有人的面前。

陈镜河面露笑容，望着对面台下一张张略显稚嫩又满是凝重的脸，陈镜河的心中莫名地多了一分宽慰，他的眼角略有些湿润。

"老京城有句话是说'东富西贵'，咱们这通惠河占的就是这'东富'，为什么会有这称号呢？这话说来可就长了，京城东边紧靠的就是咱们这条人工开凿的通惠河，以前，南来北往的船只都要经过这里，于是很多大商贾就都搬到东边来住，有钱的商人越来越多，自然就是富得流油了。"

所有人都笑了起来。

陈镜河也面露喜色，淡淡地说道："你们别不信，咱们这条通惠河可是从元代开始就有了的，当时是为缓解运输之需而修建的漕运河道，就连名字都是皇上赐下的，意为此河永远通达，惠及大都……"

陈镜河就像是在邻里聊着家常，向后一辈介绍通惠河古老的历史。

台下的人听到通惠河的历史时，心里不禁存了一些敬畏。

陈盼一副如痴如醉的样子，虽然他之前不止一次听爷爷讲起过这条河，但是每一次听都会有不同的体会，尤其是参加工作以来，这种体会更加的深刻了。

看着在台上侃侃而谈的爷爷，陈盼觉得爷爷的形象越来越伟岸……

"再过几天就是小雪了，小雪一过就封冻了，到时候我们就要抓紧时间开工了。最后我希望我们的母亲河能够重新变得清澈干净，恢复往日的秀丽容颜。"陈镜河最后展望了一下通惠河的未来，台下的人无一不备受鼓舞，现场再一次响起经久不息的掌声。

陈镜河的心中充满了激情，看着台下的人，让他的心中多了一丝的慰藉，原来还有如此多的人和他们一样，愿意为了通惠河而辛勤地、不计回报地工作着。河工，对于在场的所有人来说，不是一种职业，而是一种使命。

带着这种极大的鼓舞和热忱，通惠河治理清淤工程正式启动了。

陈镜河的动员还是颇有成效的，大家对于清淤的积极性都非常高，这些陈盼都看在眼里，他不得不承认，有时候，旗帜的作用还是很鲜明的。

时间过得飞快，一个月的时间已经过去了，陈盼的所有精力都投入到了清淤的工作中。

"丁零零……"

正在河畔边上进行测量工作的陈盼掏出了手机，看了看手机上熟悉的号码，陈盼皱了皱眉头，并没有理会，而是将电话又塞进了兜里。

电话是母亲乔雪梁打来的，陈盼就算不接电话也知道是什么意思，母亲是叫他回家吃饭。

可是，陈盼最近不愿意回家。

方为民曾经隐晦地向陈盼提及父亲忙着给自己调动工作的事，父亲的做法，让陈盼格外反感。对于陈盼来说，现在自己干的正是自己喜欢做的、想要做的，父亲这种先斩后奏的做法让他非常不满意。

所以，这段时间陈盼一直都躲着父母，不想回家。

最近陈盼一直都在帽檐胡同，和爷爷住在一起，那里特别有家的氛围,而且还有最疼爱自己的爷爷,甚至是那个特别接地气的院子,都让陈盼觉得非常舒服。至于西庄小区的房子,陈盼觉得待在那里非常别扭。

尤其是每一次回到那里,父亲总是会冷冰冰地面对着自己,弄得自己就好像是外人一样,这让陈盼很不舒服。

电话又响了起来,正在忙着工作的陈盼并不想接,不过周围的同事提醒自己电话响了,陈盼有些无奈地拿出手机,这一次却是田小果打来的。

陈盼愣了愣。

自从上次之后,两人之间的关系倒是有了一些缓和,但是他们都知道,他们之间的关系已经无法回到最开始那段单纯的爱恋,步入社会之后,爱情也渐渐被迫地掺杂了许多东西。

有人说,爱情这东西就像是苹果,咬第一口的时候是最甜的,咬得多了,甜味儿就会变淡,到最后不想吃了,只能等着它变质、发霉,最后只有舍弃掉。

现在的陈盼和田小果虽然还没有达到变质发霉的阶段,但是却觉得有些索然无味,并不是二人不再相爱,而是因为初恋时的激情在渐渐地消退,最终肯定是要归于平淡,就像是父母的爱情那样。

陈盼听自己的朋友说,田小果申请了留校,这让陈盼心里宽慰了不少。虽然田小果表现得不情愿,但是她还是选择留了下来。

田小果做出让步,这让陈盼心里的负罪感越来越重了。

对于田小果,陈盼只能疼爱和加倍珍惜。

看到手机屏幕上笑得灿烂的田小果,陈盼想了想,还是接起了电话。

"小果。"

"陈盼，你的电话怎么一直打不通啊？"

陈盼怔了怔，然后露出一个歉意的笑容："刚才一直在忙，电话在兜里没有听到。"

"乔阿姨给我打电话了，她让你今天晚上回家吃饭。刚才也打电话通知我了，我也一起过去。"电话里的田小果有些兴奋地说道。

陈盼没想到母亲为了让自己回家，居然想出了围魏救赵的办法。想必母亲应该是看出来了，他并不愿意回家，所以才把电话打到田小果那里。

听着田小果兴奋的语气，陈盼只好应道："好，我知道了，下班之后我过去接你。"

"不用了，我五点之后就没事了，正好过去帮着阿姨一起烧菜，你下班了直接过去就行。"田小果的话里有掩藏不住的喜悦。

"好！"

挂掉了电话，陈盼无法专心工作，他想到今天晚上的晚饭，估计是鸿门宴，父亲一直想要让自己调离河湖管理处，今天特意把自己叫回来吃饭，只怕是又要旧事重提了。

陈盼忍不住叹了一口气，家家有本难念的经，而自己家的这本经更是难。

西庄小区外面，陈盼忍不住吸了吸鼻子，无奈地摇了摇头，虽然他打心眼儿里不想回来，但是他想着毕竟是自己的父母，又忍不住在心里安慰自己，不过就是回家吃一顿饭而已嘛，但是离家越近，他心中的那种"风萧萧兮易水寒"的感觉越强烈。

陈盼来到家门口，敲了敲门。

很快，门就开了，让陈盼感觉到意外的是，门是田小果开的，田小果的脸色不错,红扑扑的脸蛋上挂着一丝的喜色,看来田小果和自己的父母相处得还算融洽,心情应该是大好。

陈盼笑着点点头:"怎么感觉你才是这家的女主人啊,弄得我像是客人一样。"

"那是自然,我迟早是这家的女主人。"田小果看到陈盼,调侃地说道。

陈盼被田小果的情绪感染到了:"未来的女主人,你很膨胀啊!"

"必须的!"

"看这样子,你应该早就过来了吧?对了,小果,最近要降温了,要多注意保暖。"

"你也一样。"看到陈盼眼底满是疲惫之色,田小果心中有些心疼,"我说你这是何苦呢?天天在河边工作风餐露宿,又冷又脏还没有前途。"

"我们可以不聊这个吗?"陈盼一边换鞋,一边说道。

田小果吐了吐舌头,有些调皮地说道:"好好好,知道你不喜欢听这些,我不说还不成吗?"

"你先自己坐一会儿,我帮阿姨做饭去。阿姨今天特意烧了你最爱吃的红烧肉,我也能跟着沾沾光。"

"是吗?"陈盼眼前一亮,他最喜欢吃妈妈烧的红烧肉了,以前只有逢年过节的时候,爸爸妈妈从外地回来,自己才能吃到。所以陈盼小时候最盼过年了,只要是过年,那就是自己一家团圆的时候。

但从陈盼记事起,父亲和爷爷的关系一直很不融洽。陈盼也偷偷地问过爷爷,爷爷只是坐在那里一声不吭。而父亲,陈盼根本就没有时间和他相处。所以对于陈盼来说,父亲的记忆是很模糊的。

因为从未有过交流和沟通,陈盼和父亲之间的关系一般,并不亲近。

田小果将陈盼的衣服挂了起来,然后一句话都没有说,直接跑到厨房帮着乔雪梁准备起了饭菜。

就算是回到了家,陈盼的心情也依旧牵挂在工作上面。

经过大家近一个月的努力,通惠河清淤的前期工作已经结束,围堰已经打好,大功率的污水泵也已经将污水分段抽干,工程已经正式进入清淤的阶段。

按照进程来说,围堰内水抽干后,先用吸污泵将表层淤泥直接吸到罐车上,然后运至卸土点堆放。至于河道下面含着垃圾和石块的渣土要采用人工清理的方式进行清淤,最后吊运至岸上临时堆放点,利用渣土车外运至卸土点堆放。

但是与此同时,新的问题也来了。想要将十二台大型挖掘机全部都放入河道之中,几乎是不可能的事情,所以有人就提出了将挖掘机放在河堤岸边,在岸边设置挖掘机放置点。

由于河堤的地基不稳定,想要将几十吨重的挖掘机安然无恙地安放在河堤边上,对于陈盼来说本身就是一个极大的挑战。

所以,陈盼这些天跑遍了通惠河两岸的每一处地方进行测量,测量之后还要进行分析,然后才能得出初步的结论。但是留给他的时间并不算太多,清淤的工程必须要在三个月之内完成,现在已经进行了一个月了,根本就不可能给他具体的测量、检测、分析的时间。

时间紧,任务重,对于陈盼来说,半个月的工作量要压在三五天之内完成,几乎就是不可能完成的任务,而且方为民处长也只允许他们五天之内完成挖掘机放置点的测试工作。

这是第一次,陈盼感觉到了工作的棘手。

略有些疲惫的陈盼斜倚在沙发上,这些天下来,陈盼收获的是一堆未分析过的数据,但是清淤的工程是不能停下来的,他只能是夜以继日地工作,试图抢回一些时间。

"怎么了?"乔雪梁端着香喷喷的菜,看着儿子如此地疲惫不堪,神色间也显得有些憔悴,乔雪梁有些心疼地说道,"小盼,既然清淤的工作这么辛苦,我看咱们还是不要做了,换个工作岗位,至少还能轻松一点儿。"

"妈,没事的。年轻人嘛,这点儿苦不算什么的。"陈盼的脸上露出一抹带着倦意的笑容,"对了,爸呢?还没回来啊?"

乔雪梁的笑容里带着牵强,最近陈洗冰的状态很糟糕,虽然是从县里调回到了市区,但是从级别上是属于平调。而且最近陈洗冰的工作很不顺心,回来后,也是一个人闷在书房里,根本就不出来。多年的老夫老妻了,乔雪梁一看就知道陈洗冰并不愿意回来接手这边的工作。

乔雪梁点点头,有些顾忌地说道:"应该还在忙,不过我今天给他打过电话了,他知道今天晚上你和小果要回来吃饭,我让他早点儿下班。小盼,你爸最近心情不太好,你多顺着点儿他,不要惹他生气。"

"嗯。"陈盼应付般地答道。

乔雪梁摇摇头,这父子俩的性子简直一模一样,执拗无比,最重要的是还不会表达自己的感情。每一次的交流都是石头撞石头,不撞得支离破碎是不会停下来的。

也正是预感到了今天会再一次地出现这样的场景，乔雪梁才把田小果也叫来一起吃饭，希望有田小果在，两人能稍微克制一些，不要那么冲动。

"你先歇着，看看电视。"

乔雪梁忧心忡忡地回到厨房，看到手脚麻利的田小果，乔雪梁的心里充满了欣慰。田小果非常优秀，让她十分满意，虽然有些任性的小脾气，但是本性善良，对陈盼的感情也非常真挚，是个好孩子！

"小果，上次在爷爷家里，大家闹得有些不愉快，也没顾得上问你，你父母是做什么的？"

"阿姨，我爸是做生意的，我妈是当老师的。"田小果随口说道。

乔雪梁点点头，心想两家还算是门当户对，随后，她又忍不住问道："小果啊，你们接下来有什么打算？是准备结婚呢？还是再缓几年？你放心，阿姨绝对不是在催你们，咱们家也不是老封建，我只是觉得你和小盼很般配，既然有缘的话就把事情定下来吧。"

说到谈婚论嫁，虽然田小果已经认定自己会和陈盼结婚，并且自己也多次幻想结婚的场面，但听到长辈的询问，还是有些害羞，脸上顿时红了起来。

虽然心中略有欢喜，但是田小果更多的还是隐隐的担忧，她知道异地恋不可能，陈盼又不愿意离开京城，而自己想要回到浦城，意见不合已经渐渐地在他们之间形成了一道无法逾越的鸿沟。正是因为这隔阂让两人的未来显得有些扑朔迷离了。田小果的心中充满了担忧，她坚信着陈盼是爱自己的，但是二人到底能不能走到一起，或许他们还需要经历更多。

"阿姨，我们暂时还没有这方面的打算呢。"田小果的声音越来越小,"而且,陈盼和我还没有商量过这种事情。我们就先这么相处着,走一步看一步吧。"

乔雪梁是过来人,看见田小果露出小女人的神态,她自然知道田小果这句话说得有些口是心非了,哪个女人不希望能够和自己的爱人长相厮守?

"应该有这方面的打算了。"乔雪梁一边烧着菜,一边说道,"当初我和陈盼他爸在一起的时候,才二十四岁,当然,你们现在不能和我们那个年代相比,但是我还是希望你们两个年轻人能够尽快把事情定下来。"

"阿姨,我们到时候可能要去浦城。"田小果的目光有些谨慎地望着乔雪梁,目光中带着一丝丝询问和担忧。

乔雪梁明白田小果这是在担心她的看法,她笑了起来:"现在高铁这么方便,到浦城也没多长时间,无论是在浦城还是在京城,在哪里住无所谓的。不过我和陈盼他爸年纪都不小了,只要你们抽时间来陪陪我们就可以了。"

田小果心里松了一口气,想着只要陈盼父母同意,到时候陈盼和自己回浦城发展就有望了。

第九章　父与子的战争

就在乔雪梁和田小果有一句没一句闲聊的时候,外面的门铃响了起来。

陈盼跑过去开门。当他打开门的时候,却发现陈冼冰面带寒霜地站在门口。

陈冼冰回到家,看到开门的人是陈盼,心情顿时降到了冰点。

"爸,回来了?"陈盼接过陈冼冰的包,随口说道。

"嗯!"

虽然陈冼冰的脸上并不开心,但是看到陈盼伸手接过自己包的时候,他的心里还是很欣慰的。脸上的不高兴,多半也是因为儿子工作的选择,并不能让他满意,他这才故意表现得冷淡一些。他是过来人,自然希望自己的儿子能够生活得比自己要好。

陈冼冰冷淡的态度,让陈盼的心里顿时凉了一截,他想到关于今天晚饭的结果,更是不安起来。

陈盼将父亲的包放好,又去替父亲泡了一杯热腾腾的茶,放在茶几上,陈盼这才坐回到沙发中。

沉默,是一种最可怕的氛围。

陈盼不知道从何开口,他想要和父亲聊一聊,但是直到这个时候他才发现,自己根本就没有和父亲可聊的话题。

陈洗冰揉了揉有些发疼的太阳穴。最近因为工作上的事情,陈洗冰心里觉得很不顺畅。并不是工作岗位变化的原因,也不是因为被上司训斥,反倒是因为他的工作很出色,而且被领导委以重任了。

通惠区通惠河清淤工作正在进行中,而区规划局接到上级领导的指示,要对通惠河沿岸进行景观规划,陈洗冰作为规划局的副局长,刚一到任就被区里的领导任命为通惠河景区的规划办公室主任。

今天区里规划局的柳局长找他谈过话了,也谈及具体分工,虽然他已经做好了心理准备,但是真正到了任命的时候,陈洗冰对这样的安排打心底里是排斥的。

陈洗冰是学设计的不假,对于市区规划这一块自然是非常的熟悉,但是区里的领导对他最信赖的一点就是陈洗冰是陈镜河的儿子,这让陈洗冰的心里很不舒服。

对于通惠河,陈洗冰的心里一直都很害怕。这么多年过去了,陈洗冰对于母亲的记忆非常模糊,而承载这段记忆的就是通惠河。

所以陈洗冰怕,他怕看到通惠河,就会想起自己的母亲。他拒绝在市里上学,在市里工作,但是人生和他开了一个很大的玩笑,兜兜转转,他又转回到了原点。但是这一次,他没有退路。

没办法,陈洗冰只好硬着头皮把工作接了下来。

任何事情,兴趣是最关键的,有兴趣事半功倍,没兴趣事倍功半,至于陈洗冰这种带着抵触情绪的,那就是事倍功半了。

再加上儿子的事情也不让陈洗冰省心,对于陈洗冰来说,他最近一直都很烦躁和焦虑,他发现自己的白头发也增加了不少。

"陈盼,有个事儿,我要和你说一下。"陈洗冰倚在沙发上,揉着自己的太阳穴，闭着眼睛说道。

陈盼的目光从电视上收了回来，有些诧异地看着陈冼冰。这好像是父亲少有的主动和自己说话，陈盼的目光中带着一丝愕然。

"我和建设局的梁局长，还有你们河湖管理处的方处长都打过招呼了，过段时间将对你的工作岗位进行些调整。"

"调整？"陈盼的语气中带着一丝疑问。

陈冼冰点点头，丝毫不在意陈盼的话已经变得非常僵硬。

"是的，梁局长那边缺专业的建筑设计人才，正好你学的也是设计，去他那里正好专业对口，比在河湖管理处有更大的发展空间。"

陈盼没有说话，只不过他的眉头已经拧成了一团。

其实在方为民找陈盼谈话的时候，他就已经猜到是父亲在从中作梗了，而且最近母亲在电话里也是经常劝自己。甚至他还联想到之前和田小果的吵架，一定程度上也是因为父亲。陈盼的胸中好像有一团怒火在燃烧。

"爸，我觉得我在河湖管理处就挺好的。而且我现在也已经适应了这里的工作，更何况现在清淤工作才刚刚展开，我在这个时候调岗的话，不太合适吧？况且，无论在哪里工作，只要我开心就好了。"陈盼强压着心头的怒火，让自己的话语听上去尽量心平气和一些。

"你好不好，你自己说了不算。你是年轻人，经历的事情少，经验也少，所以你需要有经验的人给你进行指导、引航。现在你不理解没关系，等你什么时候能够理解了，你就会感谢我的。你就会知道，我这样做都是为了你好。"陈冼冰徐徐地说道。

陈盼沉默了，这种沉默并不是一种屈服，而是一种爆发前诡异的宁静。

"爸,这是我自己的事情,你就不用管了。"陈盼实在不愿意在父亲的摆布下过日子。他觉得父亲的做法过于武断了。

陈冼冰猛得睁开了眼睛,眼睛死死地盯着自己的儿子,手在茶几上面猛地拍了一下,茶杯中的水都溅了出来。陈冼冰阴着脸说道:"我是你爸,你的事就是我的事,我不管,谁管?"

"爸,我说过了,我很喜欢现在的工作,我还不想换工作。"陈盼知道和父亲硬碰硬对自己没好处,但是他还是无法压抑住心中狂躁。

"不是喜欢不喜欢的问题,现在事情已经都帮你联系好了,方为民处长那里已经答应放人了,梁局长那边也已经准备要接你的档案,不用再说了。这件事情就这么说定了。"陈冼冰的心头涌过一丝烦躁,"你就是没出息!"

"我是绝对不会走的!现在我的工作就是治河清淤,其他的和我无关!再说,你凭什么决定我有没有出息,我现在只想做自己认为对的事情。"陈盼猛然站了起来,看着陈冼冰固执地说道。

陈冼冰也"噌"地一下站了起来,语调一下子提高了许多:"陈盼,你这个小子!怎么,觉得现在翅膀硬了?连我的话都……"

"咳咳!"

从厨房里面传来了轻咳声,好像是在提醒着什么。陈盼和陈冼冰同时一扭头,看到了端着菜来到餐桌前的田小果。

田小果有些不好意思地说:"小盼,和叔叔好好说话,都是一家人,有什么话不能好好说吗?非要吵得连房顶都快要掀起来了。"

田小果的出现,让怒气正在不断攀升的两人瞬间都冷静了下来,不过看着父子俩大眼瞪小眼的样子,田小果还是能够感觉到客厅的温度骤然降低了两三度。

为防止祸及池鱼，田小果赶紧转身回到了厨房。

陈盼和陈冼冰互相看了一眼，然后慢慢地坐下。

陈盼叹了口气，然后冷静地说："爸，我不想和你吵，我工作的事，请你以后不要再擅作主张了。我很喜欢现在的这份工作，并不想换岗，这件事情，就这么算了吧。"

陈冼冰满是倦色的脸上微微地抽搐了两下："小盼，你都已经这么大了，不能再像小时候那样任性了。你现在的工作不单单是你一个人的兴趣，更多的应该是一种责任。尤其是你还有小果这样一个女朋友，你要替她想一想，河湖管理处的工作能给她带来生活上的安全感吗？你做好承担责任的准备了吗？"

陈冼冰想不明白，陈盼都已经二十多岁了，按理说早就已经过了青春期叛逆的年纪，怎么还如此地让自己操心呢？或许是父亲就天生应该替儿子操心吧。

目光在陈盼的脸上打量了一下，陈冼冰也冷静了一些，他端起桌子上的茶杯，轻抿了一口，带着一种教育的语气说道："你没有。你只是想要做自己想要的事情，你考虑过你自己的前途吗？你替你身边的人考虑过吗？小果？我？还有你妈？"

陈冼冰无奈地摇了摇头，接着说："既然这些你都没有考虑过，那么你觉得你现在成长了吗？还是你想要自己承认，你就是一个自私的人！"

陈冼冰的话已经说得很重了。

对于陈盼来说，父亲的一番话如同是一座座的大山，狠狠地压在了自己的胸口，压得自己根本就喘不过气来。

陈盼忽然意识到，父亲说得并没有错，他更多时候只想到了自己，却忽视了自己身边的人。他并没有想到自己在追逐梦想的时候，却踩碎了其他人的心。

就如同田小果，一直希望自己能够陪她一起到浦城发展，但是直到现在，两人依然还因为这件事达不成一致的意见而心存芥蒂。

再比如说自己的父亲……

陈盼的舌尖涌起了一丝苦涩，其实他的父亲说得没错。

但是，有些时候，有些事情，陈盼是必须要做的。因为只有做了这些，他才能问心无愧，才能不留任何遗憾。

摇摇头，陈盼目光无比坚定地说道："爸，我承认我是有些自私，但是我觉得无论面对什么困难，我都会去想办法解决它，而不是去躲避。河湖管理处的工作，是我一直想要做的事情，而且您也是在通惠河边长大的，您怎么就不能理解我呢？"

陈盼的话音刚落，就听见"啪"的一声，陈冼冰的手再一次重重地拍在了茶几上。

陈盼口中的躲避困难，再一次触到了陈冼冰心里的痛。陈冼冰虽然嘴上不承认，但是他就是一直在躲避着通惠河！

陈冼冰刚要张嘴说话，乔雪梁的声音响了起来："老陈！"

陈冼冰转头看了一眼乔雪梁，冷哼了一声，不再理会自己的儿子。

"叔叔，陈盼是不是又惹你生气了？消消气，我们先吃饭吧，乔阿姨做了不少好吃的，我都馋得流口水了。"田小果了看这对父子，然后朝着陈盼狠狠地瞪了一眼，好像是在责备陈盼不懂事。

陈冼冰"哼"了一声，把目光从陈盼的身上移开，然后站了起来，径自走到饭桌边坐下。

看着陈盼依然坐在沙发上一动不动，陈冼冰语气僵硬地说道："怎么？还要让我请你不成？"

田小果拽着陈盼坐到了饭桌上，乔雪梁看着这对父子大眼瞪小眼、分毫不让的样子，一边盛饭，一边徐徐说道："儿子好不容易回来一次，小果也是第一次登咱们家的门，你就非要把气氛搞得这么僵不成？吃饭！"

这一餐，如同陈盼所料想的那样，完全就是"鸿门宴"，陈盼吃得分外尴尬。

倒是田小果，丝毫没有在意父子俩制造出来的冰冷氛围，和乔雪梁热乎地边吃边聊，就好像什么事情都没有发生一样。

吃完饭，陈盼放下碗，然后说道："好了，我吃好了。"

"今天晚上还回去？"乔雪梁看着陈盼在默默地收拾挂在门口的外套，使劲儿地瞪了一眼丈夫，有些心疼儿子。

陈盼僵硬地点点头，说道："是啊，晚上爷爷一个人住在老院子里，我不放心，我要回去陪着爷爷。而且，我晚上回去还有工作要做。小果，我送你回去。"

田小果点了点头，赶紧将碗里的饭吃完，对着陈冼冰、乔雪梁笑了笑，有些歉意地说道："叔叔，阿姨，我也吃好了，下次再品尝乔阿姨的手艺好了。那我就和陈盼先走了，你们慢慢吃。"

"好，小果你要常来啊！"乔雪梁的脸上挂着笑容，两个聪明的女人好像丝毫没有被刚才剑拔弩张的氛围所感染。

直到田小果和陈盼出了门，陈冼冰都没有说一句话。

陈冼冰冷着脸，重重地放下碗筷，一言不发地进了书房。

乔雪梁无奈地摇摇头，这顿饭吃得她心里七上八下的。现在人都走了，她坐在那里，呆呆地发着愣。

第十章　固执即自私

出了门的田小果和陈盼在寒风中慢慢地走着，田小果缩了缩脖子，缩进了厚厚的围巾里，她有些不悦地说道："你和叔叔有什么话不能好好说，非要把气氛搞得这么僵吗？"

陈盼无奈地笑着说道："他想要给我换个单位。"

"很正常啊，哪个父母不希望自己的孩子过得好一些啊。陈叔叔有这样的想法是很正常的。"田小果理所应当地说道。

"我知道，但是我无法接受，我有我的人生。"

听到这里，田小果心中莫名地多了一丝烦躁，带着一些埋怨，幽幽地说道："陈盼，你活得太自我了。"

"什么？"

"你活得太自我了，你从来不考虑你身边人的感受，比如我，又比如乔阿姨。"

陈盼沉默了，他知道田小果说得没错，自己在做出决定的时候并没有顾及身边人的感受，所以受到伤害的总是自己身边最亲近的人，比如自己最爱的女朋友，又比如自己的父母。

凛冽的寒风之中，降下来的不仅是身体上的温度，还有心里的温度。

一边走,田小果一边说道:"叔叔是为了你好,你不愿意接受,但是你应该换一种方式去拒绝。可是你强硬的态度,却让叔叔伤透了心。阿姨虽然没说什么,但是她夹在中间,是最受伤的那一个。还有我,我对你也有些失望。"

田小果看了一眼陈盼,心中涌起了淡淡的落寞。

"你从来不妥协,从来不忍让,你其实是很自私的,你只顾及你自己,却从来没有为你身边的人设身处地地想一想。陈盼,我可以为你舍弃一切,你不愿意跟我去浦城,我能够迁就你,可以陪你暂时留在京城。你不愿意离开你现在的工作岗位,你的父母也能够迁就你。但是你却伤了我们的心。"

说到这里,田小果停了下来,她侧过头,看着身边的陈盼,发出最后的质问:"你体谅过我们吗?你太自私了!"

陈盼听到田小果的话,心里顿时有些五味杂陈,他不知道该怎么反驳田小果的话,或许他根本就无从反驳。

看到陈盼依旧呆呆地站在原地,田小果感到从未有过的冷,这是一种从心底涌出来的凉意。

"你变了!"

田小果的这三个字狠狠地敲击着陈盼的心,让陈盼无力反驳。

"你不用送我了,我自己回去就可以了。你好好想一想吧,你放弃了自己原本远大的前程,你有没有后悔过?还有,你在乎过我的感受吗?在乎过叔叔阿姨的感受吗?你的追求是什么?在你所追求自己梦想的时候,你有没有停下脚步,替我们考虑一下?"

陈盼还是只有沉默。

田小果被冻得有些发红的脸上,涌起了一抹悲伤,她淡淡地说道:"看来,你没有!"

田小果独自离开了,而陈盼没有要追上去的意思。这漫天的寒意让陈盼想不明白,自己坚持自己应该坚持的,是不是真的做错了。

陈盼的脸上露出了痛苦和纠结的神色,在这寒冬的街道上,只有他一个人像是丢了魂一样,矗立在原地,一动不动,他有些迷茫了。

等陈盼回过神来的时候,田小果的身影已经消失了。

陈盼魂不守舍地回到帽檐胡同,他坐在自己的书桌前,心中异常烦躁,他一直都在回味着田小果的话。他知道,田小果这一次是真的生气了,不像是之前小情侣闹别扭,而是真正的生气。

"唉!"陈盼叹了一口气,无奈地闭上了眼睛,以前他们闹别扭,他可以哄一哄田小果,做一些浪漫的举动,送一些心仪的物品,但是这一次,他却发现自己根本就无力去哄田小果开心。陈盼第一次有一种无助的感觉。

从上一次吵架开始,只要涉及两个人未来的打算,陈盼就发现田小果好像是变成了另外一个陌生的女孩,他知道他们彼此是相爱的,但是这种煎熬却让他们从最熟悉的人变成了最陌生的人。

对于陈盼来说,他真的不知道应该如何再进行下去。

阻力,来自亲情和爱情,让他心痛。而这种心痛,陈盼却是无力抵抗,带着这种失落,陈盼趴在书桌上,有些茫然失措。

"小盼,怎么了?发什么呆呢?"

一杯热咖啡放在了书桌旁,陈盼抬了抬头,看到了爷爷。

"没什么,就是有些问题,还没找到办法解决。"陈盼的嘴角露出了一丝无奈的笑容。

彷徨中的陈盼根本没有任何的心思在工作上，就连摊开的图纸他都顾不上去研究。

看到陈盼的神情有些落寞，陈镜河就势坐在了孙子的身边，笑呵呵地说道："什么难题让你这么纠结，说出来，看看爷爷能不能帮你？"

听了爷爷的话，陈盼先是叹了口气，低头看到桌上的图纸，突然眼前一亮。或许爷爷没有办法解决他生活上的困惑，但应该能帮他解决工作上的困难。

陈盼赶紧收拾了一下心情，拍了一下自己的脑袋，说道："哎呀，我怎么把您这尊'老神仙'给忘了。"

陈盼将图纸展开来，对着陈镜河说道："爷爷，说真的，还真有需要您帮助的。"

"说吧，你这小子，跟爷爷还见外？是不是遇到什么困境了，说出来，我来帮你参谋参谋。"

陈盼点点头，将烦心事儿全部都抛之脑后，认真地投入工作之中："是这样的，我们准备将十二台几十吨重的大型挖掘机放在河堤岸边。但是我担心河堤的地基不稳定，所以在选择放置点上有些犯难。"

陈镜河接过了图纸，从口袋里摸出了老花镜，架在了鼻梁上面，认真地看起了图纸，一边看还一边扶一扶眼镜，然后闭起眼睛沉思了起来。

良久，陈镜河才抬起头，长出了一口气，对着陈盼说道："首先，你考虑的方向没有问题，至于把挖掘机放在岸边进行工作，也没有问题，只不过挖掘机实在太重了，点位的选择上确实需要好好地考量一下。"

陈盼听到爷爷的话，赶紧说道："是啊，我们对河堤的承重进行了测试，但是目前来看进展缓慢，河堤本来就是坍塌多发地段，如果承受不住挖掘机的重量，就会影响施工的进度。更要命的是，留给我们的时间不算太多，只有五天的时间。"

"五天？"陈镜河摇了摇头，胸有成竹地对着陈盼说道，"根本用不了五天，只要三天就可以完成。"

"真的？"陈盼顿时眼前一亮，看爷爷的目光中充满了敬佩。

陈镜河乐呵呵地笑着说道："臭小子，爷爷还能骗你，三天够够的。这样吧，你明天工作的时候把我带上。"

"没问题，没问题。"

陈盼听了爷爷的话之后，脸上露出了兴奋的表情。过了一会儿，他又凑到爷爷的面前，说道："爷爷，您真有妙招儿？"

陈镜河摸了摸陈盼的头，说："干了一辈子的河工，找几个安全点，对我来说不算什么大工程。你们年轻人有干劲，但是却缺乏经验，明天到河上了，我来帮你确定几个放置点，只不过还需要再好好地看一看，而且还要结合上你们的科学勘察手段，这样毕竟保险一些。"

"好！"

陈盼的脸上满是喜色："爷爷，您实在是太棒了，我把这个消息赶紧告诉方处长，这样他今天晚上一定能睡一个好觉！"

陈盼拿起手中的电话跑到了院子里。陈镜河看着孙子，脸上露出慈祥的神色，心里涌出了一抹欣慰，他心里想这或许也是一种传承，看着这种情怀能够传承下去，说句不好听的，他闭眼之前没什么遗憾了。

"爷爷！"陈盼急急忙忙地跑回来，脸上是藏不住的激动，"方处长让我好好地谢谢您,这一次,您可是帮了我们大忙了。"

"臭小子,这下不用纠结了吧,好了,早点儿去休息吧,明天一早,我就陪你到河边溜达溜达。"

"喳!"陈盼故意搞怪地做出下跪的动作。

"臭小子找打不是?"陈镜河的脸上挂着笑意,刚准备走,突然间想到了什么,对着陈盼说道,"哦,对了,你今天陪小果一起回你爸妈那里了吧?怎么样,吃得还算愉快吧?"

说到了这里,陈盼脸上的喜色一扫而去。陈镜河看到孙子的神情,就知道陈盼和陈冼冰的谈话并不愉快,他叹了一口气,看来陈盼应该是知道了陈冼冰给他调工作的事了。

"我和我爸吵了一架,他想要给我调岗,我现在刚刚熟悉了工作,而且我在这里还没有做出成绩,我不想离开。我想,等我干出成绩来再进行调岗也不迟。"陈盼想了想,一五一十地将自己心中的想法告诉了爷爷,他知道,爷爷一定能够理解自己。

无奈地叹了一口气,陈镜河的脸上闪过了些许的惆怅和无奈:"你爸那么做的出发点也是为了你,你不应该和他吵架的,这样会伤了他的心。"

陈盼点点头,正如田小果所说,他现在心中也有些后悔自己今晚的态度和表现。

第二天一大早,陈镜河和陈盼就来到河堤边。

陈镜河用力地将手中的枯树枝在地上点了点,对着跟在自己身边的陈盼说道:"这里是一个点。当年这里有一个小码头,地基还算坚硬,至于能不能承受得住挖掘机,你们还得经过科学的测量,我呢,只是提供意见。"

陈盼点点头，招呼着自己的同事在图纸上将这个点标注出来，而陈镜河和陈盼两人，则是直接又朝前走了过去。

从早上到现在，爷孙俩儿都走了两个小时了，陈镜河没歇一口气，对于陈镜河的指点，陈盼在图纸上仔细地进行着标注。

抬起头，陈盼推了推架在鼻梁上的眼镜，看见爷爷的脸上露出了一丝的疲态，陈盼知道，爷爷陪着自己在河边走了这么长时间，就连自己都有些吃不消了，更何况是一位年过七旬的老人。

陈盼关切地说道："爷爷，不着急，咱们歇一歇脚。"

陈镜河看了看陈盼，满是褶皱的脸上露出了笑容："没事，我不累。再说了，我都黄土埋到脖子根儿的人了，以后想要休息，有的是时间。"

"爷爷！"陈盼皱皱眉头，他平时最怕陈镜河说这话了，"爷爷，您老身体这么棒，活到九十多岁那都是小事。您老呀，就等着抱重孙子吧。"

"嘿，我说臭小子，别跟我耍贫嘴。别说重孙子，你倒是赶紧把小果这个孙媳妇搞定啊！小果那孩子我看着就喜欢，不过你小子的进展也实在是太慢了！你要是孝敬我，就早点把孙媳妇娶回家里来。"陈镜河调侃着自己的孙子。

提到田小果，陈盼的脸色变得有些窘迫，昨天田小果的话还一直在他的耳边萦绕，让陈盼根本就无力反驳。确实，他的选择忽略了自己的亲人和女友，这是他无法否认的。陈盼并没有合理的理由去说服自己，更别说是要去说服田小果。

想到这里，陈盼的脸上多了一丝无奈。

或许是感觉到了陈盼的困惑，陈镜河打趣地说道："怎么了？是不是和小果又闹什么别扭了？这次用不用老头子我再替你请人家吃一次烤红薯？"

陈盼摇摇头，脸上满是无奈和怅然。

"好了，好了，你们年轻人的事情你们自己去解决就可以了，我就不掺和了，还是说说你爸给你换工作的事情吧，我想要听听你是怎么想的。"陈镜河打断了陈盼急着张开的嘴，"在我这里，要说你的心里话。"

"说实话，我并不想离开这里，我觉得现在的工作挺好的，我喜欢做，而且我干得也开心。建设局确实是挺有前途的，但是现在我只想要做好一件事，那就是通惠河的清淤工作。哪怕是忙过这阵儿再调走也不迟。"陈盼望着通惠河干涸的河道，里面清淤的工作人员正在热火朝天的工作。

其实陈盼说的话陈镜河早就明白了，但是一想到儿子的性格，陈镜河有些无奈地说："你也应该清楚，你父亲在这件事情上的态度很坚决。"

"我知道，他并不知道我想要什么，也只有爷爷和我自己清楚，我到底想要什么。"陈盼淡淡地说道。

陈镜河的心中满是矛盾，一方面他希望陈盼能够接受调动，对于陈盼日后的发展来说，可以少走不少弯路；另一方面，他又不希望陈盼调离现在的岗位，他有一种无法言名的东西，想要传承下去，而陈盼正是继承这种精神的最佳人选。

陈镜河缓缓地问道："那你想要什么？"

陈盼深吸了一口气，淡淡地说道："我也不知道我要干什么，就是一种很模糊的感觉。怎么说呢，这就像是一种依恋，我的所有记忆都是和这条河有关的，这记忆里面是我割舍不了的牵挂，对老胡同、对您，还有对我自己的回忆。"

陈镜河深吸了一口气,说:"我知道,小盼,你说的这种感觉我明白。孩子,有些时候一件事情的对错不能以是非得失去衡量,更不能用金钱和利益去衡量,人活着靠的是自己的精气神,或者说是一种执念,而这条河,已经做了爷爷一辈子的精气神了。"

陈盼抬起了头,有些疑惑地看着爷爷。虽然陈盼从小到大受爷爷的影响最大,但是他直到今天才又重新认识了爷爷。

"有些事,我们不能忘;有些人,我们也必须要记在心里面。你不愿意离开京城,舍不得离开这条河,那是因为在这里,有你的眷恋。"陈镜河淡淡地说道。

这番话,陈镜河是在说给自己的孙子听,但又何尝不是在说给自己听呢?

第十一章　爱情最美的模样

陈镜河一辈子都守在通惠河边,他把所有的怀念和思绪全部寄托在了这条河上,对于陈镜河来说,这里就是他想要守护的一切。

陈镜河的目光透过寒冷而干涸的河道,眼前所有的一切,好像是时空穿梭了一般,渐渐地,他的眼前只有自己最熟悉的余晖洒满河畔。

新抽的嫩柳倒映在波光粼粼的通惠河面,年轻的陈镜河陪着自己漂亮的新婚妻子,一阵风吹过,妻子柔软的青丝随风微微摆动着。

方雅琴在陈镜河的耳畔轻语了几句,然后就见陈镜河无比激动地看着初为人妻的方雅琴,脸上先是愕然,然后又写满了兴奋,还有一丝期待。

"真的假的?"

方雅琴对着年轻的陈镜河使劲儿地翻了一个白眼,胳膊肘儿捅了一下陈镜河的腰:"怎么着?你不相信?"

"嘿嘿,相信,太相信了。真是不敢想,这么快?"

方雅琴的手轻轻地抚摸了一下肚子,她的脸上是藏不住的慈爱,笑着说道:"当然了,看你那没出息的样子。陈镜河,你和我就要做父母了。"

"太好了,太好了,实在是太好了!"

陈镜河想要把妻子抱起来转几圈,但是环住妻子的腰的时候,却被妻子小心翼翼地打开了手:"小心点儿!"

"哦,对对对,小心一些,现在的你就是咱家最金贵的人,我得像供菩萨一样把你好好地供起来。嘿嘿,你说,想吃什么,我去给你买。"陈镜河语无伦次地说道。

方雅琴对着陈镜河翻了一个白眼,看着像孩子一样兴奋的丈夫,方雅琴的脸上也是藏不住的笑意:"别着急,现在还不到时候呢,陈镜河,我们就要有自己的孩子了,感觉过得好快啊。"

"是啊!"陈镜河忍不住在妻子的额头轻吻了一下,傻呵呵地笑着说道,"我要当爸爸了。"

"看你那傻里傻气的,像个孩子一样。"方雅琴掩着嘴轻笑了起来,"现在怀上,孩子可能要生在冬天了。冬天生孩子的话最发愁了,而且小孩子也不容易养活啊。"

陈镜河一本正经地说道:"放心吧,有我呢,你们娘俩不会饿着,不会冻着。雅琴,谢谢你,太谢谢你了。"

陈镜河动情地将方雅琴搂在了怀里,方雅琴能够感觉得到陈镜河的兴奋,她好像也被陈镜河传染了一样,嘴角挂着浅浅的笑容。

对于陈镜河和方雅琴来说,幸福来得是如此的突然,让这一对年轻的夫妻第一次感受到了家庭美满带来的快乐。

突然间想到了什么,方雅琴白了一眼沉浸在傻笑中的丈夫,脸上带着一丝娇嗔和埋怨,推了一下自己面前的男人:"哦,对了,我们给孩子起什么名字呢?"

陈镜河沉思了起来,表情比任何时候都要慎重。

陈镜河沉浸在自己的回忆之中，浑浊的眼中满是柔情和深深的思念。

"小盼，你知道的，我所有的一切，都沉浸在这条河里了。这里承载着我美好的记忆和深深的思念，我和你奶奶就是在河边定的情，结的婚。我人生中所有重要的事情都和通惠河有着密不可分的联系，如果说得再确切一点，这条河流淌着的是我和你奶奶全部的记忆。"

陈盼听完爷爷的话，点了点头。

其实，对于陈盼来说，通惠河也有着相同的意义，因为自己所有的记忆都和它有关，对它也就有种深深的眷恋。时间久了，这种眷恋便成了割舍不开的情怀，这是一种寄托，也是一种怀念。

陈镜河的嘴角露出了平静的笑容，他淡淡地说道："很快地，我就要去找你奶奶了，到时候我们就在一起了。"

"爷爷！"

此时的陈盼并不知道自己应该说什么，或许田小果在这里的话，能够说出更暖心的话来安慰爷爷，但是他却不是一个会安慰别人的人。

"先不说这个了，说着说着又跑题了。小盼，那你准备怎么向你爸交代？父子间的关系最好不要弄得太僵，那样的话，就太伤你父亲的心了。"

陈盼无奈地摇了摇头："我不知道，整件事情都是他一厢情愿、自作主张地去操作，从来没有征求我的意见。再者说了，我这边的工作才刚刚开了头，我也已经渐渐地熟悉了工作环境，不能一走了之吧？"

"你说得也是,我回头替你向你父亲说一说吧。"

陈盼笑了笑,果然最能够理解自己的,还是最疼爱自己的爷爷。

"好了,我们接着走吧!"陈镜河握着手中的枯树枝,在陈盼的屁股上轻轻地抽了抽,"年轻人,刚走了几步路就走不动了,还没我这个老头子……"

说到这里,陈镜河的身子突然间晃了两下,然后就倒了下去。

陈盼脸色大变,赶紧向前跨了一步将陈镜河抱住,看着陈镜河渐渐发白的脸色,有些惊慌失措地喊道:"爷爷,您怎么了,爷爷……"

很快,救护车飞奔而来,陈盼扔下了手头的工作,陪着爷爷上了救护车,拉着警笛的救护车朝着医院疾驰着。

昏迷中的陈镜河,眼前又浮现出自己最熟悉的画面,仿佛再一次回到了自己记忆深处那段最美好的时光。

天色昏暗的通惠河,年轻的陈镜河站在秋天冰凉的河水之中,双腿已经被冻得发紫,脸上写满了失望和无奈。

岸边,肚皮微微隆起的方雅琴一脸担心地看着丈夫:"镜河,实在不行就算了吧?河水太冷了,万一冻坏了怎么办?"

陈镜河走到了河边,一边将手上的竹筐放在岸上,一边说:"我没事,可能是刚才干得太猛了,歇一会儿就好了。"

"都说了让你慢一点儿了,咱们不着急。再说了,你这么干下去会把身体累垮的。"方雅琴扶着陈镜河坐在了河边的青石上面,忧虑地说道,"你看你,不就是少了几条鱼嘛,不要这么拼命好不好?走吧,我们回家吧。"

"嘿嘿,现在你怀着孕呢,我跟你说,这营养可绝对不能落下,万一到时候孩子生出来不健康怎么办?隔壁的吴婶专门托人问过大医院的大夫了,鱼汤最补了,咱可不能缺了顿儿。"

"那你也得悠着点儿,一顿半顿没什么的。你说你要是累垮了,到时候我们孤儿寡母可怎么办?"方雅琴心疼地看着陈镜河。

陈镜河笑了笑:"我没事,我年轻力壮的,不怕。再说,捞几尾鱼又能有多累啊?雅琴,再等我一会儿,马上就好了。"

"再年轻力壮也不是铁人!好了,听我的,今天咱们不捞了,回去休息吧。这天就要黑了,早点儿回去我给你做饭,明天你还得上班呢。"方雅琴有些担忧地说。

陈镜河看了一眼河面,想着也没有多大的希望了,转过头,笑着对妻子说道:"好,那咱们先回吧!"

夕阳之下,方雅琴挺着个大肚子,步履有些蹒跚,她和陈镜河一起走在河边。

陈镜河小心地扶着自己的妻子,时不时地逗着她开心。伴随着河水潺潺地流淌声,夫妻俩沿着河边往回走,一路上充满了欢歌笑语。

是夜,天空中挂着一轮皎洁的弯月,河边的风吹得人脸颊生疼,而此时在河畔,有一道身影,弯着腰,在河水中摸索着什么,周围没有一点儿声音,只有河水的声音伴随着他。

这人,自然就是去而复返的陈镜河。

冰凉的河畔,陈镜河挽着裤腿,打着手电筒,摸索着找着河里的鱼。河水冰凉,但是他却丝毫感觉不到,他的心里只想着刚刚捕到的鱼,他仿佛已经看到妻子正在喝着自己煲的鱼汤,脸上挂着让自己永远都看不够的甜蜜的笑容。

虽然有些累,但是陈镜河却觉得这一切都是值得的。想得有些出神,陈镜河的身子一斜。

"扑通!"

陈镜河整个人跌倒在河里,当他想要游到岸边的时候,却发现好像有什么东西在深深地拽着他的脚。他呛了几口河水,觉得自己的呼吸变得急促了起来,喉咙更是被什么给堵上了一样。

陈镜河在河水中沉到了底,呼吸愈发地吃紧了,耳畔边传来了几声熟悉的呼喊声,渐渐地,这声音也消失了,他的四肢有些僵硬,身体有些发冷,而且控制不住地想要睡觉。终于,他沉沉地睡了过去。

第十二章　三种爱情

"嘀，嘀，嘀……"

等陈镜河再次地回过神来的时候，他听到了周围一阵嘈杂的声音，他觉得自己的眼皮异常沉重，他的呼吸也渐渐地急促了起来，如同溺水了一般的难受。

戴着氧气罩的陈镜河艰难地睁开眼睛，他发现眼前白茫茫的一片，原来那嘈杂的声音正是心电监护仪的声音。

"爷爷！您醒了，您可是吓死我了。"

陈镜河艰难地扭了扭头，看到陈盼一脸担忧地看着自己，脸颊上挂着泪水。陈镜河一时没有反应过来，他记得之前自己应该在河边，怎么突然就来到这里了呢？而且，这里是哪儿？

陈盼和陈镜河正在河边采点，陈镜河突然间晕倒被急救车拉到医院，陈盼的心一直都悬在半空中，现在看到陈镜河醒了过来，陈盼才放下心来。

陈镜河喉头微微颤抖，想要说什么，但却发现自己根本说不出话来。

陈盼看到陈镜河的嘴唇轻轻地嗫嚅，知道他想要喝水，赶紧倒了一杯水,送到他的嘴边。轻轻地润了润嘴唇,陈镜河才觉得嗓子没那么干涩了。

"爷爷,您没事吧?"

陈镜河微微地点点头,沙哑着嗓子说:"这,这里是哪儿?"

"医院,您在河边昏倒了,是我把您送到医院来的。"陈盼凑了上来,满是关切的眼神看着陈镜河,"爷爷,您现在感觉怎么样?需要我为您叫医生吗?"

"不用,我没事。"陈镜河摇了摇头,"别这么大惊小怪的。小盼,爷爷这边没什么事了,你现在应该回去,不要影响到你正常的工作。"

看着爷爷虚弱的样子,陈盼的心中有些不安。一直以来,爷爷在他心中占据着极其重要的位置,看到爷爷这样,陈盼无比难过,他摇了摇头,坚决地说道:"不用,我要陪着爷爷,这样我才会放心。"

"傻孩子,爷爷没事的。只不过这人上了年纪,毛病也就会多起来,这都是正常的,不用担心。"陈镜河抬起手,想要摸一摸孙子的头,却发现他现在的胳膊似有万斤重,根本就抬不起来。

"爷爷,对不起,如果不是我的话,您也不会这样了。"陈盼的心里后悔不已,如果没有让爷爷陪自己去河边的话,也不会发生这样的事情。

缓缓地摇了摇头,陈镜河脸上挤出了一个笑容,安慰陈盼道:"臭小子,幸好有你,要是我一个人在家里的话,肯定早就去见你奶奶了。这件事啊,和你没有半毛钱关系。"

陈盼正要准备说什么,就在这个时候,病房的门被推开了,冲进来的是乔雪梁,她的脸上写满了紧张,看到陈镜河躺在床上,还有陈盼一脸悲切地坐在旁边。乔雪梁直接奔到病床前,有些焦急地问道:"爸,您没事吧?"

"没事,你怎么也跟着过来了?我没事,就是人老了零件都旧了,这毛病也就多了,你们都快回去工作吧,待在这里做什么?浪费时间。"陈镜河平静地说道,"只不过是晕倒了,至于把所有人都惊动吗?我没事,躺一会儿就好了。"

"爸,说什么呢,晕倒这是小事吗?您放心,我已经和单位请了假,这段时间就由我来好好照顾您。哦,对了,在来的路上我也打电话给冼冰了,他一会儿就过来。"

"瞎胡闹!"陈镜河顿时激动起来,他勉强自己坐了起来,陈盼赶紧在他的背后塞了两个枕头。陈镜河倚靠在上面,然后缓缓地说道,"多大点儿事儿,一惊一乍的,我没事,估计是走得太快了,岔了气儿了。我的身体你们还不知道吗?硬朗着呢!"

"爷爷,您老啊,就别再犯倔了!您可千万不能有事,您不知道,今天在堤上可是吓坏我了,到时候您要是有个三长两短的,我爸和我妈还不得找我拼命啊!"陈盼赶紧劝道。

乔雪梁如炬的目光在陈盼的身上瞟了一眼,说道:"一会儿再找你算账,你还知道爷爷年纪大了啊!陈盼你也太不懂事了,你说你,哪里遛弯不好,非要带着老人家在河堤上去溜,看你爸一会儿来了怎么训斥你!"

陈镜河看着乔雪梁在埋怨陈盼,护短地说道:"我看啊,你就不用训斥小盼了,腿长在我的身上,跟小盼有什么关系。"

"爸,您就知道护着您的孙子,这一次明显就是小盼不对,回去我一定好好地教育他!"乔雪梁狠狠地瞪了陈盼一眼,眼中是藏不住的怒意,把陈盼吓了一哆嗦。

"好了好了,现在不是没事嘛,你们该干什么干什么去吧,留小盼在这里就可以了。"陈镜河有些不耐烦地说道。

"哐当!"

病房的门再一次地被推开了,这一次急急忙忙进来的是田小果,看到陈盼、乔雪梁和陈镜河的目光全部都集中到了自己身上,田小果突然间觉得自己有点儿鲁莽了,本来就被冻得通红的小脸,更是一下子烧得发烫。

"爷爷,您……您还好吧?"想到让自己这么着急的罪魁祸首,田小果狠狠地瞪了一眼陈盼,然后快步来到病床前,"爷爷,不好意思,我……我实在是太着急了。"

陈镜河自然不会责怪田小果,他笑着将田小果拉到自己的身边,说道:"丫头啊,来,坐坐坐。小盼,你去给小果削一个苹果。"

田小果一屁股将陈盼从座位上挤走,喘了几口气,然后说:"刚才不好意思啊,爷爷。我听说您病了,所以就急急忙忙地跑了过来,跑得有些快了。"

"呵呵,爷爷没事,就是上岁数了,身子骨儿大不如从前了。"陈镜河笑呵呵地看着田小果。田小果此时因为刚才的举动感到害羞,坐在陈盼刚刚坐的位置上低着头,水嫩的小脸蛋儿红扑扑的。陈镜河看到田小果的模样,心头涌起一阵暖意。

田小果将手中捧着的一束花插在了床头上的空花瓶中,然后甜甜地对着陈镜河说:"爷爷,祝您早日康复!"

陈镜河看到田小果如此用心,心情顿时好了很多。

"你这小丫头,跟爷爷还来这一套啊?瞎花钱。放心,爷爷没事的,让你担心了。好了,我和小盼妈妈还有话要说,你去陪小盼吃个饭去,我刚才睡得好好的,他那饿得咕咕响的肚子都把我给吵醒了。"陈镜河一边说,一边对陈盼使眼色。

陈盼笑了笑，他自然知道爷爷的意思，心想，爷爷还真是非常喜欢田小果啊！

田小果坐在床头用担忧的目光看着陈镜河，陈镜河的嘴角扬起淡淡的笑容："放心吧，我没事，有你乔阿姨在呢。"

"嗯！"田小果这才点点头，站了起来，拎起水壶，对着陈镜河说道，"我和小盼顺带着把水打回来好了。"

田小果跟在陈盼的身后，走出了病房，还不忘把病房的门关上。

病房一下子安静了不少，陈镜河看了看满脸担忧的儿媳妇，苦笑了起来，然后说道："这小丫头不错，人长得漂亮，心地又善良，最重要的是对小盼真心真意。"

"爸，我看啊，您还是少操他们的心吧。他们年轻人的事，就让他们自己去看着办好了。"乔雪梁担心陈镜河的身体，不想让他操心陈盼的事，但随后想到田小果，又说道，"不过我和洗冰也挺满意小果的，他们两人要是能够走到一起最好不过了，这年头儿，知书达理、善解人意的女孩还真的是不好找。"

"知道就好，我这边没事儿，别大惊小怪的，让冰子暂时不用过来了。他现在好歹也是个领导了，怎么能随便离开工作岗位呢？那样的话影响不好。"陈镜河神色有些颓然地说道。

看到陈镜河的状态不太好，乔雪梁也不敢反驳他的话，而是轻轻地点点头："好，我知道了，爸，您好好地休息吧。"

"呵呵，想要好好休息还怕以后没有机会吗？现在趁着还能动弹，有些话还是要多多念叨念叨。"陈镜河笑着调侃道。

"爸！"乔雪梁皱眉道。

"好好好，我不说了，休息，好好休息。"

乔雪梁走上前,将陈镜河扶住,然后在后颈处垫上枕头,整理好床铺,坐在陈镜河的身边。看着陈镜河渐渐入睡,乔雪梁脸上的紧张之色才渐渐地缓和下来。

过了一会儿,陈冼冰走了进来,脸上满是焦急之色。

乔雪梁冲着陈冼冰"嘘"了一声,示意陈镜河已经睡着了。

见陈镜河睡着了,陈冼冰蹑手蹑脚来到妻子身边,低头看着父亲,陈冼冰觉得身体里暖暖的,他的手搭在妻子的肩头。

"你来了。"乔雪梁压低声音说道。

看到陈冼冰人高马大的还装出一副轻手轻脚的样子,乔雪梁觉得好笑,这个陪伴了自己几十年的人,现在做出一副小孩子的动作,乔雪梁就像是回到了他们热恋时一样,那个时候的陈冼冰就是一个毛毛躁躁的阳光大男孩。

"爸怎么样了?没什么事儿吧?"

乔雪梁拍了拍丈夫搭在自己肩头的手,安慰一下丈夫紧张的心情,然后轻声说:"没什么,你没来那会儿刚睡下。我说不动爸,你好好劝劝爸,让他老人家搬来和我们一起住。他年纪这么大了,身边不能没有人陪着。这一次幸好有小盼在身边,万一哪天在家里病倒了,怎么办?"

陈冼冰将包放在身边,郑重地点了点头,说道:"你也知道,我早就劝过爸了,可是他不愿意从老院子里搬出来啊。老爷子性子很犟,就是十头牛都拉不回来。"

"我看,要不让小果试试?"乔雪梁眼珠子一转,对着丈夫说道。

"她?"

乔雪梁笑了起来:"怎么了?你别看小果现在是个外人,但是老爷子可是把人家当孙媳妇看待的啊。我这个儿媳妇说不动,未来的孙媳妇不一定说不动啊！而且啊，我算是看出来了，咱家那老爷子现在还真的就只买她的账。"

"她可以吗？"陈冼冰对于妻子出的主意有些头痛和犹豫。

"看你，又小瞧人了？听我的，保准管用。"

陈冼冰点点头，随手拿起一个苹果，麻利地削起了皮。

看到丈夫的动作，乔雪梁翻了个白眼："你这献殷勤的手段明显就不如你宝贝儿子了。人家老爷子都已经睡了，你还削个什么劲儿啊，一点儿眼色都没有。"

"嘿嘿，谁说我没有眼色了，老爷子睡下了，等他醒了再给他削一个，倒是辛苦你了，我这是孝敬您的。"陈冼冰将削好的苹果直接塞到了乔雪梁的手中。

乔雪梁嘴角微微一翘："你这人，都当大领导了，还没个正形。"

"那也得看人啊，在你这照妖镜面前，我幻化成什么样，都得被你照出原形来。"陈冼冰笑呵呵地说道。

"你这张嘴是越来越油腔滑调了，不跟你聊这些了，咱们啊，还是商量一下老爷子的事儿吧。虽然这一次是有惊无险，但是我们还要预防有下一次意外情况的出现，无论如何也一定要劝说老爷子和我们住一起，这样的话相互也有个照应。要不这样吧，你去和小果说，我和小盼说，让他们劝劝老爷子。"

"怎么是我跟田小果说啊？我一个大老爷们儿，这样有些不合适吧？"陈冼冰有些尴尬地说道。

乔雪梁笑呵呵地说道："跟我在这儿演戏呢？男女搭配，干活不累。再说了，让你跟小盼说，你俩是属火药的，要是碰在一起，那还不直接炸喽？所以最好的办法就是将你俩隔离起来。"

"好好好，我和田小果说，我和田小果说，行了吧？"这么多年过去了,陈冼冰对于自己的媳妇,还真的有些招架不住。

陈冼冰和乔雪梁结婚已经好几十年了,二人之间像这样的温存越来越少,偶尔的调剂,让人到中年的婚姻生活过得非常甜蜜。

陈冼冰看了看已经熟睡的陈镜河,那颗刚刚稍有些放松的心一下子又悬了起来,忍不住叹了一口气:"陈盼那小子呢?"

"和小果去打水了,顺便一起吃个饭。这两个孩子也都忙了一上午了,连口饭也没吃。我觉得吧,小果这孩子真的很不错,人长得漂亮不说,而且一看就是个孝顺的好孩子。一听到老爷子生病了,赶紧就过来了,如果真要成了咱们的儿媳妇最好不过了。"乔雪梁对田小果是赞不绝口。

陈冼冰对田小果也颇为满意,点点头,赞同地说道:"是啊,这孩子心眼儿实在,和陈盼是挺般配的。只不过看这俩孩子,好像闹了一些别扭,你有空也多跟陈盼聊一聊,别老惹人家姑娘生气。"

"你怎么不说?"乔雪梁对着丈夫翻了一个白眼。

陈冼冰乐呵呵地说道:"你刚才不是说了吗,我和陈盼都是属火药的,一点就着,我去不合适。这个时候啊,就需要咱们家的'贤内助'出马了!"

"你们这一家子,老的老,小的小,没有一个让人省心的!"乔雪梁叹了一口气,有些无奈地发着牢骚。

"那就请夫人多多费心了啊!"陈冼冰站了起来,像模像样地对着乔雪梁作了一个揖,惹得乔雪梁"咯咯"地笑了起来。

陈冼冰望着躺在病床上的陈镜河,有些感触地说道:"是啊,这些年来,真的是辛苦你了。"

"没什么,应该的。"

陈冼冰看了妻子一眼,忽然有感而发道:"你还别说,这说明我们老陈家的眼光还是挺不错的,能进老陈家门的女人都是贤良淑德的好女人。"

"什么你们眼光好,明明是我们眼光差。"乔雪梁忍不住调侃陈洗冰。

"是是是。"陈洗冰脸上带着笑意,应承着妻子的话。

夫妻二人对视一眼,脸上都露出了笑意。

第十三章　爱的安全感

窗外，天气略有些阴沉，田小果习惯性地裹了裹套在身上的棉衣，看着陈盼哈着凉气，冻得直搓手的样子，田小果有些心疼。

"这么冷的天，你还天天到河上清淤啊，你不冷吗？真是有些不明白，北方人是如何在这么冷的气候中生活的？"

陈盼知道田小果又要准备劝说自己了，他露出了一个勉强的笑容，说："还行吧，我觉得还可以啊，主要是已经习惯了。"

"陈叔叔费心费力地给你找了一个建筑局的工作，你好歹也考虑一下吧？怎么就认准了死理呢，非要去当一个河工？当河工有什么好的，天寒地冻，臭气熏天的，在河上又忙得要死，难道暖暖和和地坐在办公室不好吗？"

陈盼知道田小果是在关心自己，并没有其他的意思。

"没办法啊，我的愿望就是想要看着通惠河变清变美。我现在的工作其实挺好的，做的工作是我的兴趣，充实又不枯燥，我很喜欢，同时，我也是在实现自己的梦想。"

今天应该是入冬以来最冷的一天了，就连陈盼打小就住在京城的人，也冻得直跺脚。

看到裹得厚厚的田小果,就像是一只敦实可爱的大熊猫,陈盼的心里面涌起了蜜意,两人已经很久没有这样聊天了。

田小果叹了口气,无奈地说:"那浦城那边,你是彻底不做打算了吗?两年的时间我可以给你,但是我父母等不了,我爸那边已经在催我了,要我回去帮着他,毕竟我爸妈的年纪大了,我也得好好地尽一份孝。"

一想到这里,田小果心头一阵堵,两个人在一起,就好像是把两根木头楔在一起,总有一头要做出牺牲,但是不能每一次都由她来牺牲吧,这样对她来说非常不公平。

田小果得出了一个可怕的结论——陈盼还不够爱自己。

这个结论在田小果的心里,如同病毒一样不断地扩散着。

田小果最近一直在纠结,她害怕自己和陈盼之间的爱情禁不起考验。到最后,自己对于这份感情所有的付出,终将是竹篮打水一场空,那样才是自己最不想看到的结局。

陈盼和田小果来到医院的食堂,找了个座位,陈盼让田小果等着自己,他走到窗口打好饭。

面对着热气腾腾的饭菜,陈盼细心地给田小果擦着筷子,就好像是在大学的时候一样殷勤:"小果,趁热赶紧吃吧。"

田小果没有动,她的内心正纠结刚才的问题,让她一点儿胃口也没有。

"怎么了?"陈盼看到田小果的兴致并不太高,关切地问道。

拿起筷子的田小果想了想,又把筷子放了回去,她觉得自己必须要问清楚,要不然这个"病毒"会一直折磨着她。

"你已经决定留在京城了吗?"

陈盼微微皱了皱眉头:"暂时先留在京城,等这边的工作结束了，我们可以一起去浦城打拼。"

"那你的工作什么时候能结束？有具体的时间吗？陈盼，我怕我等不起，再等下去我可能就真的老了。"田小果无奈地说道。

"最多两三年吧，不会太久的。"

听到田小果的问题，陈盼也吃不下去饭了。最近二人的谈话好像一直都是这样，没两句话就会陷入死胡同，要是再深入一点儿，就会直接引爆，把对方炸得体无完肤。

陈盼深知自己说的话是在自欺欺人，也在试图欺骗田小果，所以一直都在刻意回避这个话题。

"陈盼，你要知道，我是女人啊，我还能有几个两三年？我今年二十六岁了，如果我等了你两三年，却还没有等到结果，那么我就快三十岁了，到时候你打算如何赔偿我的青春时光呢？"

"小果，我暂时还不能离开这里，你放心，我对你的心意一直都没有变，也不会变，而且我保证，我会一直和你在一起的。"陈盼十分诚恳地说道。

田小果点点头："我知道你会做到的，前提是我能够像现在这样一直迁就你，你想要做什么，我必须要无条件地支持你。可是，我也是人，我也有自己的想法和理想，我凭什么要放弃自己的前途来迁就你？现在，我就希望你能够迁就我一下，就当是为了我们之间的爱情，可以吗？"田小果的眼眶中含着泪，眼睛死死地看着陈盼。

看着这样的田小果，陈盼很心疼，他很想说可以，但是他知道他不能。

陈盼沉吟了半天，一句话也没有说，这让田小果更加感觉到不安，而这种不安在她的心里扩大着。

"对不起。"

这句原本应该由陈盼说的话,现在却从田小果的嘴里面说了出来。

陈盼听到这句话后,心里顿时有些不安,他赶紧抬起头,看着田小果。

田小果的嘴角露出一丝勉强的笑容:"对不起,陈盼,我最近心情很差。一直以来,我觉得在你身边非常有安全感,而且我也认为自己是最幸福的女孩子。但是这一两个月,我觉得这种安全感消失了,所以,我……我没办法控制我心里的恐惧,我害怕,我害怕我的胡思乱想会变成现实。"

陈盼的手轻轻地握住田小果冰凉的手,郑重地说道:"小果,这句'对不起'应该我来说的,你放心,我还是和以前一样,对你的心意从来没有减少,反而一直在增加。"

"是吗?"

陈盼使劲儿地点点头,然后语重心长地说:"小果,我们在一起七年了,没有人比你更了解我了,无论发生什么事,我都希望你知道,我喜欢你,只喜欢你。所以你不要再胡思乱想了,我不会离开你的。"

田小果难得听到陈盼的甜言蜜语,脸上终于挂起了笑容。

陈盼的话,暂时打消了田小果的担心和忧虑,也让两人之间紧张的关系得到了缓和。

其实,这次的谈话,两人还是非常默契地回避了陈盼择业的问题。对于他们来说,这个问题暂时还没有解决的方法,只能是无限期地向后推迟。

这么多年的感情,已经到了难舍难分的地步,就好像是两人同时在拽着一根绷紧的皮筋，谁要是退缩了，放手了，痛的一定是那个不愿意放手的人。他们一直在小心翼翼地维系着这份感情，让它不会降温。

二人回到了病房，看到了乔雪梁和陈冼冰。田小果赶紧甩开陈盼的手，毕竟在长辈面前，田小果可不想被认为是一个不庄重的女孩。

陈冼冰和乔雪梁也假装没有看到两人的小动作，陈冼冰的脸上挂着笑容，主动地站了起来，对着田小果说道："小果，你也过来了？真的是辛苦你了。"

"爷爷病了，我过来看看是应该的。"

"好孩子！"陈冼冰点点头，转而瞅了一眼陈盼，脸色一下子就沉了下去，摆出一副极其难看的表情，语气冰冷地说道："看看人家小果，再看看你，今天的事情我还没找你算账呢。要不是你鼓动着你爷爷上河堤，能有这档子事儿吗？陈盼，你已经不是小孩子了，做事能不能稳重一些？"

陈盼苦笑不已，他知道父亲这是"欲加之罪，何患无辞"，但他还真的是有苦难言。

对于父亲的话，陈盼并没有反驳，爷爷现在正躺在病床上，看了看熟睡中的爷爷，陈盼沉默不语。现在陈盼的目的只有一个，那就是希望爷爷能够尽快地好起来。

"好了，好了，这里是医院，就不要在这里训斥小盼了，影响不好。他爷爷的性子你又不是不明白，就算是没有小盼，他也照样会自己跑到河堤上的。所以说，这件事情也不能太怪小盼。"

乔雪梁眼看着丈夫越来越生气，只好出面缓和一下气氛。

陈冼冰知道这里是医院，不是自己发泄怒火的地方，他只能狠狠地瞪着儿子，气呼呼地一句话都没再说。

不过愤怒之后，却是深深的担忧。虽然，陈冼冰小时候对于父亲的印象很模糊，但是看到陈镜河身体虚弱的样子，他的心里还是有些难过。

陈冼冰将自己的思绪拉了回来，皱皱眉，神色凝重地说道："就先这样吧，陈盼，你和小果先回去吧，这里我陪着爷爷就可以了。"

陈盼也想着留下来，但是想到河堤上还有一大摊子事情需要自己去做，而且今天又耽搁了很长时间，他只能选择离开。

陈盼心里很清楚，清淤的工作不能因为自己个人的原因停滞不前，他必须要按时完成任务。

幸好陈镜河已经将大部分放置点在图纸上面标注出来了，剩下的就需要科学的论证就行。

陈盼听从父亲的话，陪着田小果离开了。

乔雪梁待了一会儿就回去了，她还要为老爷子和丈夫送饭。

第十四章　城南旧事

　　病房里面只有熟睡的陈镜河，还有坐在陈镜河身边的陈冼冰。

　　陈冼冰看着自己既熟悉又陌生的父亲，他的心里涌出了一丝无奈。俗话说"成也萧何，败也萧何"，父亲就是自己的萧何。

　　清淤通惠河，让住在河两边的居民称赞不已，市规划局在征求过广大群众的意见之后，做出了重要指示，在清淤的同时要同步启动另外一项工程，那就是通惠河景观河改造工程。

　　陈冼冰进入规划局，是因为陈镜河河工的身份，但是这也是他最不愿意被人提及的，因为河工这个词对于他来说是如此地扎心，是他心中最深的伤痕。

　　原本陈冼冰以为，自己躲得远远的，就可以逐渐地忘记自己是河工的后代，况且经过这些年自己不懈的努力，他也在渐渐地退去这个身份。他努力工作，积极进取，从一个小小的科员一步一步地晋升到了副局长，但是最终，他还是没能逃开。

　　陈冼冰又回到了城里，又回到了河边，这就好像是一个轮回一样，无论自己再怎么逃避，还是绕回到了原点。

　　陈冼冰成了通惠河景观河改造工程的负责人之一，具体负责对接景观河的设计工作。搞了这么多年的规划和设计,陈冼冰也参与了大大小小很多工程的改造设计工作,而且每一次他都能圆满地完成上级领导交予的任务。

这是第一次,陈冼冰有了抵触情绪,也让他对交予自己的任务失去了信心。

陈冼冰是在躲避,更是在逃避。

这条河中涌动的满是陈冼冰伤痛的记忆。母亲的形象在他的眼里越来越模糊,渐渐地只留下了一个符号,而且她突然间的离开,和现在正躺在病床上的父亲有着分不开的关系。那个时候的他,真的是恨极了父亲,恨极了夺走母亲的"河工"的身份,就连通惠河,也捎带着被他给恨上了。

陈冼冰清楚地记得,那会儿,也是像这样的冬天,那时的他,才七岁。

"妈妈,爸爸呢?"

年幼的陈冼冰想不明白,怎么一到冬天,自己就老是见不到爸爸,在他的记忆之中,只有大雁才会在冬天消失,难不成爸爸就好像是大雁一样,也迁徙到了南方?

坐在床上的陈冼冰透过窗户上的冰花望着外面,他一直都在期盼着那道伟岸的身影出现在窗户中,那样的话,他就会告诉自己的爸爸,妈妈已经生病了,经常咳嗽,而且还时不时地咳出血。

此时的方雅琴正在洗衣服,她擦了擦额头上渗出来的汗珠,苍白的脸上露出了慈爱的笑容,对陈冼冰说道:"冰子,作业写完了吗?咳,咳,咳……"

话说到一半,方雅琴就剧烈地咳嗽起来。

"妈,我给你倒杯水,今天就不用洗了。"幼小的陈冼冰无比乖巧地给妈妈倒好了水,然后又趴回到了窗户前,有些伤心地问道,"爸爸什么时候回来呀?我想爸爸了。是不是爸爸不要我们了?"

方雅琴咽下嘴里的水,然后温柔地说:"冰子想爸爸了?妈妈告诉你一个小秘密,其实啊,妈妈也想爸爸了,不过啊,等到春暖花开了,爸爸也就回来了。"

"嗯,好!"

"妈妈,是不是爸爸回来,你的病就会好了呢?"陈洗冰关心地说道。

方雅琴笑了笑,用手轻轻地将挡在眼前的秀发拢到耳后,露出了一个甜甜的笑容,对着儿子说道:"是啊,只要到了春天,妈妈的病就好了。"

"那我们今天下午还要去河边等爸爸吗?"

方雅琴轻轻地摸了摸儿子的脸蛋,满是慈爱地说道:"当然了啊,要不然爸爸会找不到回家的路的。爸爸要是走丢了怎么办?"

"是啊,妈妈,我要天天陪着你去等爸爸回家。"

刮了刮儿子小小的鼻子,方雅琴开心地说道:"好,我们一起等爸爸回来。"

回忆中的那年冬天,年幼的陈洗冰几乎每天都会和妈妈到河边去等爸爸,他一直在想着,春天怎么还不来?冬天怎么过得这么慢?花怎么还不开?冰雪怎么还不融化?爸爸怎么还不回来?

可惜的是,真的到了春暖花开的时候,去接爸爸的,只有陈洗冰一个人,妈妈并没有陪在自己的身边,而是被自己捧在骨灰盒子里。妈妈永远地离开了自己。

陈洗冰等回了父亲陈镜河,而这一次,陈洗冰没有像以前一样哭,他只是目光呆滞地望着父亲,他的心冷了。

当时的陈冼冰，特别需要父亲的安慰。

最终，陈冼冰没有等到父亲的安慰。他记得那段时间，父亲特别的消沉，每天只是坐在院子里，不停地抽着烟。他饿得厉害，父亲并没有理会自己；他困得厉害，父亲也没有理会自己。父亲眼神空洞洞的，就好像是失了魂一般。

年幼的陈冼冰在想，妈妈病了，父亲在哪里？母亲走了，父亲在哪里？自己最需要安慰的时候，父亲又在哪里？

其实，方雅琴的离开，带给陈镜河的伤害更大，只不过当时的陈冼冰太小，他不明白父亲有什么好伤心的？

陈冼冰那会儿就在想，如果不是因为父亲不在家，母亲又怎么会生病无人照顾；如果不是因为父亲河工的身份，他又怎么会一个冬天都不在家。所以，所有的过错都是父亲一个人造成的！

连带着，陈冼冰也恨上了父亲河工的身份，更恨上了通惠河，还有与这条河有关的一切。

每当陈冼冰想到母亲的死，他就觉得无论父亲做什么，都弥补不了他失去母亲的痛苦。没错，这是扎进他心底的一根刺，只要轻轻地一碰，他就会痛。他不想拔出来，他也不敢拔出来。

陈冼冰时常在想，亲人生老病死的痛苦，为什么要让年幼的自己独力承担，父亲不应该是家里的顶梁柱吗？可是母亲走了，家里的顶梁柱在哪里？

母亲的死，已经成了陈冼冰的魔障，更成了他的梦魇，他发现自己根本无法接受父亲的解释，而且父亲也没有解释。

那时的陈冼冰，甚至想再也不要看见父亲，他不要这样一个冷血无情的父亲。但不管怎么说，自从母亲死后，父亲独自抚养自己，这期间也经历了很多事，陈冼冰也不忍心让父亲孤零零地生活。

所以，这么多年，陈冼冰只能选择躲避。

陈冼冰看了一眼此时躺在病床上的父亲，他的两只眼睛有些发涩，鼻子有些发酸，想到了自己的小时候，他有些难过；想到了母亲，他的眼泪不自觉地溢满了眼眶。

虽然过去了这么多年，但是陈冼冰还是感觉到了隐隐的痛，泛着心头的酸。

陈冼冰本以为自己和父亲是不可能像其他父子一样温馨地相处的，但是，就在此刻，当父亲躺在病床上的时候，陈冼冰的心里面还是有些难过。

看着父亲满鬓斑白的样子，陈冼冰突然间觉得所有的芥蒂都在这一刻消失了，他似乎一下子明白了，或许父亲承载着的痛苦不亚于自己。

"唉……"陈冼冰叹了一口气，这么多年来，他一直没有和父亲进行过心平气和地交流。在他的心中，自从母亲离开之后，父亲就只是一个符号，一个无关痛痒的人罢了。

此时的陈冼冰看着自己恨了大半辈子的父亲，他觉得有些疲惫了。

陈镜河睁开了眼睛，他感觉有点儿渴，眼睛看向旁边的桌子，试图找杯水。

陈镜河扭过了头，却发现了倚坐在自己身边的儿子，此时的陈冼冰已经因为疲惫而沉沉地睡了过去。

陈镜河再一次闭上了眼睛，深深地叹了一口气，包含着太多的无奈。

陈冼冰就在自己的身边，看着年过不惑的陈冼冰睡得很香，陈镜河的心头涌过一阵暖意。

虽然陈镜河和儿子很少进行交流，二人之间也有很深的隔阂，但是陈镜河却一直在用自己的方式关心着儿子。而儿子再怎么和自己闹别扭，自己还是他的父亲，这种打断骨头连着筋的血缘关系是斩不断的。此时，陈镜河的心里聊有慰藉。

不习惯躺在床上的陈镜河缓缓地下了病床，这一次的病来得突然，都说自己的身体只有自己最清楚，但是他现在有些不安，必须要问清楚。

陈镜河蹒跚地来到护士台，找到了自己的主治医生的休息间。

陈冼冰醒过来了，发现躺在病床上的父亲不见了，他着急地站了起来。就在这个时候，陈镜河从病房外走了进来。

陈冼冰赶紧上前扶着父亲，然后微微皱了皱眉头："爸！您的身体还没有好，要是有什么需要的话跟我说就可以了。刚才护士也说了，以您现在的身体状况，真的不适合到处乱跑。"

"没事，我就是去上趟厕所，我这老骨头了，最闻不惯医院消毒水的味道了，还是在家里好啊。"陈镜河一边走，一边缓缓地说道，他的声音有些低沉，有些不易察觉的失落。

陈冼冰扶着父亲躺回到了病床上。陈冼冰一边帮着父亲掖着被角，一边对父亲说道："爸，您这身子骨儿可是大不如前了，照我看，您还是搬来跟我们一起住吧，毕竟到时候雪梁和我还能照顾您，要不然万一出点儿什么岔子的话，那可怎么办？"

陈镜河固执地说道："这话就算了吧，你那房子是好，但是我住不惯。胡同里的小院子接地气，我就喜欢住在那里。而且左邻右舍的，也相互有个照应，真要跟你住楼房，我怕我会整宿整宿睡不着觉的。"

"爸,这跟住得习惯不习惯没关系,您身边现在需要长年有人照料,您还是听我的吧。"

"好了好了,不要说了,陈盼一直都跟我住在一起,你们就放心好了。我还是喜欢住在老院子,那里清静,也没人打扰我,出来进去的也方便。我看你们就省省心吧,谁也甭劝我,就这么定了。"陈镜河显得有些不耐烦。

陈冼冰无奈地摇摇头,父亲虽然老了,但是性格还是和以前一样固执。

"冰子,我刚才正好碰到大夫了,捎带着问了两句,医生跟我说,我没什么大毛病的,过两天就能出院了。你们都有自己的事要忙,不论是单位的还是家里的,赶紧去忙活你们的吧,不用操心我了。"陈镜河神色平静地说道。

"没事,这几天我陪着您。等您出院了,再说其他的。"

"不用!"陈镜河心里面暖暖的,不过他还是拒绝了儿子,他对着儿子淡淡地一笑,说道,"好了,快回去吧。"

陈冼冰有些拗不过父亲,正好这个时候单位打来了电话。

陈冼冰看了一眼手机,皱了一下眉,接起了电话。

陈镜河静静地看着儿子,眼神中有些茫然无措,心中却没有任何的波动,而是一片宁静。

陈镜河的脸上挂着淡淡的笑容,这么多年来,他还从来没有像这样安静地看着自己的儿子。

接完了电话,陈冼冰的脸上露出了一抹不好意思的神色,有些纠结地皱起了眉头,想了想,这才对着陈镜河说道:"爸,单位要开个会,那我就先回去了啊!一会儿雪梁就会送汤过来,您的病还没有好,多在医院待上几天,观察一下。"

陈镜河点点头,说:"好了,我现在又不是生活不能自理,根本就不需要你们照顾。我说你们啊,快去忙自己的事情吧,不用替我操心啦。"

等陈冼冰离开病房,陈镜河微微地叹了口气,拿出藏在病号服口袋中的诊疗单,然后缓慢地将单子撕成了碎片。有些事情,总是要去面对的,他在多年前就已经做好了心理准备。

第十五章　怒发冲冠

陈盼最近很忙，而且很疲惫。每天都在河道的工地上风餐露宿，他把自己所有的精力全部都投入清淤工作中，白天在河上工作，晚上还得到医院去陪护爷爷。

不过，让陈盼感觉到满足的是，自己按时完成了任务，而且在爷爷的帮助之下自己所选的放置点经过科学的论证，最后得出来的结论是：全部都是合格的放置点。

很快，挖掘机也开始陆续地投入到清淤的工作之中，这也标志着清淤工作正式地进入到第二阶段。

陈盼的工作表现，处里的工作人员都有目共睹。陈盼既稳重又能干，既帅气又低调，单位里的好些中年同事都私下里偷偷地给陈盼张罗介绍对象。

但是陈盼都婉转地拒绝了，毕竟他已经有了田小果。

"小盼，做得不错。"

方为民看了陈盼选出来的放置点，然后十分满意地点了点头，但是与此同时，他的心里却也是一阵可惜，可惜像这样的人才根本不可能留下来。

在方为民的案头上，摆着《关于陈盼同志的调令》的文件，方为民已经在调令上面签署了自己的名字，现在只需要陈盼同意，然后将接下来的工作交接完毕，陈盼就可以正式地离开河湖管理处了。

"方处，下一步我们就需要开始正式地清淤了，河道中的淤泥我们可以通过挖掘机来进行，但是河边的话就需要我们人工来清理了。这项工程挺大的，我初步估算了一下，通惠河长达两万米，如果就咱们这点儿人的话，估计要没日没夜地干上两个月，只怕这进度就要落下了。"

方为民点点头，收起了心里的感慨，然后对着陈盼提出的方案沉吟了起来。

陈盼说得没错，河道两万米，两边的河堤加起来共六万米，要是搁在以前，这或许不算什么事儿，但是现在，他的心里一点儿底也没有。

以前只要一说是清淤，所有人都会出动，河边的河工只要干上两三个月，完全不成问题。但是现在，还能不能动员得起这么多人，对于方为民来说，心里还真的是有些打鼓。

陈盼知道方为民在担心什么，随着城市化的进展，人们的物质生活大幅度提高，人的思想也在悄然发生着变化，渐渐地，河工这个身份已经变成了一个过去的符号。

"所以说，方处，这就需要我们去引导了，我有个想法，如果我们能够请到区里面的领导来给我们动员的话，会不会有些效果？"

方为民听到这里，眼前一亮。

陈盼说得没错，如果真的能够请到区领导，动员附近的人来参加清淤，那么接下来的清淤工作想必会顺畅许多。

"不错，小盼，这个主意好，我马上就将你的建议整理一下上报上级,我相信上级领导也会同意我们的意见的。"

聊完了工作的事,陈盼正打算走出办公室,方为民却叫住了他,说:"哦,对了,还有一件事,我要和你好好地聊一聊。"说完,方为民脸上的喜色渐渐地收拢了起来。

"方处您说。"

方为民想了想,他犹豫了一会儿,然后才无奈地说道:"这件事情啊,原本我是想等你父亲先和你说过之后再和你提的,但是现在好像已经成了定局。"

陈盼突然间想到了什么,心里顿时一凉,整个身子就好像是坠入了冰窟窿里一样。

"方处,对不起,让您为难了。不过请您放心,我暂时是不会离开咱们处的,我可不愿意给您留下一个半途而废的印象啊!"陈盼语气凝重地说道。

方为民叹了口气,虽然陈盼的话让他的心里感到一丝慰藉,但想到陈冼冰电话里说的话,他也觉得陈盼留在自己这里有些屈才,他拍了拍陈盼的肩膀,说:"其实,你父亲也没错……"

陈盼打断了方为民的话,非常坚决地说:"方处,我会一直留在这里的,今天我就在这里向您表个态,在完成通惠河清淤的工作之前,我是绝对不会离开咱们河湖管理处的。"

方为民摆了摆手,笑着说:"好了,你小子有点儿你爷爷的样子,你这么说我很欣慰,我知道你想要什么,说真的,像你这样年轻有为的年轻人,我还真的有些舍不得撒手。但是呢,为了你的前途着想,我觉得你还是接受这份调令,毕竟,那里的平台比我们这里更大,有你可以足够发挥的空间。"

"方处……"

陈盼还想要说什么,却是直接被方为民给打断了:"好了,你把你手头上的工作和小王移交一下吧。"

陈盼也不好和方为民说什么,但他心里对于父亲这种先斩后奏的做法十分反感。

陈盼不明白父亲为什么对于自己的工作如此的不满意,而且自己已经很明确地表过态了,自己是绝对不会离开河湖管理处的,但是他还是一门心思地想要将自己调离,难道就为了所谓的前途吗?

陈盼心中郁结愤懑,所有的怒火无处发泄,看样子,父亲所有的一切都是在背着自己进行的。

陈盼紧紧地握着拳头,对着方为民说道:"方处,您放心,我说过的话依然算话,清不完惠河,我绝对不离开。至于我的工作问题,我想我自己能够解决好。"

方为民的脸上露出了尴尬的笑容:"陈盼,和你父亲交流的时候,要多注意方式方法,千万不要把矛盾激化,明白了吗?"

方为民的这句话,既是作为陈盼的领导,也是作为陈盼的父辈来劝导的。其实,方为民也是和陈冼冰一起长大的哥们,就连陈盼也是他看着长大的,所以对于这对父子的脾气,他也是了解的。

陈盼出了方为民的办公室,径直来到河畔的工地上,却意外地发现,田小果出现在了工地上。

"陈盼!"

田小果从陈冼冰那里得知,陈盼的工作要进行调动,她的内心满是欢喜。她眼看着陈盼最近没日没夜地工作,她是心疼陈盼,不想看到他如此地辛劳,所以她接受了陈叔叔的建议,今天她来这里的主要目的,也是想要把这个好消息第一时间告诉陈盼。

此刻正在气头上的陈盼，见到田小果，忍不住皱了皱眉头，强压着心头的怒火，说道："你怎么来了？"

"我来告诉你一个好消息呀！"田小果并没有在意陈盼的脸色，依然很开心地对着陈盼说道，"是陈叔叔让我过来的，他希望我能够劝一劝你，你的调令方处长已经签了字了，从现在开始，你就可以不用待在河堤上了。"

陈盼的语气十分冰冷地说："这是你的主意？"

田小果听见陈盼的话，心里的喜悦一下子全被浇灭了，她有些僵硬地看着眼前的陈盼，如同是被冻僵了一般。

"陈盼，你们俩先聊着，我去那边转一转。"身旁的同事知趣地离开了。

陈盼的脸色有些冰冷，刚从方为民那里得到消息的他，情绪非常低落，在见到田小果的时候，他有些偏执地认为，这一切都和田小果有关系。

"陈盼，你凭什么对我这样？我只不过是希望你能过得舒服一些，天天在这河堤上待着受冻有什么用，难道舒舒服服地坐在办公室不好吗？"

田小果的心里涌起一阵委屈，和陈盼在一起这么多年了，田小果从来没有见到过陈盼如此的神情，仿佛是要将自己拒于千里之外。

让田小果感觉到不解的是，自己究竟哪里做错了，自己这么做全都是为了他好，他为什么要凶自己？

"我爸让你带来的调令呢？"陈盼的声音还是像刚才一样冷。

"在这里。"

田小果被陈盼的样子吓到了，她的泪水在眼眶中打了两个转，然后扑簌簌地掉了下来。

陈盼一把将调令抢了过去，愤怒已经让他完全失去了理智，他没有丝毫的犹豫，将调令直接就撕了，撕成了碎片。

陈盼这一撕，撕碎的不仅是一张调令，也将田小果的心撕成了碎片。

田小果愣在原地，只有无声地啜泣，她不知道自己做错了什么。而陈盼为什么会把所有的怒火全部都发泄在自己的身上，她只是觉得好委屈，好伤心。

"我的事情，不用你管。"陈盼几乎是怒吼道，脖子上的青筋都突了出来。

此刻的陈盼就像是一头被咬伤的豹子一般，他完全没有意识到自己的行为给田小果带来多大的伤害。

田小果看着眼前的陈盼，心里充满了悲哀。她什么话也没说，眼睁睁地看着陈盼对她吼完以后，转身离开。

田小果呆若木鸡地站在那里，她一心为了陈盼，但是这一次，她却发现自己的好心并没有让陈盼感觉到快乐，而是痛苦，这不是她想要的结果。

这个时候，田小果的手机突然响了起来。

看到屏幕上的"妈妈"两个字，田小果强忍着的泪水终于流了出来，她接通电话，对着电话那头的母亲，委屈地说道："妈……"

陈盼的心情很坏，他没想到父亲会背着自己偷偷地决定了自己的人生，而且还让田小果来告诉自己，此刻的他需要一个解释，而最好的解释则是来自于父亲的。

陈盼一口气跑到了家，他刚到门口，门就开了。

乔雪梁看着愤怒的陈盼，心里有些惊诧，关切地问道："小盼，怎么了？"

"陈冼冰呢？"

"在家呢，你这孩子怎么了，谁惹你了，怎么会生这么大的气？"将儿子让了进来，乔雪梁觉得事情有些不对劲儿，赶紧追着陈盼来到了陈冼冰的书房。

陈冼冰同样也在郁闷和纠结之中，经过这段时间的工作，他发现自己根本就无法全身心地投入到工作之中，他同样在填写调令申请，他宁愿退出也不愿意这样难受地工作。

陈冼冰觉得自己做不来，拿出来的设计方案没有被采纳，而且领导对他最近的工作颇有看法，陈冼冰知道原因，但是他却没有想着去解决。不是他能力的问题，而是他根本就不愿意去解决。

其实，陈冼冰也认为自己最近的工作并不合格，而且，他能感觉到，领导对于自己的能力已经产生了质疑，他们觉得自己根本就无法适应现在的工作岗位。

逃兵！

这个词如同是带着倒钩的刺，深深地扎进了陈冼冰的心里，虽然他并不愿意背负这样的耻辱，但是自己终究无法越过心中的那道坎儿。

陈冼冰正在思量着如何写调令申请，却听见门突然被推开了，陈冼冰抬起头，看到了陈盼。

看着怒气冲冲的儿子，陈冼冰将手中的笔放了下来，他早就已经预料到这个场景了，如果说陈盼能够乖乖地接受自己的安排的话，那么说明儿子已经长大了，如果那样的话，自己会很欣慰。

陈冼冰在心中对儿子还有一丝期待，但是此时儿子出现在他的面前，他知道自己还是有些高看儿子了。

陈冼冰的脸上写满了失望,但目光中却有几分难得的平静,他沉声道:"你知道了?"

"为什么?你知道我根本就不愿意离开河湖管理处。你这么做有没有问过我?我记得我已经跟你说得很清楚了,我长大了,我的人生不需要你来给我安排,再说了,你有什么资格替我安排好一切?"

"不为什么,我觉得那样做对你好,所以就做了。你是我的儿子,我要为你的将来和前途负责,你有没有想过光靠你现在的工资,你以后怎么养活老婆孩子?难道你要让你的老婆孩子跟着你一起吃苦受罪?"陈冼冰对着乔雪梁摆摆手,示意让她离开。

其实在陈冼冰的心里有阴影,父亲因为河工的身份忽略了对妻儿的照料,这是他一生的痛,他绝对不允许这样的悲剧再一次上演。所以,即便是儿子再恨自己,他也要这么做。

陈冼冰相信,总有一天,陈盼会明白自己的苦衷,到了那个时候,他对自己只会感激。

看着陈盼歇斯底里地咆哮,虽然陈冼冰早就预想过陈盼的表现,但是心里还是忍不住的失落。男人只有学会履行义务、学会承担责任、学会替亲人考虑之后,才能算是真正地成长。但是现在看来,陈盼只不过是一个大男孩,还没有成为一个顶天立地的大男人。

陈冼冰摇了摇头,对站在门口的乔雪梁说道:"雪梁,没事,我和陈盼好好地聊一聊。这里没你的事了,忙你的去吧。"

乔雪梁先是看了看丈夫,又看了看儿子,语重心长地说:"好好说话,都火气这么大,是在说话还是在吵架啊?陈盼,你先消消火,怎么和你爸说话呢!老陈,你也是,儿子毕竟大了,说话还是要注意一些方式方法的。"

不过父子俩谁也没有理会乔雪梁的话,她无奈地叹了一口气,看来"是福不是祸,是祸躲不过"。乔雪梁知道自己是劝不住这对父子的,只好退出书房。

"那是我自己的事情,不用你来操心。我乐意在河湖管理处待着,这件事情与你无关,我是绝对不会离开那里的,你也不用再想着帮我调整工作岗位了。从小我就知道,你一直都看不起爷爷,看不起河工的工作,但是今天我要告诉你,你和我一样,都是河工,这是深深的烙印,你这辈子都逃不了。"陈盼毅然决然地说道。

"河工,都什么年代了?要是早知道你这么浑蛋,我就不应该把你留在你爷爷身边,看看他这么多年都教了你什么?难道就是教你和我这么说话?我告诉你,这事已经成定局了,你可以发泄,但是你改变不了什么。"

"你放心,这些都不是爷爷教的,爷爷教了我好多东西,那是我一辈子都受用不尽的东西。而我从你身上唯一学到的,就是如何和自己的父亲顶嘴!"

"啪!"

陈盼的话说到了陈冼冰的痛处,他气得直哆嗦,想都没想直接一巴掌掴在了儿子的脸上。

陈盼硬生生地接下了这一巴掌。

一瞬间,周围的一切好像都凝固住了一样。

陈冼冰的手一直不停地抖动着,儿子的话深深地刺痛了他,他瞪大了眼睛看着儿子,目光变得凌厉无比:"我让你胡说八道。"

"我胡说了吗?"陈盼反驳道,"这只不过是事实。"

"你给我滚!"

陈盼的脸上没有任何表情,也感觉不到丝毫的痛苦,他就像是个没事儿人一样站在原地,平静地说道:"我会走的,而且我以后也不想踏进这道门了。咱俩各不相干，我的事情以后也和你没关系了。还有，你让田小果送过来的调令让我撕了，我在这里再一次明确地告诉你，我是不会离开河湖管理处的，我喜欢在那里工作，而且也一直会在那里工作的！"

说完，陈盼直接转身就离开了。

陈冼冰皱了皱眉头，脸色变得极其阴沉，他无力地瘫坐在了椅子上，盯着门口。想起刚才的对话，他不住地喘着粗气。他发现在和陈盼的战斗中，他从来没有赢过。

乔雪梁眼看着陈盼愤然地离开家，也不知道该如何劝解自己的丈夫，她只能深深地叹了一口气，然后默默地离开。

陈冼冰缓和了一下情绪，拿起笔，准备继续写自己的调令申请，但是心乱如麻的他压根儿一个字也写不出来。

陈冼冰呆呆地坐在椅子上，他不明白为什么最近发生的所有事情都不如他的意。他又想到了通惠河，他觉得家里所有的问题都是因为这条河。

如果没有通惠河，父亲不会不回家，母亲也就不会死，甚至就连儿子也不会和他如此不同心。他固执地这样想着，心里愈发恨起这条河来。

陈冼冰很是伤心，同样伤心的还有在河边一直吹着冷风的田小果。

第十六章　分开不分手

田小果胡乱地回答了母亲的问题，就挂断了电话。

此时的田小果，蹲在河边，寒冷的风像刀子一般往她的脸上吹，但是她却丝毫没有感觉到，眼泪遍布了脸庞，她也没有擦，她的心已经冷到了冰点。她想不明白，陈盼为什么要如此地对自己。

陈盼和田小果交往多年，这是陈盼第一次对田小果发脾气，这才是让田小果伤心的原因。情侣之间磕磕绊绊很正常，而且陈盼的脾气一直都很好，从来都没有和自己翻过脸，但是今天，却因为工作的事情，两人翻脸了。

是不是这样的情况以后还会出现？田小果知道，只要自己一直待在京城，待在陈盼的身边，这样的情况以后只会越来越多，她不知道自己现在的坚持是否还值得。

"丫头，怎么了？"这个时候，陈镜河出现在了田小果的身边。看着田小果哭得如此伤心，陈镜河有些心疼。

田小果抬头看了一眼陈镜河，摇了摇头，什么话也没说。

这时候，旁边的工作人员和陈镜河讲了一下刚才的事。

陈镜河了解了整件事情后，走到田小果身边，掏出手绢递到了田小果的面前,平静地说道:"丫头,怎么一个人站在这里哭上了?是不是陈盼那个浑小子惹你生气了,你别伤心了,看爷爷好好地收拾他!河边的风大,天气又冷,会冻坏的。我们先回去,好不好?"

田小果觉得自己十分委屈,有人安慰了之后眼泪更是不争气地涌了出来。

陈镜河柔和地说道:"你放心,要真是陈盼欺负你了,这口气爷爷帮你出。"

田小果摇摇头,冷静下来的田小果将最近发生的事捋了一遍,她突然间觉得陈盼没有做错什么,而自己也没有错,错的只是二人的观念不一样。

"爷爷,我并没有责备他,其实我只是喜欢他,想要关心他,难道这也是错?"

陈镜河拄着拐杖,和田小果并排地站在了一起,望着河中正在忙着清淤的河工,淡淡地说道:"丫头,要我说啊,这错不在人,而在理解,你没有理解陈盼为什么会生气,而陈盼也没有理解你为什么会出现在这里,说白了就是双方缺乏沟通,都没有将自己最真实的想法告诉对方,却以为对方能理解自己的苦衷。"

陈镜河转头看着田小果,叹了口气,说:"丫头,小盼从小就跟我住在一起,他是我看着长大的,他什么脾性爷爷还能不知道吗?"

"我知道,可是我就是觉得心里特难过。他从来都没有凶过我。"田小果越说越伤心,眼泪一滴接一滴地掉下来。

"难过是正常的,小情侣之间磕磕绊绊很正常,不吵不闹还怎么谈恋爱啊。不过丫头,你也别难过了,小盼这是无心之过,现在估计他已经后悔了。"

田小果抬起头,望着冰面,她忽然有些想念自己的家人。

陈镜河看着田小果,知道田小果的心里肯定不好受,于是笑着说道:"等一会儿小盼回来,我一定要让小盼郑重地、诚恳地向你道歉。陈盼这小子重情重义,心眼儿不坏,但是嘴笨,他嘴上虽然不说,但是心里像明镜儿一样明白。这两人在一起啊,就是要相濡以沫,以后啊,他要是犯浑了,你可不能失去理智,总有一个人要保持清醒的。"

"爷爷,我现在觉得我越来越不认识陈盼了。当初我劝他离开京城到浦城发展,我是为了我们两个人的未来,可他不走;好,不走的话我们可以暂时留在京城,他考公务员进了河湖管理处,陈叔叔又怕他的工作太累太苦,所以给他调到了一个相对轻松而且能够发挥他才华的单位,他又不肯。爷爷,陈盼这么做是为了什么?"

其实这些话,田小果已经在心里面憋了好长时间了,她一直都百思不得其解,她想不明白,陈盼到底是怎么想的?

以前,陈盼一个眼神,田小果就知道他要干什么。但是现在,田小果却觉得陈盼就像换了一个人一样。

陈镜河苦笑了起来,陈盼是随着他长大的,从小就受到他的影响,能够留下来,也是因为自己。想到这里,他叹了一口气,无奈地说道:"丫头,小盼不想走,是因为我。这一切和你没有关系,是你想多了。"

"您的原因?"田小果有些错愕地看着陈镜河。

陈镜河点点头,缓缓地说:"没错,是我。小盼和我年轻的时候一样,都不太善于表达自己的感情。我们一家老小都是这样。小盼小时候一直跟着我住,所以就连性子也受了我的影响。我知道小盼想要什么,他是在替我还愿。"

陈镜河吸了口气,意味深长地说:"我一直住在通惠河边,又是多年的老河工,对于这条河的感情最深了。陈盼是受了我的影响,他会放弃一切选择留下来,也是想让我高兴。"

"爷爷,我不太明白。"

陈镜河点了点头,笑着说道:"我知道,其实一般人很难理解,从我小的时候,这条河就已经在这儿了,我和小盼奶奶就是在这条河边认识的,然后相爱,有了孩子,直到小盼奶奶离开我。在我的心里,这条河里流淌着的不仅仅是河水,还有我全部的记忆和寄托。"

说到动情处,陈镜河的声音中夹杂了些许哽咽:"所以说啊,陈盼那孩子并不是没有其他的心思,而是太过于重情,这是好事,不过却让你误会了。"

"爷爷,您和奶奶真的是在这条河边认识的吗?"田小果好奇地问道。

陈镜河笑了笑:"是啊,我们那会儿,什么都没有,不像现在的年轻人谈情说爱,动不动就能去看个电影、唱个歌的,我和小盼奶奶大部分时间都待在河边。而且我们那会儿胆小,就连拉个手都不敢。"

"那才是最纯洁的爱情。"田小果充满向往地说。

"呵呵,我的脾气也不好,嘴也笨,不会哄女孩子开心。这是老陈家遗传下来的,都是一样的。"

"不会吧?爷爷和陈叔叔怎么可能嘴笨呢?我看照片上的奶奶很漂亮啊,乔阿姨也挺美,要是没点儿花言巧语怎么能讨好奶奶和乔阿姨?不过,我看陈盼那家伙才叫嘴笨呢,只知道惹人生气。"

说着,话题又转回到了陈盼的身上,田小果的心里有些酸酸的。

"哈哈,我说的是真的,'长江后浪推前浪'嘛,小盼奶奶活着那会儿看上我,完全是因为我的老实和善良。陈盼他妈妈还好点儿,脾气好而且能处处忍让,贤惠淑德那是没话说。至于,到了小盼这里,自然是要更进一步了,就像小果你,他要是能够娶到你这么漂亮、聪慧的女孩,那肯定是积了八辈子的德了。"

"扑哧"一声,田小果笑了。听陈镜河这么一说,她的心里好过了一些,但是一想到陈盼和自己之间的误会和隔阂,田小果的心情就又变得失落了起来。

"爷爷,我也知道现在我劝他,他根本不会听我的,我真的是无意的,而且我这么做也是为了他好。"田小果柳眉轻蹙,心中又多了一丝担忧。

"这个你就放心好了,我回去一定好好地教育教育陈盼,务必要让这个浑小子当面向你道歉。要不咱爷俩好好地敲诈他一顿,你想吃什么,咱们让他请客,我来作陪,怎么样?"

"好!"田小果假装大气凛然地说道。

"哈哈哈哈……"陈镜河爽朗地笑了起来。

田小果这才回味过来,陈镜河居然偷偷地溜出医院,跑到河堤上了。

"爷爷,您看我,光顾着让您来安慰我了,您怎么不在医院好好待着啊?您看这河边风大,容易着凉,要是让叔叔阿姨知道了您偷跑出来的事,那可就糟糕了。走走走,我赶紧陪您回去。"

田小果不由分说地将陈镜河带回了医院。

一老一少回到了医院,田小果坐在床边替陈镜河剥了一个橘子,递给了陈镜河。

"爷爷,您别怪我多嘴,现在您的身体不太好,我和叔叔阿姨还有陈盼都挺担心您的。您也知道,我们平时工作都忙,陈叔叔和乔阿姨希望您能够搬过去和他们一起住,这样互相也好有个照应。"田小果突然想到了陈冼冰让自己劝劝陈镜河。

刚刚倚靠在病床上的陈镜河,苦笑着摇了摇头:"丫头啊,你不懂的,人老了就想着叶落归根,我舍不得离开我那小院子。而且啊,我得留在屋里,万一小盼他奶奶找不到我,肯定会着急的。我要是真离开那院子了,只留下她一个人没人陪,会孤单寂寞的。"

田小果心中突然间明白了一些什么,陈盼不想离开京城,并不是介意自己做一棵浮萍,而是他的牵挂都在这里,就像爷爷一样。

爷爷,爸爸,妈妈,都在京城,都在通惠河边上,他的所有牵绊都在通惠河中,这才是陈盼不想离开的原因。

田小果既感到欣慰又感到无奈,欣慰的是,自己喜欢的人是一个有情有义的男人;无奈的是,自己所规划的未来恐怕会无限期地搁置了。

陈盼从家里赶到医院的时候,看到田小果正在陪着爷爷聊天,他的眉头忍不住微微皱了皱。此时的陈盼已经冷静了下来,想到自己之前冲田小果发火,心里有些过意不去。如今看到田小果还在陪着自己的爷爷,他更是有些愧疚。

田小果的性子他明白,这一次把她给得罪狠了,可不仅仅是道歉就能够解决问题的。而且更重要的是,这个时候见面,二人肯定会很尴尬的,他还没有想好如何去向田小果道歉。

"爷爷,医生跟我说了,明天咱们就能出院了。"陈盼躲着田小果的目光,对着爷爷说道。

"是吗?那可真的是太好了!我早就在这里待不下去了,还是家里舒服自在啊!"陈镜河开心地说着,然后目光扫过二人,佯装打了一个哈欠,对着陈盼使了一个眼色,又装作什么都不知道地说道,"把我弄躺下吧,我先好好地睡一觉!"

扶着爷爷躺下,田小果和陈盼就这样面对面地坐在病床的两边。

陈盼的脸上满是愧疚,眼神时不时地瞄一瞄田小果。看到田小果装作什么都没有发生一样,陈盼的心瞬间就揪了起来,"事反常态必有妖"啊!

陈盼的动作被田小果看在眼里,她有些赌气地说:"怎么不说话了,刚才不是挺厉害的吗?"

陈盼的脸上露出了尴尬的笑容,有些不好意思地挠挠头:"小果,对不起,刚才是我太冲动了。"

田小果看了一眼床上的陈镜河,叹了口气,说:"这样吧,我们出去说,不要影响爷爷休息。"

"好!"

刚走出病房,陈盼就拉住田小果的手:"小果,刚才是我不对,我不应该对你发脾气。"

"虽然我可以理解,但是我不想理解。"田小果挣脱了陈盼的手,淡淡地说道,"陈盼,我觉得我们应该分开一段时间了。你需要冷静一下,我也需要冷静一下。我要好好地想想,我们之间到底还有没有可能。"

"小果,你这是什么意思?"

"没什么,我喜欢你,愿意为你付出,但是我的付出能够换来你的多少真诚,我现在还不确定。所以我需要好好地衡量一下,我的付出和回报是否能形成正比。你知道的,我最讨厌那种大言不惭地说'爱是付出不奢求回报'的人,所以我必须要认真地考虑一下,我和你在一起,是真情换实意吗?"

陈盼知道田小果的这番话并不是在赌气，而是真的生气了。眼看着田小果把所有的话都说出来了，陈盼心里有些着急。只不过这个时候的他，并不知道如何去劝说田小果。做了这么多年的情侣，陈盼对田小果也是相当了解的，田小果看起来好像很柔弱，但是一旦下了决心，那就是十匹马也拉不回来的。

陈盼有些担忧地看着田小果，小心地问："你不生气？"

"你看我像是生气的样子吗？你喜欢当大禹，立志要治河清淤，但是我不知道自己有没有大禹妻子的觉悟。我是女人，我需要被呵护、被疼爱。像今天发生的事情，难道你不觉得，我们两个人都应该好好地冷静一下吗？"

"这算是分手吗？"陈盼有些担心地说道。

田小果摇了摇头，平静地说道："不算，我们之前这么多年的感情，就算是分手，我也不希望是在这种情况下。我只是觉得我们现在正在面临一个考验，经受住了考验，我们就可以毫无顾忌地在一起；经受不住，那就只能说明我们之间爱得还不够深，那么分手也只能怪有缘无分吧。"

田小果觉得自己很冷静，但是当她说出这一番话来的时候，她感到了从心底涌出一阵撕心裂肺的痛。

田小果心中有些难受，但是她却没有一丁点儿的后悔。

陈盼点点头，认真地说道："小果，我还是要说一次对不起，你放心，无论你做出什么样的决定，我都会尊重的。"

"好，你快回去陪着爷爷吧，我有时间会去看爷爷的。"田小果淡淡地说道。

陈盼转身回到了病房。

田小果吸了口气，回头看了一眼病房的门，她知道自己的心中充满了不舍，但是她也知道，很多事情不是自己让一下就会有结果的。

　　田小果今天终于明白了陈盼的追求和理想，但是她也有自己的目标。她爱陈盼，但她的爱不是盲目的，陈盼不愿意离开这里，而她不喜欢待在这里。如果为了爱情，必须有一方要进行妥协，那么她想要弄明白，自己是不是还要一味地妥协，而陈盼这个人到底值不值得她做出牺牲。

第十七章　破釜沉舟

和儿子吵了一架，又动手打了儿子，此时陈冼冰的心情烦闷到了极点，父亲不理解自己，儿子又和自己对着干，他觉得自己被这些烦心事死死地勒着脖子，喘不过气来。

陈冼冰的申请书已经写好了，只要能离开现在的工作岗位，他不介意别人说他是"逃兵"，更不介意让上级领导对他的能力产生失望。就算是牺牲了自己的前途，他也必须逃离这里。

陈冼冰坐在书房里，闭上了眼睛，他眼前看到的满是母亲去世前那双失望的眼神，陈冼冰那会儿虽然年幼，但母亲眼神中的失望代表着什么意义，他一清二楚。这双眼睛直到现在还一直注视着自己，如同梦魇般折磨着自己。

陈冼冰心里很明白，自己只要把申请书递交上去，后面的结果是非常严重的。还不到五十岁的他，可能因为这次不理智的行为，而葬送自己光明无比的前途。

"冼冰。"乔雪梁推开门，发现正呆呆地坐在椅子上的丈夫，她皱着眉头，"爸今天要出院了，我们去接他老人家回来。"

陈冼冰有些失神，漠然地点点头。

医院。

今天陈镜河的心情不错，陈盼和田小果都出现在了这里，虽然这一对年轻人此时有些小隔阂，而且两人之间也几乎没有什么交流，看样子应该还在闹别扭。不过陈镜河心里有数，他还是很看好这两人的感情。

陈冼冰和乔雪梁的出现，让陈镜河脸色略微地一黯。当然，最主要的原因还是因为儿子陈冼冰。

"爸，我和冰子商量过了，您刚刚出院，我们希望您能够搬过去和我们一起住，这样也好有个照应。"乔雪梁一边帮着陈镜河收拾东西，一边说道。

陈镜河知道儿子儿媳孝顺，但是他舍不得离开老院子，笑呵呵地说道："我就不过去了，住在老院子里啊，接地气儿。再说了，住那么高，我恐高啊。"

"爸，你就听雪梁的吧，毕竟您的岁数那么大了，万一要是……"

"没有什么万一的，到了我这个岁数，多活一天是赚，多活一年是福，多活几年是命。没什么好担心的，倒是你，你究竟想要干什么？你都老大不小了，还和年轻人一样任性？我都听说了，你出息了，现在你可是大名人啊。听说还准备要调出区里的规划局？你告诉我，你到底是怎么想的？"

陈冼冰一怔，他的目光落在妻子身上。妻子脸上带着有些尴尬的笑容。

"你别瞪雪梁，人家是在关心你，别不懂好歹，你还是先说一说你想要干什么！真的要准备气死我不成？"陈镜河脸色阴沉着，儿子很让他失望。

不知道从什么时候起，父子之间没有了言语的交流，陈冼冰更是躲得陈镜河远远的。上学的时候跑到外省,毕业分配工作的时候放弃了通惠区规划局的名额,现在好不容易做出点儿成绩,调到了通惠区规划局,当上了副局长,这屁股还没有坐热,却又想着要调走。

陈冼冰嘴角牵强地笑了笑:"现在干的这个工作,有些力不从心啊。"

"借口!"陈镜河呵斥道,"你想躲,你躲得了吗?你不就是不想做通惠河景观河改造工程的总负责人吗?别以为我不知道你的小心思!哼,老话都说,'知子莫若父'!我今天把这话给你撂在这里,你不愿意干事儿,想要干事儿的人排着队呢,不差你这一个!"

陈镜河坐在病床边,气愤不已地说道:"不过我后来倒是仔细地想了想,这一想我还真的想通了,我倒是觉得你做出了一个非常明智的选择,要是让你这样的人待在那个位置上,还不如换一个想干实事儿的人来做呢!你,白吃公家饭,丢人!可耻!"

这话如同是锤子一样,狠狠地敲在了陈冼冰的心窝子上,他觉得自己的脸皮发烫,尤其是当着小辈的面儿,父亲这样的训自己,让他脸上挂不住。

"爷爷,消消气,吃个苹果。"

一旁的田小果觉得气氛有些尴尬,她将削好的苹果递到了陈镜河面前,脸上带着甜甜的笑容,试图缓和一下病房的气氛。

乔雪梁也知趣地劝道:"是啊,爸,这今天刚要出院,咱别出院手续还没办完又气得住回来,那样多不划算啊!"

陈镜河的胸口起伏不定,脸色十分难看。

被训斥的陈冼冰的脸色同样难看,不过训斥自己的是父亲,他也只能忍着。

"爷爷，我们走吧。"

陈盼心中并不明白父亲是怎么想的，父亲对于河工的身份并不认可，甚至是有些厌恶，所以，他瞧不上做了一辈子河工的爷爷，更瞧不起刚成为河工的自己，这难道就是人们所说的代沟？

"哼！"陈镜河冷哼了一声，包含着对儿子的无奈和失望。

陈镜河没有理会自己的儿子，等所有人都离开了，只有陈冼冰呆呆地站在原地，直到护士进来收拾床铺的时候，他才回过神儿来。

回到单位的陈冼冰，坐在自己的办公椅上，他从公文包里拿出自己已经写好的工作岗位调动申请书，陈冼冰的心中有些犹豫了，正如父亲训斥自己的那样，自己是在逃避。

陈冼冰深深地吸了口气，闭上了眼睛，他又看见了母亲临死前的眼神，陈冼冰心里有了决定。

陈冼冰站起来，带着那份调职申请书，他敲开了区规划局柳局长的办公室。

"哦，冼冰啊，来来来，快坐。"

看到陈冼冰进来，柳庆国的脸上露出了笑容，他热情地招呼着陈冼冰："来得早不如来得巧，我刚从老家弄了些好茶叶回来，你今天有口福了。"

陈冼冰抿了一口面前茶杯里的茶，说："武夷岩茶大红袍？"

"哈哈，没想到冼冰也是茶客啊！"柳庆国是潭清人，来到京城已经多年了，但是饮食习惯还是和当年一样，潭清人喜茶，柳庆国也不例外，每年都要从老家收一些茶叶，这大红袍是红茶中的精品。

"武夷春暖月初圆，采摘新芽献地仙。"陈冼冰轻吟道。

柳庆国微微一愣，却是不由自主地接了下去："飞鹊印成香蜡片，啼猿溪走木兰船。金槽和碾沉香末，冰碗轻涵翠缕烟。分赠恩深知最异，晚铛宜煮北山泉。"

说完柳庆国哈哈大笑："都说'酒逢知己千杯少，茶逢知己一杯醉'。没想到冼冰居然知道我老家的诗句啊！"

陈冼冰笑着说道："柳局的茶，那是一定要喝的。徐寅的茶诗，我知道的可仅这一首，今天拿出来倒是在柳局面前献丑了。"

"你这小子，拍马屁？"柳庆国一边娴熟地泡着茶，一边笑着调侃道。

柳庆国比陈冼冰要大一些，但是他性情随和，是长年待在京城的南方人，所以柳庆国的身上，既有南方人的书卷气息，也有北方人的豪爽劲儿。

"想拍您马屁的人多了，多我一个不多，少我一个也不少。所以呐，我就是来打土豪分田地的。"陈冼冰端起一杯茶，轻轻地放在鼻尖嗅了嗅，笑呵呵地说道，"嗯，不错，茶香醇厚甘美，茶汤金黄温润。"

柳庆国笑着也端起了一杯，缓缓地说道："你小子是'无事不登三宝殿'，平日里都不登我的门，今天来肯定是有事儿，说吧！"

"我听出来了，领导这是在批评我，我以后一定改正。"

"少来这一套，我要是批评你会请你吃茶？不过，批评不会有，嘱咐倒是有一些的。你也知道，通惠河现在已经开始清淤了，市规划局通过征求广大百姓的意见后，决定将通惠河作为市里最重要的景观河，列入了市政的重点工作计划中。现在你正在负责这项工作，你可不能给我掉链子啊！"柳庆国缓缓地说道。

陈冼冰一听到这话，顿时有些尴尬，不知道自己应该说些什么。调职申请书还在包里呢，人家这刚上了屋顶，自己就准备要撤梯子，他的心里有些惭愧。

"哦，对了，说说你吧，你来找我是什么事情？"柳庆国好像想到了什么，一本正经地看着陈冼冰。

陈冼冰尴尬地笑了笑："柳局，关于通惠河景观河的改造工程，我觉得自己的能力不足，第一次接这么大的工程，心里还是有些发慌呐。您看咱们局里是不是再好好地讨论一下，换一个更有经验的人来做，怎么样？"

柳庆国大手一挥："没有这个必要，局里已经经过慎重考量，觉得你是最适合这项工程的人。"

"我还是觉得自己担不起来这副担子啊！"陈冼冰心中无比苦涩，难道就因为自己有一个做河工的父亲，自己就是最合适的人选？

"你是不相信你自己？还是不相信我们？"柳庆国察言观色，他感到陈冼冰并不是在和自己矫情，而是从心底里拒绝这件事情。柳庆国脸上的热情渐渐地消失了，手中端着的茶杯也放在了茶具上面，一脸凝重地看着陈冼冰，"冼冰，看来你是真想撂挑子不干啊！"

陈冼冰这个时候只能硬着头皮拿出自己的申请书，恭恭敬敬地递到柳庆国的面前。

陈冼冰知道自己这么做肯定会招来柳庆国的不快，他已经有了心理准备。

柳庆国认真地看完了陈冼冰写的调职申请书，整个办公室落针可闻，陈冼冰心跳如鼓，他知道自己的行为不仅关系到自己日后的前途，还关系到整个规划局的人员调动。

柳庆国看完信，抬起头，先是叹了一口气，然后才慢慢地说：

"冼冰啊,你这可是给我出了一个难题啊!"

"对不起,柳局,让您失望了。"

"让我失望倒是其次,但是呢,事先申明,一位副局想要调整岗位,这可是重大事项,我一个人说了不算。所以,你的申请书我会上报上级领导,经批准后才能决定是否同意你调离岗位。"

柳庆国脸上的笑容已经彻底消失不见了。显然,陈冼冰这一次还真的给他出了一个不小的难题。

"那好,给您添麻烦了。"陈冼冰有些僵硬的脸上露出了难看的笑容。

"好,我一会儿还有个文件要处理。"

陈冼冰知道柳庆国这是在对他下逐客令了,这一刻,陈冼冰的心情是五味杂陈……

第十八章　男人女人，倦鸟归林

田小果和陈盼经过上一次在医院的谈话之后，时间又过去了一个多月，除了去接陈镜河那天外，两人再没有联系过，不是田小果不愿意，而是她不能。这一个多月来，她的心情一直很不好。

坐在学校的办公室里，田小果在一张白纸上画着圈儿，以前有陈盼在她身边的时候，她从来不会像现在这样，无聊地坐在办公室里对着一张白纸发呆。

想到陈盼，田小果的心更加地烦躁了。

生命中，总有一个人，缠绕在心头，挥之不去；总有一段情，旖旎在眉间，念了又念。所有的欢喜，都是一个方向；所有的落寞，都是一个位置。为了牵念，可以低到尘埃；为了期盼，可以忘却自己。

田小果现在就是这样的心境，她和陈盼说让彼此冷静一下，可是真的冷静下来了，她的心却变得有些冷清。

"喂！"

田小果抬起头，看见突然出现在自己身边的陆琪。田小果兴致泛泛地说道："你怎么来了？"

陆琪看着田小果的样子,气不打一处来,手指轻轻地在她的额头敲了敲:"我说亲爱的,醒醒了,大中午了,请问你是灵魂出窍了?"

"干吗?"田小果躲开陆琪的手,没好气地说。

"你还好意思问我干吗?我说亲爱的,少在这里扮怨女了。再说你这样,陈盼也看不到啊!不就是和你们家陈盼分开几十天嘛,看你现在成什么样子了,一副失落颓废的样子,实在是太丢人了。"

陆琪气呼呼地坐在田小果的面前,一把抢过田小果手中的纸,认真地看了看:"你这是在画什么?地球的运行轨迹?还是在画圈圈诅咒某人啊?"

田小果翻了一个白眼,无奈地说道:"你怎么来了?"

"我怎么来了?放心吧,小怪兽,我是代表正义来拯救你的。看你这么消沉,心情这么差,姐们儿我今天就大方一回,请你去吃火锅。"

田小果缓缓地摇了摇头:"不去。"

"看来你是真的没救了!"陆琪乐呵呵地说道,"看来我得好好劝劝陈盼了,怎么着也不能和你分手,才分开几天你就失魂落魄的,这要是真的分手了,你不得上吊自杀!不行不行,你可是我最好的朋友,说什么我都要拯救你。"

田小果趴在桌子上,有气无力地说道:"你就少说几句吧,我现在是真的没心情和你开玩笑了。"

"我说亲爱的,你这是何苦呢?"

"我不苦,我很好啊。"田小果反驳道,但是她自己都觉得自己的反驳是如此的无力。

陆琪看着田小果这一副半死不活的样子,冷哼了一声:"就你现在这样子，根本就不用我来说，你看看自己，从头到脚都写着两个字——失恋。"

"那你说我怎么办？"

"怎么办？你算是问对人了。既然你觉得陈盼不在乎你，那么你为什么非要在这一棵歪脖子树上吊死呢？只要你愿意放弃这棵歪脖子树，你将会获得整片森林。姐们儿，眼光要长远一点儿啊，不能因小失大，捡起芝麻，丢了西瓜啊！"陆琪鼓励地说道。

田小果摇了摇头："森林那么大，我迷路了怎么办？"

"喂，你不要这么没骨气啊，难道这世界上就只有陈盼这一个男人了吗？你干吗非要和自己过不去呢？"陆琪摇了摇头，语气中充满了怒其不争的意味。

田小果也知道陆琪这是在为她好，但是一想到自己和陈盼七年的感情，她的心里就有些舍不得。她认真地想了想，然后果断地摇了摇头。

"算了，现在我才发现，你是真的准备当孟姜女了，就连万能的我都救不了你了。姐们儿还是自个儿去吃火锅了，我就不打扰你在这里悲春伤秋了，拜拜了您呐！"

陆琪看了看手机，回了几条微信，就朝着门外走了出去。

"等等！"

田小果喊住陆琪，站了起来，然后目光死死地盯着陆琪："现在男朋友不要我了，闺密也要离我而去了，我怎么这么惨啊！你不是说要去吃火锅吗？我去，对，现在就去。"

"姐们儿，你这是大脑神经回路太长，还是大脑沟回褶皱太浅？"作为实习医生的陆琪，本着治病救人的原则，装出一副认真负责的态度对田小果说道。

田小果恨恨地咬了咬牙:"说人话!"

"你是反应慢呢,还是人太笨?"

"滚!"

一想到要吃火锅,田小果这才发现自己的肚子已经饿得咕咕直叫了,简单地收拾了一下,她对着陆琪说道:"想要请我吃饭就赶紧走,因为爷今天心情不好,所以胃口甚好。好闺密就得有福同享,有难同当;有饭一起吃,有心一起扎。"

"本身这句话,你就很让我扎心啊!"陆琪看着田小果,无奈地摇了摇头,"我可救不了你了,我看要不还是把陈盼给放出来吧,让他牺牲自己来拯救你,好歹他也为人类发展、世界和平、地球稳定做出了贡献。"

"你敢放我就敢收!"田小果一副慷慨就义的表情。

"哎,田小果,你好歹也要点儿脸吧!现在不是陈盼在牺牲,是姐们儿我的钱包在牺牲啊,要不一会儿我喊陈盼过来买单?"

"不行,那还不是吃我自己的?我记得陈盼跟我说过一句话,吃自己的要省,吃别人的要狠。既然你说要请客,那我就不客气了,姐们儿,对不住了。"田小果拉着陆琪就往外跑。

陆琪阴谋得逞般笑了笑,心中有一句话始终没有说出来。

田小果啊,你这是聪明反被聪明误啊。这钱到头来还是要陈盼出的。

陈盼知道田小果最近不开心,他也知道,他要是出现的话,田小果会更加不开心,所以这才托陆琪帮着开导开导田小果,并且承诺愿意承担一切费用。

所以,陆琪今天才会来找田小果,她才不怕被当成小肥羊宰呢,她只会借花献佛。

一个"OK"的手势从陆琪的手机里发了出去……

"叮!"

正在河上进行着勘察的陈盼看了看手机上发过来的微信,脸上露出一个会心的微笑。

多年的感情了,并不是那么容易放手的,陈盼才不会做出让自己后悔一辈子的决定,幸好田小果身边有一个陆琪这样的闺密,可以在中间协调,自己也就放心多了。

"好饱啊!"

田小果摸了摸有些发胀的肚子,她这样的南方人来到北方,最不适应的就是这里干燥的气候,尤其是在冬天,寒冷的天气让她觉得出门就是一种酷刑。

"亲爱的,你真的决定要留在京城?"陆琪认真地说道。

田小果叹了一口气,无奈地说道:"我倒是想回浦城,但是现在能走得了吗?反正我现在还年轻,两三年的时间还能再等一等。"

"要是两三年一过,他还不想走呢?"陆琪接着问道。

"乌鸦嘴!"田小果翻了一个白眼,无奈地说道,"那我还能怎么办,我都已经是人家的人了,只能'嫁鸡随鸡,嫁狗随狗'喽,要不然就你这眼馋的样儿,我要是一撒手,你立刻就贴上去了,我不能给你留机会啊。"

"少来,陈盼那家伙也就你把他当成宝贝了。是,我承认,他是帅一点点,稳重一点点,你要是撒手了,我可以勉强地顶上去,不过他距离我心目中的白马王子,还是有一点点差距的。"陆琪放下筷子,拿餐巾纸抹了抹嘴。

"你可别后悔,现在高富帅可是稀缺资源,别到时候白马王子没等来,倒是等来了唐僧。"

"唐僧也可以啊,至少吃了唐僧肉可以长生不老。"

"那万一是青蛙王子呢?"

"那我就是为他解开诅咒的公主,公主一个吻,青蛙变王子啊!"陆琪憧憬地说道。

田小果眼皮一翻,没好气地说道:"如果你吻上去,发现是一只癞蛤蟆呢?你这白天鹅还准备让他吃你的肉不成?"

陆琪伸出一根手指头,放在自己的面前摇了摇,笑着说道:"不不不,我要为他挖一口井,然后让他坐井观天,还要好好地教育他吃水不忘挖井人,别没事儿就想吃天鹅肉。"

"算你狠。"田小果发现,自己和陆琪犟嘴,就不会有什么好结果。

"你还别说,我发现你们家陈盼还真有白马王子的潜质,你要是不要了,别忘了和我说一声,我说不定勉为其难地把他收了,省得他出来祸害你这样的女施主。"陆琪没心没肺地说道。

"想得美。陈盼你就别想了,去寻找你的癞蛤蟆吧。"田小果"咯咯"地笑了起来。

从火锅店出来,两人钻入了出租车。

田小果的心情舒畅了不少,虽然她的心里还放不下陈盼的事,但是经过陆琪这种特殊方式的开导,她觉得心情好多了。

望着车窗外现代化的摩天大楼,田小果陷入了沉思之中,时代都已经变得这么快了,陈盼还依然守着旧传统,她不明白陈盼到底在坚守着什么,而这种坚守,有什么意义?对他来说又有什么用?

出租车在通惠河边的道路上行驶着,田小果看着大冬天在河道中辛勤工作的河工，每个人的脸上都洋溢着笑容，那是一种无法言明的喜悦。正当田小果发呆的时候，一个身影吸引了她的注意。

"师傅，停车！"

"我说大小姐，你又干什么啊？一惊一乍的，河边风大，你又怕冷，咱们可是刚吃了火锅的啊，万一着凉了怎么办？"坐在身边的陆琪迷茫地看着田小果。

田小果带着歉意的笑容说道："我还有点儿事儿，你先回去吧。"

"我看你真的应该去看看医生了，这都已经魔怔了。"陆琪皱了皱眉，没好气地说。

"没事，有你在，我根本就不用看医生，你就是我的主治医生。好了，你先回去吧，我一会儿就回去。"

不理会陆琪的埋怨，田小果直接从车上跳了下来。外面的寒风一个劲儿地往田小果的衣服里钻，田小果赶紧裹了裹衣服，往后走了几步。

沿着河岸，田小果终于看到了刚刚从自己眼前掠过的身影。

"爷爷，您的病刚好，怎么又跑到这里来了，河边风大。"

陈镜河一扭头，看到了裹得像个粽子一样的田小果，脸上露出了宽慰的笑容，说道："是丫头啊，没事的，老头子我已经习惯了。这河风对我来说没任何的影响，我放心不下，过来看看。"

陈镜河的眼睛又望向了已经结冰的通惠河中，他的神色中略有些黯淡，虽然才刚刚出院，但是依照他的性子，根本就在家里待不住，经常要到河边来遛一遛。

"丫头，你和小盼是不是又在闹别扭了啊？"陈镜河收起自己的感慨，望着田小果说道。

田小果摇摇头，缓缓地说道："其实也没有，陈盼有自己的想法，而我也有自己的打算，只不过他的想法和我的打算，有些冲突罢了。"

陈镜河笑了起来，他对着田小果说道："之前咱们可是聊过的，我知道你一直想要陈盼陪着你去浦城，那里机会多，对于他的发展有更好的发挥空间。但是，小盼是我一手带大的，他的性子我是最了解的。"

"我也理解，小盼他最孝顺了，他心中牵挂着您，不愿意离开您。"田小果认真地说道，"现在从京城到浦城，顶多也就是六个小时，如果他要是想您的话，我可以陪着他一起回来，周末两天的时间足够走个来回了。"

"有时候，距离不是最主要的问题，心才是。"陈镜河笑着说道，"其实，今天我站的这个地方，就是当年我经常站的地方，而河的那边，就是我经常能看到小盼奶奶的地方。我们谈恋爱的时候，就隔河望着彼此，好像只要能够看到对方，就已经心满意足了，哪怕是隔着一条河也不算什么。最远的距离不是天涯相隔，而是阴阳相隔。"

陈镜河一边说，一边叹着气："现在呢，我经常会后悔啊，如果我要不是去河上清淤，小盼奶奶也不会把小病拖成大病，最后离我而去。等我醒悟过来，想要好好地疼爱她的时候，却发现自己永远都没有这个机会了。"

"你们年轻人在一起，一定要多珍惜对方。有时候我觉得陈盼这小子挺幸运的，有你这么知书达理的女朋友，你所做出的牺牲，我看得到，我相信陈盼也一定能够看得到。"陈镜河意味深长地说道。

田小果认真地听着陈镜河的话，半天没有说话。

"所以呐，丫头，不要让以后的自己后悔今天的决定。"陈镜河满是褶皱的脸上多了一丝凄凉，面对着正在改头换面的通惠河，意味深长地说道，"等后悔了，也就晚了。"

田小果低下头，其实陈镜河的话她也明白，但明白是一回事，怎么做是另一回事。

田小果苦笑道："爷爷，我也知道，但是我心里真的解不开这个结，陈盼是个重情重义的人，对我也非常好，或许是我们站的角度不一样吧。我是一个女人，只想着要家庭美满幸福。我只希望陈盼能够给我一份安全感，但是现在我感受不到。"

"那不是害怕和担忧，而是责任和爱。"陈镜河笑了笑，认真地说道，"丫头，陈盼他对你的心意没有变，只不过他有更重要的责任去承担，这就是男人和女人之间的矛盾。男人呢，以世界为责任；而女人呢，以男人为责任。不过无论陈盼的心有多大，最终还是要回到你的身边，只有女人才是男人避风的港湾。"

田小果沉吟了起来，她在思考陈镜河的话。

陈镜河仿佛陷入到了回忆之中，他的神情中带着一抹淡淡的哀伤："每次清淤回到家，总是能够看到小盼的奶奶在河边等我，那种幸福感，会让所有的疲惫全部都消散。对于男人来说，那一刻才是最幸福的，只有家人才是最舒适的归宿。

"所以呐，爷爷也后悔，因为工作忽略了对家人的关怀，这也是我一生都要背负的伤痛。我记得，那年也是个冬天，我就在河上，通惠河那年要清淤六十里，回到家的时候，我就再也没有见过雅琴了。小盼他爸大概从那时候起就开始记恨我，也把这条河给记恨上了。

"直到现在，小盼他爸仍然无法打开这个心结，这是爷爷的遗憾呐。"想到儿子不顾个人前途，极力地想要调离市规划局，陈镜河的心里莫名地闪过了一丝无奈。

"丫头，小盼从小是跟着我长大的。按理来说，老头子我不应该掺和你们两人之间的感情，但是爷爷希望你们两个人能够相互扶持，更要相互理解和体谅。本来嘛，感情这东西是需要双方来精心呵护的，不是一个人的事情。"

陈镜河看着低头沉吟不语的田小果，他淡淡地说道："男人有自己必须要完成的事业，女人也必须要守护自己的爱情，只有这样的家，才会温馨和圆满。"

田小果抬起头，从陈镜河有些浑浊的目光中看到了一丝坚定："爷爷，我明白您的意思了，或许是我太过于执着谁付出多一点。我想明白了，我想我会留下来的。"

陈镜河听见田小果这么说，总算是放心了："呵呵，那样就太好了，丫头你是个好孩子，所以爷爷希望你能够多体谅一些陈盼。陈盼之所以舍不得离开这里，是因为这里是他一切的记忆，恋旧也是一个好男人应该有的品质。"

"因为我在，所以他不想走；如果我不在了，陈盼更不愿意离开了。"陈镜河低头小声地说出了这一句话，这句话不像是在说给田小果听，倒像是在说给他自己听一样。陈镜河的心里涌出一丝欣慰，哪个老人不希望自己可以拥有儿孙绕膝的幸福，陈镜河是普通人，自然也不能免俗。

"当然了，您是他最重要的牵挂之一。"田小果有些不甘心地说道。

陈镜河察觉到田小果的辛酸，他平淡地说："小盼不想离开这里，是因为他觉得他对于通惠河有自己的一份责任，对他来说，通惠河就是记忆的承载、感情的寄托。"

田小果看着陈镜河，重重地点点头。

田小果现在还不太明白这份承载和寄托的重要，但是从陈镜河的话里，她完全能够感受得到，陈盼完全是受到陈镜河的影响。

"丫头啊，让他割舍这些很难啊。"陈镜河忍不住感叹道。

现实和真相向来是最残忍的，即便是田小果能够接受这个事实，但是她的心里面同样有些难受，田小果此时脸上的笑容很是勉强："是啊，这些我都知道。"

"你们年轻人都有自己的想法，但是我觉得一份感情最好不要轻易放弃，有时候坚持到最后的才是胜利。你们是感情的当事人，如果连你们自己都没有信心的话，那么这段感情就会产生猜疑和怨恨，最终只有被遗弃。"

田小果觉得陈镜河不是在提醒她，倒像是在安慰她。她望着远处忙碌的河工们，好像明白了些什么，心中闪过一丝不忍。她觉得自己好像无形中在逼迫陈盼，让陈盼陷入了事业与爱情两难的境地。但是，田小果觉得，这样的困难正是对他们感情的考验……

第十九章　墨菲定律

方为民此时正在河堤上,他陪同着区里的副区长刘洪波视察通惠河的清淤工作。

陈盼走了过去,向领导介绍他们的清淤方案。

"通惠河这几年总是会有一股淡淡的酸臭味,河底沉积了多年的老泥则是味道的主要来源。经过我们工程科的勘察,淤泥沉积非常严重,极大地影响了抗洪能力。"

陈盼认真地介绍着,刘洪波一边听,一边点点头,神色凝重地说道:"是啊,现在通惠河的一大功能就是泄洪。如果再放任不管的话,估计很快就要水漫京城了。年轻人,具体说说你们的方案。"

"刘区长,我们的方案是这样的……"

三人一路上走走停停。陈盼详细地介绍清淤的具体方案。听完了陈盼的汇报,刘洪波满意地点了点头,脸上挂着一丝浅浅的微笑:"年轻人,功课做得不错。"

"谢谢区长,这些都是我们应该做的。"陈盼谦虚地说。

方为民对于陈盼也是十分满意,笑着说道:"区长,陈盼这小子是我们河湖管理处的高才生,这小子家世也不简单,河工世家,他爷爷是陈镜河。"

"哦？"刘洪波眼前一亮，仔细地打量着陈盼，脸上的笑容越堆越多，"怪不得，原来是陈老的孙子，我相信有陈老这个行家在，清淤工作的开展会顺利很多啊。"

"是啊，陈老是老江湖了，前几天还因为帮我们勘察挖掘机的放置点，病倒在河堤上。陈老的这种精神值得我们去学习啊！"方为民感叹道。

刘洪波目光凝重地说道："为民啊，家有一老，如有一宝！我那会儿的清淤方案还是在陈老的帮助下做出来的，你可要把咱们这个老宝贝给看好喽！"

"是啊，这不，陈老才刚从医院出来，这几天就老惦记着到河上来看看，不过被我给劝止了。陈老快八十岁了，身子骨儿不如从前啊。万一有个三长两短的，不用别人，陈冼冰就会剥了我的皮。"方为民顺着刘洪波的话说道。

"陈冼冰呐！哎，先不说他了。"刘洪波叹了一口气，有些无奈地摇了摇头，"不过我很欣慰的是，从小陈的身上我看到了希望，陈老的宝贵经验有了传承，我们还是以前的通惠河工，这种精神后继有人，值得我们庆幸啊！"

刘洪波以前也是通惠河上的河工，作为区里负责清淤、改造通惠河的责任领导，今天他也发自内心的有一些感慨。

陈盼听到刘洪波的话，心里涌出一丝暖流。

刘洪波望着河面上辛勤工作的河工们，对着方为民说道："老方啊，区里对于这项工作十分重视，市水务局那边我已经打过招呼了，这清淤工作别看又脏又臭，但干的却是惠及后世子孙的大事业，区里也做出了明确的表态，市里也出台了相应的文件，后面会陆陆续续地对通惠河进行全线清淤。"顿了顿,刘洪波接着说道:"你们后续的工作可以说是很重啊!"

方为民听到这话,也是吓了一跳,通惠河要是进行全线清淤的话,可以说是一项十分浩大的工程了,就连他也忍不住地倒吸了一口凉气。

看到方为民和陈盼发怔的样子,刘洪波笑着说道:"怎么了?被吓到了?"

缓过神来的陈盼心中多了一丝苦涩,这个时候他想到了田小果,还有田小果一直以来的愿望。如果全线清淤的话,两三年那是绝对完成不了的,至少要五六年才行。

陈盼知道,恐怕自己又要食言了。

方为民赶紧说道:"没有,只是觉得任重而道远。"

刘洪波赞同地点了点头,意味深长地重复说道:"是啊,真的是任重而道远!"

"老方,你们工作中有什么难题,尽管提出来,你们可以把我当成是通惠河清淤的后勤队长。"刘洪波收起了感慨之心,对方为民说道。

"刘区长,社会在变,现在的情况和我们以前那会儿有些不一样了,河道的清淤工作有大型机械去完成,但是两边河堤还是需要人工来清理。我们商量了一下,希望市里领导能来为我们河堤清淤开一次动员大会。"方为民趁机说道。

"好你个方小二,原来在这里挖坑等着我呢。我说你最近怎么一直要让我来河堤上转一转呢,原来打的是这个主意,有长进啊!"

刘洪波虽然在调侃方为民,不过他倒是赞同方为民的建议:"不过呢,话又说回来,这倒是个不错的提议。"

陈盼也在一边重重地点点头。

刘洪波笑着说道:"好了,这件事情我会和上面的领导进行反映的,我今天可以把话给你摆在这儿,肯定能行。你有这样的心思挺好,既然我们要做,就要做好,治河清淤我不如你们专业,但是你们要借势,这个我是可以帮你们做到的。"

"谢谢刘区长!"方为民激动地说道。

"没什么谢不谢的,这是我的工作,也是我的职责。我们只要做好自己的本职工作就可以了。好了,老方,你的目的也达到了,怎么着,今天咱们就先看到这里?"刘洪波笑着说道。

"好!"方为民赶紧回答道。

陈冼冰在办公室里发着呆,他盯着眼前的文件,却一个字都没有看进去。他的调职申请报告已经递上去半个多月了,批复却一直没有下来,这种等待让陈冼冰备受折磨。

就在陈冼冰等得无比焦躁的时候,办公桌上的电话响了起来,陈冼冰赶紧接了起来。电话是柳庆国打过来的,他在电话里面的声音听起来非常凝重。

"冼冰同志,请来一下我办公室。"柳庆国的声音很是冷漠,就如同机械一般,完全没有带一丁点儿的感情,这让陈冼冰心中产生了一种不好的预感。

陈冼冰将办公桌上的文件整理了一下,然后站了起来。他觉得束缚在自己身上的枷锁,正在一点一点地松解,只要能够离开这里,哪怕是再回到偏远郊区,他也非常乐意。

门被推开了,柳庆国坐在办公桌后面,并没有站起来,而是对着刚进门的陈冼冰略微地点了点头,然后示意陈冼冰坐在沙发上。

"陈冼冰同志来了。"柳庆国富有磁性的嗓音响了起来,"正好现在我没什么事儿,我们可以开诚布公地好好谈一谈。"

陈冼冰看到柳庆国的脸色有些不善,他拘谨地坐下之后,脸上带着一种马上就要解脱了的笑容,说道:"柳局,我的事情已经有着落了?"

"是的。"柳庆国再一次认真地打量着眼前的陈冼冰,他实在是想不明白,为什么陈冼冰宁愿放弃自己大好的前程,也要推掉通惠河景观河的改造工程。

对于别人来说,无论是规划局副局长,还是通惠河景观河改造工程的总负责人,都是挤破脑袋都想得到的称号。陈冼冰倒是好,硬是想要往外推。柳庆国心里微微地摇了摇头,他觉得陈冼冰的做法实在是太让人费解了。

看到了柳庆国的纠结和无奈,陈冼冰的目光变得柔和了许多,他知道自己的事情十有八九是定下来了,紧绷的身体也略微地放松了一些:"柳局,无论什么样的结果我都接受。放心,我一定服从组织的安排。"

"真的?"

柳庆国抬起头,眼神中带着一丝丝的戏谑,看着一本正经的陈冼冰,心里略微地舒了一口气,然后神色凝重地说道:"陈冼冰同志,你能有这个觉悟我很是欣慰,不过事情可能和你想象得有些不太一样,你的申请被驳回了。"

什么?

此时的陈冼冰只觉得脑袋"嗡"的一声,他甚至怀疑自己的耳朵是不是出现了幻听,他的目光有些疑惑地望向柳庆国。

柳庆国对陈冼冰点了点头,然后平静地说道:"虽然相关领导也对你的工作态度提出了质疑，但是我跟他们打了保票，你的工作能力绝对过硬，而且你也有许多成功的经验。经过领导们的综合考虑，你是我们景观河改造项目负责人的不二人选。"

陈冼冰听得懵懵懂懂的，他的心思全然不在柳庆国的话中，而是一直处在失神的状态。

柳庆国并没有在意陈冼冰的失态，而是在尽力开导他，摆出诚恳的态度，说道："陈冼冰同志，至于你的态度问题，我觉得作为一个成年人来说，自己的私人感情和工作是要分开的。你都已经参加工作这么多年了，如何调节工作情绪，我想这不用我教你吧？"

话说到这里，柳庆国抬起头来，神色凝重地说道："领导在会上研究讨论后决定，让我来向你传达领导的想法。工作态度是可以改的，组织将你放在现在的工作岗位上，就是对你的考验和锤炼。其实，你的工作能力和工作态度一向是被上级领导看好的，这一次你的态度和行为，确实是大大地出乎了我们的意料。"

听着柳庆国的话，陈冼冰的脑袋一直都昏昏沉沉的，他的脑海里反反复复只有一个想法，那就是他的调令申请被驳回了。

"柳局，我真心希望上级领导能够再好好地考虑一下。"陈冼冰试图再次提出自己的想法。

柳庆国则直接打断了陈冼冰的话："冼冰啊，我不知道你在担心什么，这项工作对于我们区里、市里都是极其重要的，其他人对这个位置可是眼馋很久了，我不怀疑其他竞争者的工作态度，但是我担心的是他们的工作能力。"

柳庆国从座位上站了起来，走到陈冼冰的身边，拍了拍他的肩膀，试图安抚一下他，然后接着说："冼冰，我跟你推心置腹地说几句话。咱们呢，工作上是上下级的关系，但是在生活中，我们是认识多年的朋友。作为朋友，有句话我要提醒你，工作态度可以纠正，工作能力可以提升。但是一个人一旦给人尤其是上级领导留下了坏印象，那就很难改变了。你以往的规划和设计方案向来都是很出彩的，也正是基于这一点，你也是我首推的人选。"

陈冼冰知道柳庆国是在为他好，他也不好驳了领导的面子，只好点点头。

柳庆国满意地说道："上级领导既然安排由你来负责通惠河景观河的改造工程，你就应该知道这是对你的重视。这副担子是重，不过我也相信你能够经受得住考验。冼冰，关键时刻你可不能掉链子啊！"

陈冼冰的心里很复杂，本来他已经做好了最坏的打算，但没想到得到的却是更坏的结果，他的心里满是苦涩。

陈冼冰知道自己此时已经无路可退了，既然柳庆国都已经把话说到这分儿上了，他也只能是硬着头皮上了，再要是有什么不满，那完全就是自毁长城，更何况还有柳庆国这份期许，他可以不把自己的前途当回事，但他不能拉别人下水啊！

陈冼冰皱着眉，无奈地摇了摇头，内心还抱有最后一丝侥幸。望着柳庆国，陈冼冰说道："柳局，这件事情已经没有任何回旋的余地了？"

柳庆国冲着陈冼冰缓慢而坚定地点点头。

陈冼冰在心里面叹了一口气，站了起来，脸上有些失落，有些寂然，然后认命地说："好，既然组织上对我这样信任，那我也只能是尽心尽责地做好它。"

"嗯，好！这才是你这样的主心骨应该有的态度。冼冰啊，有你这句话，我就放心了。"柳庆国的脸上露出了笑容。

接着，柳庆国开始嘱托了起来："冼冰，通惠河景观河改造工程是我们市现阶段的重点工作，一定要拿出最好的方案来，这方面你是行家，我就不方便在这里外行指导内行了。我只要你把握住一个原则，那就是功在社稷，利在万民！"柳庆国点点头，很有气魄地大手一挥。

面对柳庆国的豪情万丈，陈冼冰也只好委屈地应和着。

好不容易出了柳庆国的办公室，陈冼冰都不知道自己是怎么回到办公室的，心中的失意和恐惧越来越大，就好像是整个人把魂儿丢了一样，虽然他有一千个一万个不情愿，但他绕了一圈，不仅没有走出面前的迷局，反而把自己逼到了死角。

陈冼冰使劲儿地用手搓了搓脸，无奈地接受了这个事实，也接受了领导的安排，现在的他只想尽快地把这个仿佛噩梦一样的工作做完。

第二十章　得妻如此，夫复何求

回家的路上，陈冼冰的心情很差，就连天气他也觉得格外的冷。陈冼冰就像是一具没有任何意识的尸体一般坐上电梯，然后无力地掏出钥匙将门打开，将钥匙和包放好，门关好，换了拖鞋，颓然地坐在了沙发上，仰着头闭上了眼睛。

"回来了？"

正在厨房烧菜的乔雪梁听到客厅有动静，从厨房里探出头来，看到了身子陷进沙发里的陈冼冰情绪十分低落。

陈冼冰并没有回答妻子的话，只是坐在沙发上，闭着眼睛。

"你这是怎么了？"乔雪梁麻利地端出了最后一道菜，看着丈夫的样子，有些担心地走了过来，将手放在他的额头上，"是不是身体有些不舒服啊？"

陈冼冰睁开眼睛，将妻子的手轻轻地拂开，嘴角艰难地咧开，露出了一个极其难看的笑容，说道："没什么，是工作上的事情，我在这里稍微躺上会儿，休息一下。"

"冼冰，累了吧？"

"嗯。"陈冼冰睁开眼睛,看着身边的妻子,脑袋还是有些发沉。陈冼冰闻到了饭菜的香味儿,目光扫到餐桌上,发现妻子今天多烧了一道菜,于是询问道:"雪梁,今天是不是陈盼要回来吃饭啊?"

"嗯,我想和他商量商量把爸接过来的事儿,虽然老爷子一直都不愿意和我们住在一起,但把他一个人放在老院子里,我实在是不放心。"乔雪梁担忧地说道。

陈冼冰的心里面涌起了感动,这么多年乔雪梁这个妻子当得真是没话说,对陈镜河也非常孝顺,甚至远胜过自己这个亲生儿子,这让他的心情好了一些。

陈冼冰知道这些年妻子挺苦的,自己和父亲的关系一直都不算融洽,要不是妻子在中间做和事佬,自己和父亲的关系只怕会闹得更僵。

陈冼冰的脸上多了一抹柔情与关怀:"雪梁,辛苦你了。"

"今天嘴怎么这么甜啊?"乔雪梁端了一杯茶水放到陈冼冰的面前,笑着说道,"你啊,家里这些事都不用你来操心,你只要好好地把工作做好就可以了。放心吧,家里一切都有我呢。"

陈冼冰心里面暖暖的,他拉起乔雪梁的手,脸上的愁云也消散了不少。

乔雪梁看出陈冼冰的心情不太好,关心地问:"今天的工作不太顺心吗?"

"嗯。"

陈冼冰淡淡地应了一句,他并不想让妻子为自己操心,于是平静地说道:"确实,通惠河景区改造项目马上就要启动了,到现在我的方案还没有做,可以说是一点儿头绪都没有。"

乔雪梁看了看表,离儿子下班回来还有一段时间,她端着一杯水和丈夫一起坐在了沙发上,抿了一口,认真地说道:"你的调令申请呢?不是准备打道回府了吗?怎么还在为这件事费心啊?"

陈冼冰无奈地摇了摇头,叹息地说道:"我的申请被驳回了。"

"这样啊,那就没办法了。"乔雪梁抿嘴笑着说道,"其实我早已经猜到了这个结果,上级领导有自己的考量,再加上咱爸又是通惠河的老河工了,这个位置也只有你是最合适的人选,怎么可能因为你闹脾气就让你打道回府?"

"是啊,可是他们不知道的是,我是我,我爸是我爸,不能因为我爸懂,所以我就得懂吧?你知道的,我长年在外地工作,对于通惠河的数据一窍不通,想要完成这个任务,不太容易啊!"

乔雪梁看着丈夫,平静地说道:"那这么说,你是要打退堂鼓了?"

"我这已经不仅仅是打退堂鼓了,而是已经准备退堂了。"陈冼冰无奈地耸了耸肩膀,颓然地说道,"可是不行,这不是又被拽回来了嘛。"

"这可不像你啊。"乔雪梁缓缓地说道,"我认识的陈冼冰,可是意气风发,无论什么样的困难都难不倒你!难道是说人越上年纪,这胆子越小,连这点儿小挑战都不敢应对吗?"

陈冼冰笑了起来,对妻子说道:"你这是在用激将法?"

"是啊,冼冰,自从被调回来之后,我就觉得你的精气神不一样了,咱们以前在县里的时候,你讲起自己的工作总是意气风发的,可是现在,一说起工作,你就满脸的无可奈何,就像换了个人似的,做事也少了一些魄力，变得犹犹豫豫的。"

陈冼冰苦笑着说："是啊，问题是我没有办法正视现在的工作，每当我看到通惠河，以前的事就会涌进我的脑海里，使我没有办法进行正常的思考。"

乔雪梁知道陈冼冰心里的苦，但她也知道如果陈冼冰不能跨过心里的坎，那么陈冼冰只会变得更加痛苦。

乔雪梁拉起陈冼冰的手，安慰地说："既然这样的话，那你就尝试去克服心里的障碍。有些事情，如果能够轻易做到，也就不会有多大的成就感了。知道人和佛的区别吗？人如缓流，顺流而下；而佛如急湍，击石开山，只有历经磨难才能修成正果。"

陈冼冰转头看着妻子，叹了口气，说："可是我就是一个普通人，我有和正常人一样的喜怒哀乐，我不想当佛！"

"我懂，我明白你的苦楚，但现在的情况是，你必须当佛！克服自己内心的恐惧，这不仅仅是为了完成上级的任务，更是对自己的救赎，难道你想一辈子生活在通惠河的阴影下吗？难道你不想向父亲证明自己不是一个逃兵吗？"

乔雪梁的话让陈冼冰陷入深深地思考中，他突然间觉得自己之前的彷徨显得有些苍白。既然自己这么恨通惠河、这么恨父亲，那么打败敌人的最好办法不就是向他们证明自己不是孬种，而是一个顶天立地的人吗？

终于想明白的陈冼冰顿时觉得自己的心情开阔，他冲着妻子调侃着说："你这'心灵鸡汤'灌得真的是有些毒啊！"

乔雪梁狡黠地说："那对你可有用？"

"有用，当然有用了，甘之如饴啊。"陈冼冰会心地笑了起来。

"你这家伙。"乔雪梁笑了笑,然后突然话题一转,说道,"我看陈盼和小果这两个孩子最近好像又在闹别扭了,已经有好长时间没怎么联系了。"

陈冼冰不以为意地说:"没关系的,小情侣之间打打闹闹很正常,有助于增进感情嘛。"

"你就会胡说八道。"乔雪梁端起已经空了的水杯,看了一眼挂在墙上的表,"回头你也和陈盼说一说,爸那里一个人,我还是不放心。"

"好,我会和陈盼说的。你也知道,爸的脾气犟,实在不行的话,只能是麻烦你两头跑了。最近我单位的工作比较多,辛苦你了。"陈冼冰满是歉意地说道。

"没事儿,应该的。你们老陈家的脾气是遗传的,我都已经见怪不怪了。不过,你可给我记住了,小盼今天回来吃饭,你可不能犯你的驴脾气。"乔雪梁提前给丈夫打预防针。

一说到陈盼,陈冼冰就气不打一处来,端起妻子放在茶几上的茶杯,轻啜了一口,有些恨铁不成钢地说:"这小子是越来越不听话了,干一辈子河工又能有什么出息?放着高级工程设计师的工作不做,非要窝在那个又脏又累的小地方,也不知道他图什么?"

"你看看你。"乔雪梁使劲儿地翻了一个白眼,摇摇头,"孩子大了,有自己的思想了,你不要把自己的想法强加在孩子身上行不行?还有,我跟你说,小盼现在有女朋友了,别动不动就训斥他,你还以为他是小孩啊?"

"你看看他干的事,像是一个大人应该干的吗?任性还固执,就他这样根本就没有长大,成年人应该有担当有责任,他意识到这一点了吗?我看没有。"陈冼冰眉头一竖,固执地说道。

乔雪梁叹了口气，内心充满了无奈，这父子俩就好像是前世的仇人一样，只要把两人放在一起除了吵架就没有其他的了，这让她非常头疼。

"你啊你，现在孩子们的想法肯定和我们那会儿不一样，你老是拿自己的旧思想来约束他，这就是代沟。老陈，听我的，小盼回来了好好跟他谈谈，别动不动地发脾气，听到了没有？"

"知道了。"陈冼冰敷衍地说。

"小盼好不容易回来一趟，一家人和和气气地吃顿饭不好吗？非要闹得鸡飞狗跳的，何必呢？"乔雪梁害怕上次的事再次发生，所以不免有些唠叨。

陈冼冰有些不耐烦地说道："好了好了，你天天絮絮叨叨的，是不是要进入更年期了啊？"

"我还早着呢，倒是你，最近的状态倒真的像是进入了更年期，小心些啊。"乔雪梁站了起来，回到了厨房。

锅里的鱼已经炖好了，鱼肉的香味溢到了客厅里。陈盼并不经常回来，当妈的心疼儿子，所以只要陈盼一回来，乔雪梁总是要好好地做上一顿饭，犒劳一下儿子。

看着乔雪梁去厨房的背影，陈冼冰的心头涌起一丝甜意，得妻如此，夫复何求。

陈冼冰知道自己没有进入更年期，也知道陈盼已经过了叛逆的青春期，想到自己和儿子的矛盾，陈冼冰的心里有些遗憾。

其实，陈冼冰对于陈盼，心里是有些愧疚的。陈盼打小就被送到了陈镜河那里，读书和生活都是由陈镜河一手操持的，可以说陈盼是由陈镜河抚养长大的。陈冼冰夫妇在偏远的县里工作繁忙,根本就顾不上年幼的陈盼,这也使得陈盼和陈冼冰的父子关系并不好。

况且,陈冼冰和父亲的关系也不好,而陈盼又和爷爷亲密,所以陈冼冰每次面对儿子和父亲的时候,总觉得自己被孤立了。

今天陈冼冰和柳庆国聊过以后,他回到办公室里想了半天,却发现自己对于通惠河的记忆几乎为零,而且还都是些不太愉快的记忆。

虽然人人都觉得陈冼冰是最合适改造通惠河的人选,但是只有他知道,自己其实是最不合适的。

第二十一章　一波未平，一波又起

陈冼冰还沉浸在自己的思绪中，家门突然开了。

一阵凉风从外面涌了进来，陈冼冰抬起头，看见陈盼站在门口。

刚一进门，陈盼就有些迫不及待地说道："妈，今天又做什么好吃的？"

陈盼兴高采烈地关上门，简单地和陈冼冰打了一个招呼，换完鞋之后便跑到了厨房。

刚一打开厨房的门便闻到了饭菜的香味，陈盼夸张地深吸了一口气，称赞道："嘿，妈，您这手艺快赶得上御厨了！咱什么时候开饭啊，我这肚子都饿得咕咕直叫了。"

"臭小子，学会夸人了？嘴巴这么甜，你先去沙发上陪你爸看电视去，我还有两个菜就好了，饿了就先吃点儿水果垫垫肚子。"

"得令！"

陈盼一屁股坐在了沙发上，离陈冼冰远远的，二人之间就像有一道无形的墙一样。

陈冼冰看到儿子躲自己远远的，心里有些生气，对着儿子甩了一个白眼，颇有意见地说道："怎么？真要跟我老死不相往来不成？"

陈盼笑了笑，看着陈冼冰的样子，有些试探性地说道："这不是怕惹您心情不好嘛，躲得远远的，也好让您眼不见、心不烦啊。"

"你以为这样就能躲得掉吗？"

陈盼想了想，认真地说道："至少您不会心烦。"

听到陈盼这句话，陈冼冰气不打一处来，这个儿子什么都好，却总是喜欢和自己对着干。自己想要让他去浦城，他却偏偏要留在京城；自己想要给他换一个更有前途的单位，他却偏偏要当一个受累不讨好的河工。

对于陈盼的选择，陈冼冰觉得他这是在浪费时间、浪费才华，为了所谓的情怀，放弃自己的前途和事业。可是当有一天他身无分文、站在街头的时候，情怀却拯救不了饥饿的肚子。

陈冼冰觉得自己做得没错，而且也算是苦口婆心，但是陈盼就是不领情，难道父子俩之间真的有代沟吗？

"就是看不见你也心烦！"陈冼冰没好气地说。

"好了好了，这个问题咱们不说了，我的前程还得我自己来完成，不是吗？"陈盼啃着个苹果，笑着说道，"还有，爸，您刚才说的什么老死不相往来呢，还真的是有问题，咱是爷俩儿、是父子，又不是邻居。"

"哼，邻里邻居的还能天天打个招呼呢，你倒好，几天都找不着人，还不如邻居呢。哦，对了，小果呢，最近怎么不见这孩子来了？"陈冼冰板着脸，声音有些僵硬。

说到田小果，陈盼的脸色变得有些揶揄，小心地将自己尴尬的情绪掩藏了起来："哦，她啊，她最近挺忙的。"

"说到了这里，我和你妈都已经商量过好几次了，改天要是有时间的话，叫上你和小果一起吃顿饭，既然你们都已经相处了这么长时间了，也应该到了谈婚论嫁的地步了，你们的婚事也应该考虑考虑了。"

"爸，这个不急吧，我们还年轻，等再过几年也不迟。"

对于这份感情，陈盼现在并没有多少信心，热恋时的激情渐渐褪去，理智的他们不得不面对重重困难。他不是对自己没信心，也不是对田小果没信心，而是希望二人能够没有隔阂地在一起，而不是二人都觉得委屈，还不得不在一起。

陈冼冰看到陈盼的态度有些犹豫，心里有些不安，于是说道："作为一个男人的标志就是成家立业，你看看你现在，家未成、业未立，天天就知道在外面瞎跑，简直就是不务正业。"陈冼冰的眼睛瞟向了正在烧菜的妻子，接着说道："等你结婚了，我和你妈也就算是了了一个心愿吧。等你们再生个孩子，你妈妈还能帮你带带孩子。"

"爸，说这个还有点儿早吧？"陈盼眼神闪烁，"我们岁数还小，而且最近河上还挺忙的，况且小果也希望能够晚一点儿结婚。至于要孩子的事情，八字还没一撇呢，现在提的话是不是有些太早了呢？我还要……"

"说了一堆的废话，完全就是两个字——逃避，我看你就是在逃避责任！"陈冼冰硬生生地打断了陈盼的话。本来陈盼的工作就已经让陈冼冰够不满意的了，幸亏陈盼有个田小果这样的女朋友，让陈冼冰稍微觉得舒心一下，可现在就连感情的事也出了问题，陈冼冰显然对陈盼很失望。

陈冼冰想到自己拉下老脸，为了陈盼的工作多番周旋，好不容易给他安排了一个职位，可是他却不领情。现在倒好，自己在建设局梁局长那里抬不起头来，顺带着就连方为民也得罪了。现在想想，自己有些得不偿失。

陈冼冰目光死死地盯着陈盼:"我给你安排好了工作,你不愿意,行,那就听你的。现在我和你妈让你和小果早点儿结婚,你也不同意。小果哪里不好,知书达理又重情重义,难道你还有什么其他的想法不成?"

陈冼冰说话的声音越来越高,恨铁不成钢地咬牙道:"陈盼,我和你妈这么做都是为了你好,你怎么就这么不知好歹?你知道你这样做是什么吗?没担当,完全就是不想承担责任!"

陈冼冰越说越激动,"噌"地站了起来,指着陈盼的鼻子训斥了起来。

陈盼没有反驳,也无法反驳,他有他的苦衷,他知道此时的父亲根本就听不进去他的话,他觉得父亲应该先冷静一下。

陈盼一言不发地站了起来,收拾起了自己的东西,显然是要走了。

陈盼的行为激怒了陈冼冰,他大声吼道:"你去哪里?"

"去爷爷那里。"陈盼平静地说道。

"滚!"

陈盼没有理会父亲的愤怒,他淡定地打开门,然后走了出去。

砰!

眼看着门关上了,陈冼冰拿起茶几上的杯子朝门口摔了过去。

乔雪梁从厨房中走了出来,看着气得不轻的丈夫,安静地将最后一个菜端了出来,摆在了餐桌上,拿了一副碗筷坐下来,神色平静地吃了起来。

对于这样的情况,乔雪梁已经习以为常了。以前,她总是夹在其中,说着好话,试图缓解一下父子的矛盾。但是今天,她却一点儿都不想说了,她觉得好累。

乔雪梁安静地吃着饭,眼泪却不自觉地流了下来,作为妻子,作为母亲,她只是想让一家人坐下来安安静静地吃顿饭,怎么就这么难。

默默地吃完饭,乔雪梁站了起来,收拾起了碗筷,然后走到了厨房。

陈冼冰看见妻子的举动,从沙发上站了起来,来到厨房。正要说话的时候,乔雪梁却平静地说道:"你还吃不吃饭了?"

陈冼冰点点头,还没来得及开口说话,乔雪梁头也不抬,缓缓地说道:"我看你气都气饱了,也不饿,就不用吃饭了。"

"雪梁,我……"

"我没事,你说说,孩子好不容易回来一趟,我又辛辛苦苦地做了这一顿,一家人坐在一起和和睦睦地吃一次饭,不好吗?很难吗?"乔雪梁眼角的泪珠顺着脸颊流了出来,"你非要把儿子逼走才开心吗?有什么事儿不能心平气和地说,三句话不到火药味儿十足!陈冼冰,为什么对于别人家来说特别简单的一件事情,到了你这里就变得这么难呢?"

"雪梁,对不起。小盼太让我失望了,我不想看着他一步走错,万劫不复。"

陈冼冰拽住了乔雪梁正在洗碗的手。乔雪梁挣扎了几下,没有挣开。

乔雪梁平静地说道:"不是小盼让你失望,而是你的自尊心在作祟。你不喜欢河工,不愿意回来,好,我可以陪着你在偏远的小县城待一辈子,谁让我嫁给你了呢?你不愿意接景观河改造项目的工程,好,我让着你,知道你有不得已的苦衷。但是我就只有一个愿望,一家人好好地吃一顿饭,这件事怎么就这么难呢?"

陈冼冰被乔雪梁说得哑口无言,觉得自己对不起妻子。

"咱爸我一直照料着，你我一直照顾着，小盼我也一直照看着，你说陈盼没有担当，不想承担责任，但是你什么时候又承担过这些责任？本来有些话我是不想说的，但是陈冼冰，你做得太过分了。我想要一个和睦的家庭，这个要求过分吗？"

"雪梁，希望你能理解，小盼是我们的儿子，我只是不希望他以后会后悔。"陈冼冰觉得自己说话越来越没有底气了。

乔雪梁摇摇头："那你觉得他要怎么做才不会后悔？按照你给他设计好的人生他就不会后悔吗？只怕到时候，他不只会后悔，而且还会恨你。"

"我无所谓，只要是为了他好，我宁愿他恨我。"陈冼冰固执地说道。

"可是我不希望我的儿子恨我，我只是希望我的儿子能够快乐幸福，无论是生活还是工作。我知道你爱我们的儿子，所以才会恨铁不成钢。可是儿子有自己的生活，我只希望他的生活能够快乐。"乔雪梁有些泣不成声。

陈冼冰轻轻地抚去了妻子脸颊上的泪珠，心疼地说道："对不起。"

"你知道我不需要这句话，我只是希望你能够好好地站在陈盼的角度想一想，他到底想要什么？或许下一次等你们见面的时候，你们也就不会再吵起来了。我真的是受不了了，希望你能替我考虑考虑，可以吗？"

看着乔雪梁满脸泪水的模样，陈冼冰郑重地点点头，将妻子拉过来，搂在了怀里。他在心里暗暗地下着决心，哪怕是为了妻子，自己也不能再和儿子吵了。

第二十二章　男人的嫉妒心

入了冬的夜晚，路上行人很少，陈盼独自一人走在路灯下，显得十分孤单。他的心情非常烦闷，他不知道如何和父亲相处，每一次见面都是在争吵，每一次都是不欢而散，每次回家都以争吵为结尾。

正当陈盼在路上无所事事的时候，手机响了起来。陈盼掏出手机，看到田小果三个字在手机屏幕上闪动。

陈盼有些犹豫，他今天的心情已经够糟糕的了，他不想再和田小果发生争吵了。通过上次的事情之后，他总结到，自己心情不好的时候最好还是不要联系田小果。

但是手机一直在响，陈盼知道田小果的脾气，如果他不接的话，估计手机会一直响下去。他叹了口气，按下了接听。

"陈盼，周海民和兰小雅从芭提雅回来了，你要是不忙的话就出来坐一坐。"

陈盼苦笑了起来，此时此刻的他哪里还有心情和老同学坐下来聊天喝酒？他沉吟了片刻，拒绝了邀请："算了，我就不过去了。最近工地上挺忙的，你们好好玩就行了。"

"你不来不太合适，这里的人都是成双入对的，就我一个落单不成？"田小果对陈盼说道，语气坚决，根本就不容陈盼拒绝。

田小果的话都说到了这个分儿上，陈盼也不好意思再拒绝了，他想了想，吸了吸鼻子："好吧，你把地址发给我，我一会儿过去。"

云顶KTV的包厢里闪着五颜六色的灯光，几个年轻人正在热火朝天地聊着天，旁边有一个女孩正在声嘶力竭地唱着歌。

田小果推开包厢的门，笑着对其他人说道："说好了，陈盼一会儿就过来。"

"我说小果，你和陈盼在一起多少年了？我记得你们俩好像是咱们中的第一对吧？我还以为你们毕业了就会结婚的，都守了这么多年了，陈盼还没有准备求婚啊？"戴着金丝边眼镜的男人笑着调侃道。

田小果冲他翻了一个白眼："怎么，周海民，难道所有人都要像你一样，一毕业就把自己放入婚姻的牢笼中。你该不是婚姻生活不顺利，才来我这里找安慰的吧？"

"周海民，你什么意思？"兰小雅听到了田小果和周海民的聊天，靠到周海民的身边威胁着说道。

周海民笑了起来："我哪敢啊！小果，我这不是好久都没听到你和陈盼的消息了吗？听说你留校了，那陈盼呢？他现在在哪儿高就啊？"

说到这里，田小果脸上的笑容略微有些勉强，说实话，陈盼的工作还真的让她有些难以启齿。

"他啊，谈什么高就啊？他就没那贵人相，现在别说养活我了，就连他自己都养活不了，穷小子一个。"田小果轻抿了一口红酒，笑着揶揄道。

周海民还以为田小果是在谦虚，笑着摇了摇头："小果啊，你可别骗我了，陈盼长得帅，人又有才华，在学校里一直都是风云人物，以他这样的条件，想要挣钱应该不是一件难事吧？就我这样的歪瓜裂枣每年都差不多三四十万的收入，陈盼还能差了？"

人与人之间的交往，再好的朋友都会产生攀比心理。周海民上学的时候处处落在陈盼下风，如今二人走向了社会，事业当然就成了比较的重点了。

田小果的脸色变得越来越难看了，她的眉头略微地皱了皱，对于周海民的话有些不悦。哪个女人不希望自己的男朋友能够更优秀一些？即便是面对同学，田小果也不想陈盼就这样被比下去："我和陈盼估计会在京城待上一两年，到时候我们就去浦城发展，FM事务所已经向陈盼发出了邀请。"

田小果说到这里，兰小雅顿时睁大了眼睛，吃惊地说："FM啊，能够进去的都是顶尖的设计师，陈盼混得不错嘛。"

FM事务所的实力在全球都是赫赫有名的，在每一个学建筑设计的人眼中，能够进入FM，就是走向成功的标志。

听到田小果的话后，周海民的心里有些不是滋味，自从认识陈盼以来，他好像一直没有赢过，他的心里面隐隐地有些羡慕嫉妒，甚至是恨。

其实上大学的时候，周海民也对田小果有好感。田小果人长得漂亮，学识又好，只可惜襄王有意，而神女无心，最终田小果选择了陈盼，而他也选择了一直喜欢自己的兰小雅。

虽然事情已经过去了这么多年,但是面对田小果的时候,周海民的心底还有些隐隐地刺痛。

"FM事务所啊,那是所有学建筑设计的人的梦想啊。"周海民悻悻地说道。

田小果笑了笑,并没有解释什么。

"小果,恭喜你啊,你不是一直都想要回浦城的嘛,这下终于可以如愿以偿了吧。"依偎在周海民身旁的兰小雅真诚地说道。

田小果的心里有些发虚,她不想再继续这个话题,正发愁怎么转移话题时,和田小果关系最好的陆琪举起了酒杯,递到了周海民和兰小雅面前,说:"海民,小雅,我在这里恭喜你们啊,没想到你们两个人最终能够走到一起。祝你们幸福美满,早生贵子!"

大家听见陆琪的话,才想起来今天聚在一起的原因。于是,同学们开始冲着刚结婚的二人说起了祝福话,一时间,整个包厢充斥着各种吉祥话。

看着同学们欢快的表情,田小果的心里很不好受,她又想到了陈盼的工作。

陈盼拒绝去浦城,让田小果的心里不太舒服,幸好同学们都不知道陈盼现在的工作。在座的也只有陆琪一个人知道,她知道陆琪是不会说破的。

"谢谢,谢谢!"

调整了一下心情,周海民热情地接受着众人的祝福。

很快,风尘仆仆的陈盼出现在了包厢门口。

田小果热情地朝陈盼挥了挥手,陈盼点点头,走到田小果的身边坐了下来。

周海民看了一眼陈盼,笑着调侃道:"我们的陈大帅哥来了。"

"是啊,刚才我们还跟小果聊起你了呢。陈盼,你什么时候迎娶我们的系花田小果同学呀?"兰小雅的脸上满是初为人妻的幸福。

陈盼轻轻地皱皱眉头,同样的意思他今天晚上已经是第二次听了。

坐在身边的田小果把手放在了陈盼的手上,陈盼立刻会意地说道:"那就要看田小果同学什么时候同意嫁给我了。"

陈盼的回答让大家把视线转移到田小果身上。

田小果不好意思地说:"喂,干吗?你们这是要逼婚吗?"然后又装作不愿意的模样,"再说了,天底下这么多男人,我干吗非要嫁给他?"

田小果的回答引起同学们一阵唏嘘:"小果,你可得了吧,你这辈子还能逃出陈盼的手掌心?"

陆琪的一番话,现场所有同学都纷纷点头表示同意。

田小果做出要打陆琪的动作,陆琪赶紧躲到了最近的同学的身后。二人的举动,引起现场众人的一阵大笑。

"陈盼,我还要好好地恭喜你啊,听小果说你被 FM 录取了,过段时间就要和小果去浦城定居了?"兰小雅兴致勃勃地问道。

周海民立刻看向陈盼,所有人的目光也都落在陈盼的身上。

陈盼笑着摇了摇头:"我确实是被 FM 录取了,不过我放弃了,我不会去浦城的,我要留在京城,我现在在通惠区的河湖管理处上班。"

陈盼的话让现场一下子安静了下来,所有人都愣了。大家先是盯着陈盼看了一会儿,然后又把目光转到了田小果的身上。

此时的包厢只有歌的伴奏声，就连点歌的人都停止了演唱。陈盼平静地说道："怎么了？大家怎么忽然这么安静了？"

"陈盼，河湖管理处那是什么单位？怎么从来都没有听说过？年薪多少？"周海民喝到嘴里的酒差点儿喷了出来，他的目光在田小果和陈盼两人的脸上游走着，言语中有些幸灾乐祸的意味。

"不是年薪，是月薪，一个月也就七八千块钱。"陈盼坦然地回答。

"陈盼，你喝多了吧？"

田小果的脸色变得越来越难看，陆琪站在一旁深切地感受到了田小果的愤怒，下意识地朝着远离田小果的方向挪了挪。

"小果，你说什么呢？这从进包厢我还没碰过酒呢，怎么可能喝多了呢？"

陈盼爽快地端起面前的杯子，对着周海民说道："海民，恭喜你啊，能够娶到小雅这样漂亮的女孩。你可是咱们班的首婚啊，这可是值得庆贺的事情，来来来，我敬你。"

周海民看着田小果的脸色，有些火上浇油地说："小果，陈盼确实喝多了，一定是在骗我们，傻子才会放弃 FM 事务所跑到什么河湖管理处上班呢。"

男人之间的嫉妒火焰一旦燃烧起来，那可是比女人还要严重。

兰小雅也觉察到周海民和陈盼之间的火药味，她歉意地对着田小果和陈盼笑了笑："两位，不好意思，海民今天高兴，喝得有点儿多了。"

陈盼对着兰小雅大手一挥，大气地说："没事，没事，我觉得周海民说得对，你说我放弃高薪和前途，确实是个傻子。不过啊，这个世界上,能够干成事的人不是傻子就是疯子,我倒是要谢谢周海民对我的夸奖。"

周海民语气中的不善陈盼怎么可能听不出来,陈盼用询问的眼光望向田小果,好像想要从她那里寻求到什么答案一样。

田小果脸上没有任何的表情,但是她的心里此时已经是翻江倒海。

"陈盼,海民没有那个意思。"兰小雅尽力在缓解眼下的尴尬气氛。

但是这么多年一直生活在陈盼阴影下的周海民,怎么可能就此罢休呢?

周海民用轻蔑的眼神看着陈盼,说:"陈盼,你这话是什么意思啊?我是作为兄弟,想好心地劝一下你,毕竟工作是关乎一辈子的事。再说了,小果可是咱们院的系花,当年追她的人可是都排到了校门口,她选择了你,你可不能对不起她!一个月七八千元的工资别说是女朋友了,你连自己都很难养活吧!"

周海民的话好像处处在替陈盼着想,但在座的都是同学,怎么会不知道他们之间的关系。周海民分明是在挑衅。

田小果听到这话,倒是坐不住了,她站了起来,平静地说道:"周海民,陈盼选择什么样的工作以及日后我们怎么生活,这是我和陈盼之间的事情,跟你有半毛钱的关系吗?"

"啧啧啧,果然是田小果,看来你们还真是有情饮水饱,我这个外人听着都十分感动啊。大家伙儿都听听,是不是很感人啊!"周海民越说越来劲儿,还鼓动起周围的同学来。

周海民的话好像是针一样深深地扎着陈盼的心,偏偏他还无法反驳。

"海民,少说两句吧。"兰小雅一个劲儿地在旁边劝说周海民。

"今天大家好不容易聚在一起,怎么能少说几句呢?我……"

哗!

"说够了没有?"田小果手里拿着一个水杯,杯中的水全数泼到了周海民的脸上。

陈盼坐在沙发上,眼神平淡地看着田小果,仿佛第一天认识她一样。陈盼的嘴角不自觉扬起来,他的心里涌起一阵暖意。

田小果冷冷地冲着周海民说道:"这是我和陈盼之间的事情,是福是祸那是我愿意,还轮不到你在这里评头论足。周海民,看在同学的分儿上我要提醒你,以后少掺和别人家的事,免得嘴里不干不净的,惹得大家都不高兴,弄得尴尬下不了台。"

说完,田小果直接站了起来,拎起自己的包和外套,走了出去,而陆琪匆忙地收拾了一下跟了上去。

陈盼看着周海民的表情,淡淡地说道:"这下子你高兴了吧?你是不是特别期待这一天?看到我混得不如你,你是不是特解气?"

周海民"哼"了一声,接过兰小雅递过来的纸巾,一句话都没说。

"陈盼,对不起,海民今天高兴,可能有点儿喝多了,他说的话都是酒话,你和小果千万不要当真啊。"兰小雅满脸歉意地对陈盼说道。

陈盼露出无奈的笑容,安慰着兰小雅:"没事,你照顾好他,我先走了。"

"嗯,记得回头和小果说一声抱歉。"

"好的。"走出了几步,陈盼又扭过头,对周海民和兰小雅说道:"哦,对了,我已经买了单了。你们尽兴,我就不打扰你们了,祝你们新婚快乐。"

说完,陈盼带着胜利者的笑容离开了。

出了KTV,陈盼并没有急着去追田小果,这一次的闹剧,让他再一次重新认识了田小果,在陈盼眼里,田小果对他的维护就是对他最大的支持。他的心情瞬间好了许多,他看到了田小果的决心,也让他对于两人之间的关系恢复了信心。

陆琪家里,田小果和陆琪一人敷着一张面膜,躺在床上。电视上正在播放《喜羊羊与灰太狼》,田小果乐呵呵地盯着电视看。

"喂,小果,你该不会真的打算让陈盼一直留在京城在什么河湖管理处工作吧?"

"怎么可能!"田小果的眼睛一秒都没有离开电视,一副漫不经心的模样,"也就两三年吧,我们俩说好的。"

陆琪看着田小果,叹了口气,充满担心地说:"你确定吗?万一两三年后陈盼还不愿意去浦城怎么办?你就打算一直留在京城陪他了?"

陆琪的话让田小果再次陷入矛盾之中,今天晚上原本发泄出来的怒气,再次积压在心底。她知道陆琪是在为她好,而且她也确实看出来了,陈盼不愿意和她去浦城,只是她的心底还藏着一丝侥幸,认为只要自己耐心地劝说陈盼,陈盼总会回心转意的。

但是,田小果这样侥幸的心理,她不想和别人说,哪怕是最亲近的陆琪,她总觉得一旦松了口,就是承认自己在这段感情中,是一个卑微的服从者。

陆琪看见田小果这个样子，心里有些怄火，说："好了，就算我多管闲事了，反正这是你的事，吃香喝辣还是吃糠咽菜都是你自己的选择。"

田小果听见陆琪这话，就知道陆琪是真的有些生气了。她赶紧说道："好了，我错了还不行吗？我知道大小姐你是为了我好，但是你也知道，我和陈盼在一起这么久了，分开哪是那么容易的？"

"你呀，懒得说你了。"

田小果看了一眼陆琪，然后奸笑了一下，开始挠起陆琪的痒痒来。

陆琪一时没有防备，被田小果按到了床上，二人顿时展开了"混战"，屋子里充满了笑声和骂声。

就在二人打闹的时候，门铃突然间响了起来。

陆琪假装紧张地说道："这么晚了，会是谁呢？会不会有坏人进来劫财劫色呢？"

田小果美滋滋地看着《喜羊羊与灰太狼》，然后一本正经地说道："是，绝对是坏人！不过嘛，我猜他是来劫我的色，劫你的财的。"

"怎么可能，就我这身材、这长相，要劫色也是劫我啊！"陆琪不满地说道。

田小果无语地摇摇头，对陆琪说道："你去开门吧，到时候不就知道劫谁的财，劫谁的色了。"

等陆琪从门镜里看到来人的时候，瘪了瘪嘴，委屈地说道："道高一尺，魔高一丈啊，还是我败了。我说你什么时候从我家搬出去啊，你们俩这八点档的剧情我都快看吐了！"

田小果懒得理会陆琪的抱怨，说："少废话了，你到底要不要开门。"

门开了，陈盼拎着两个饭盒，对着陆琪笑着说道："小果在吗？"

陆琪使劲儿对着陈盼翻了一个白眼，没好气地说道："你怎么来了？来了正好，你老婆在我这儿住了这么久了，你打算付多少房租啊？"

"琪琪，我赏你一'脚'，你敢不敢要啊？"田小果仿佛知道陈盼会来一样，对陈盼说道："都买好了？"

"当然了，知道你们今天肯定没怎么吃东西，特意给你们买的吃的。看看，都是你喜欢的。琪琪，不要瘪嘴，也有你的。"

陆琪看见陈盼一脸开心的模样，就好像刚才的事没有发生一样，有些意外地问："你一点儿都不生气？"

陈盼笑着点点头，认真地说道："这有什么好生气的。再说了，我跟他们生气，到时候还不是我自己遭罪。是不是，小果？"

田小果点点头，转过头又开始着迷地看着《喜羊羊与灰太狼》，目不转睛地说道："是啊，反正我都已经出气了，怎么会和他们置气？"

陆琪摇了摇头，看了看这一对情侣，无奈地说道："你们两人，还真是不是一家人，不进一家门。不过啊，我还是要谢谢你的夜宵，正好我饿了。"

陈盼笑了笑，走到餐桌上，把吃的都摆了出来，招呼田小果和陆琪过来吃饭。

"这么长时间，是不是留在那里给他们买单了啊？"田小果没头没脑地问道。

陈盼点点头，认真地说道："这件事情上，咱们夫妻一心，你泼水，我买单。你不知道，我走的时候周海民那脸色难看的。"

"做得不错,领赏!"田小果满意地说道。

陈盼笑了笑,站起来作了个揖:"喳!"

"你们这狗粮洒得也没谁了,完全当我是空气呐!"陆琪不满意地号叫道,转而对陈盼说:"我说陈盼,我都替你养了这么久的媳妇了,你到底什么时候能把她领回家。田小果这个见色忘义的家伙,我实在没办法和她继续做朋友了,你赶紧把她收了吧。"

陈盼还没来得及开口,田小果抢着说道:"一边去儿,这里没你的事了。"

陆琪夸张地吼道:"没天理啊!"

陈盼和田小果两人会心地一笑,好像又回到了学生时代,所有的隔阂和矛盾都烟消云散了。

第二十三章 失败的滋味

坐在规划局的会议室里,陈冼冰心里有些纠结和挣扎。对于他来说,通惠河景观河改造工程总负责人这个职务,无论是谁来当都会比他称职,只有他不行。虽然他把方案做出来了,但是他知道这个方案做得很一般。

"冼冰啊,该你了,你是总负责人,你来说说你的方案。"柳庆国发完言之后,轮到陈冼冰上台讲述自己的设计方案。

陈冼冰收了收神,脸上带着略显僵硬的笑容,站了起来,然后走到了主讲人的位置上,开始了自己关于通惠河景观河改造工程项目实施方案的汇报工作。

陈冼冰多年从事规划设计工作,从专业角度上来讲,他绝对是无可挑剔的。

两个小时的汇报涉及方方面面的事项,包括原料、用工、设计、施工、园林等诸多方面,在看他来,自己可以说是真正地做到了通计熟筹。

最终在结束的时候,陈冼冰获得了大家的掌声。

陈冼冰心里松了一口气,他认为只要设计方案可以过关,自己也就不用再纠结和挣扎了。掌声是对他的肯定，让他在一定程度上得到了解脱。

"冼冰啊，你关于通惠河景观河改造工程方案的汇报呢，我们听了，从设计上来说，还是有些过于华丽啊，华丽得有些不实了。"刘洪波在听完了汇报之后，把笔放了下来，语气平静地说道。

陈冼冰眉头一紧，目光不解地望向了刘洪波。

"这里呢，我可要给你好好地敲一敲了。"刘洪波让自己的语气显得尽量地轻松，"都说专业的人，做专业的事，不要随便充大尾巴狼。但是今天呢，我就在这里充一充大尾巴狼了，说的有什么不妥的地方呢，还希望大家能够批评指正。"

说到这里，所有人都笑了起来。会场的氛围轻松了一些，只有陈冼冰笑得有些勉强。

"其实单就设计的整体观感而言，那肯定是没话说的，我就来说一说具体的吧。"

陈冼冰翻开笔记本，做出准备记录的样子，然后抬起头目光凝望着刘洪波。

刘洪波平静地说道："河道线型和河床设计，我个人觉得与直线化的河道相比，蜿蜒化的河道能降低水力坡降，从而减小河道的流速和泥沙的输移能力。一般的河道改造过程中，都要遵循'宜宽则宽、宜弯则弯'，尽量使河道保持自然的形态。"

刘洪波扭头看了看陈冼冰，然后笑着说道："冼冰，你的设计中呢，通过恢复河道的蜿蜒性能增加河道栖息地的面积，营造更富美感及亲水性的景观，出发点是不错的。但是，你没有考虑到通惠河还有一个很重要的功能——泄洪。如何来保持河道各系统的稳定性，这是你缺乏考虑的地方。"

陈冼冰认真地点点头。

刘洪波端起茶杯,轻抿了一口,接着说道:"河道的宽度、深度、坡降和形态是互相关联的变量,河道修复也尽量要保持原来的几何形态,有几处待修复的不稳定河段,还需要经过实地勘测,闭门造车是不可取的……"

刘洪波说得并不快,陈冼冰认认真真地在自己的本子上记录着。

作为一名老河工来说,刘洪波对于通惠河的了解绝对是比陈冼冰还要多一些。

陈冼冰始终都不明白,一条流淌了八百多年的古老河流,怎么能够让这些现代人依然为之痴迷?他不理解父亲陈镜河为什么会抛妻弃子,大冬天跑到河上清淤;不理解儿子陈盼为什么会放弃高薪前程,想要做一名看起来没什么前途的河工;不理解刘洪波这位已经是区里的大领导,为什么会对这条河依然如此地热衷。

陈冼冰的心里开始有些迷惑了,突然间觉得通惠河好像有什么魔力一样,而自己似乎快要被这种魔力打败了。这条河,真的有这么大的魅力不成?

刘洪波谦逊的"浅见"可一点儿都不浅薄,甚至比陈冼冰的设计方案还要细致入微,这让陈冼冰有些汗颜。

陈冼冰在笔记本上密密麻麻地记录了一大堆,而且越记越多。看着这些建议,他的神色愈发凝重了。

从刘洪波的身上,陈冼冰好像探查到了一个熟悉的身影,那个人,也是他最亲近的人——父亲陈镜河!

陈冼冰彻底地迷茫了,他没有答案,但是从父亲陈镜河的身上,从区领导刘洪波的身上,甚至从儿子陈盼的身上,他觉得自己似乎能够找到模糊的答案,可惜,无论他怎么努力,都抓不住自己想要的答案。

"好了,我说的呢,就这么多。接下来的具体工作,还是要大家一起努力才行啊!"

刘洪波把目光放在陈冼冰的身上,然后认真地说道:"陈冼冰同志,在这里我想要说的是,你的专业水平,我和市里、区里的领导从来就没有否认过,也一直坚定地认为你是通惠河景观河项目改造工程负责人的不二人选,希望你能够不负重托。"

陈冼冰重重地点点头。从刘洪波的身上,他看到了市里领导坚决的态度,他知道自己要是再敷衍了事的话可能就会影响自己日后的发展。显然,这次陈冼冰的方案并没有达到预期的结果。

会散了,陈冼冰追上了刘洪波,他还有些疑惑,想要向刘洪波当面指教。

"刘区长。"

看到是陈冼冰,刘洪波的脸上露出了一抹凝重的笑容,对着其他人说了两句,然后对陈冼冰说道:"走,到你的办公室说。"

到了陈冼冰的办公室,刘洪波坐在沙发上,陈冼冰泡了一杯茶放在了他的面前。

刘洪波先是凝重地看了陈冼冰一眼,然后语重心长地说道:"冼冰啊,今天的方案可不如你之前的方案精彩啊!"

不待陈冼冰解释,刘洪波接着说道:"之前也有人向我反映过你的问题,按理说不应该啊。今天正好我有些时间,我们来好好聊一聊,你是怎么想的?"

陈冼冰尴尬地笑了笑,正襟危坐地说道:"其实是我心里有鬼在作祟,对于这样庞大的工程我还是第一次接触,心里没底啊!"

"没说实话。"刘洪波一针见血地说道,"说白了,你压根就没想好好做这个项目,设计方案中全是华丽的堆砌,却没有灵魂。"

"灵魂?"

"没错,你的设计方案里缺少一种精神,河工的精神,也是通惠河的精神。"刘洪波想了想,神情凝重地说,"这样吧,我可以给你一个建议,你把你的设计方案给陈老看看。我想,陈老一定有办法让你明白的。"

陈冼冰有些愕然,随即露出苦笑的表情。向自己的父亲请教问题,在别人看来,是一件很简单的事。但对于他而言,简直比要了他的命还让他难受。刘洪波的话,还真是给他出了个难题。

看到陈冼冰脸上露出来的揶揄之色,刘洪波假嗔道:"怎么了?是不是有些瞧不上我们这些大老粗啊?"

听到刘洪波的话,陈冼冰咬了咬牙,无奈地说道:"怎么可能,不过我父亲那里,恐怕不行吧?"

"不行,怎么不行?有什么困难吗?"刘洪波笑着说道,"不过嘛,即便是真的有什么困难,我也希望你能够克服困难。冼冰啊,你要记住,不能因为遇到一些困难就畏缩不前,困难是检测一个人能力最好的标准,面对的困难越大,说明你的能力越大啊!"

陈冼冰勉强地点了点头:"刘区长,请放心,我一定会完成任务的。"

"嗯,你能有这个态度是好的,我很欣慰。"刘洪波满意地说道。

"从一开始我就知道你是最合适的人选,要不然我能从县里把你给调回来?好了,冼冰啊,这景观河改造工程,可是惠及百姓的大事,你可不能辜负我的期待啊。回去多听听你家老爷子的意见,想必他一定能够给你解惑的。"

刘洪波拍了拍陈冼冰的肩膀,然后站了起来,留下愣在原地的陈冼冰就离开了。

对于陈冼冰来说，面对着自己做出来的通惠河景观河改造工程的方案，他有些无奈了。刘区长的话一直在他的耳边萦绕着，对于他来说，这绝对是一次糟糕的、失败的方案介绍会，在他之前的工作经历中是绝无仅有的。

没过多久，柳庆国把陈冼冰叫到了办公室，语气虽然听上去很柔和，但是话里话外却对他的方案表示了不满。而且更严重的是，柳庆国对于陈冼冰的工作能力提出了质疑。

"冼冰啊，你的方案我之前也看过，觉得还可以，但是刘区长的建议却也是一针见血啊。通惠河景观河改造工程是个大项目，而且是惠及百姓的大事，我们不得不重视起来啊。"柳庆国坐在办公桌后面，意味深长地说道。

陈冼冰心中有些惭愧，心虚地说："柳局，您放心，我一定会做好。不，一定会把这个项目做到最好！"

"希望你不要有太大的心理负担。"

望着陈冼冰，柳庆国端详了许久，才露出了舒展的笑容，平静地说道："我相信你有这个实力，有这个能力！冼冰啊，我千辛万苦把你从县里调回来，你可不要让我失望啊！我一直都坚信，这个工作非你莫属！"

"谢谢柳局。"

柳庆国站了起来，伸出手，握住陈冼冰的手："其实，是我应该要谢谢你，我代表通惠河边的百姓谢谢你，你的方案将关系到他们日后的生活环境。所以说，一切事情的前提都应该是以通惠百姓为前提。"

对于陈冼冰来说，柳庆国的这句话实在是太有分量了，压得他喘不过气来。

"方案的修改进程要加快,现在清淤工作,已经到了最关键的步骤,而且这次国家的环保督察组也要准备进驻京城,通惠河改造工程也是督察组调研的重点事项。冼冰啊,你身上的担子可是不轻啊。今天我不提职务,而是以朋友的身份勉励你,希望你能够圆满完成上级交给你的任务。"

从柳庆国的办公室回来后,陈冼冰瘫坐在自己的办公桌前,有些茫然无措。他的办公桌上放着急需修改的通惠河景观河工程计划方案,他盯着厚重的文件,却不知道从哪里下手。

陈冼冰想到了刘区长的话,难道真的要向父亲询问吗?他的心里充满了彷徨和不甘。

方雅琴的死让陈冼冰和陈镜河之间心生芥蒂,从小陈冼冰就把陈镜河当成了敌人,他总想摆脱父亲的阴影,为此,他不惜去外地上大学,参加工作以后也是尽量远离京城。可是,这么多年过去了,陈冼冰还是没能和父亲划清界限,这让他有些无奈。

自从接下了通惠河景观河改造工程的项目以来,陈冼冰一直在心里告诫自己,这只是一份工作,和自己之前面对的工作没有什么不同之处。在他看来,他压制着自己内心的恐惧,逼自己妥协。可是大家却还觉得他妥协得不够,居然要他寻求陈镜河的帮助,他觉得自己就快要崩溃了。

"唉!"陈冼冰叹了一口气,事到如今,他也只能是硬着头皮上了。他不止一次地在心里面安慰自己,自己所做的一切都是为了工作。

第二十四章　不辞而别

河堤上，一老一少漫步在河边。

"丫头，天天陪着我来河上转悠，是不是另有所图啊？小盼现在就在河上，用不用我帮你叫他过来？"陈镜河看着田小果的表情，就知道她有心事。

"别，就这么远远地看着就挺好的，爷爷。"

田小果心中有些委屈，虽然她和陈盼已经和好了，但是每每想到周海民的话，她的心里还是有些不安。她是真的希望陈盼能够为二人的将来好好地想一想，不要再执迷不悟了。都说退一步海阔天空，但是她都已经退了好几步了，可是陈盼怎么就不知道妥协一下呢？

"怎么了，小盼那小子又欺负你了？"

田小果摇摇头，有些沮丧地说道："没有，我们挺好的。"

田小果的眼泪不争气地涌了出来："爷爷，我只是有些委屈，我为了我们两个人的将来着想，他在浦城 FM 事务所才能发挥出真正的才能，待在现在这个小小的地方，工作辛苦不说，前途更是未卜。他要是一直这样的话，我怎么办？万一我们结婚了，我们的孩子怎么办？难道我们一家三口就要过着风餐露宿、食不果腹的清苦生活吗？最重要的是，我从他身上感觉不到任何的安全感，我觉得他并没有为我们两个人的将来考虑。"

田小果望向陈镜河的目光中有委屈、不解、失落，甚至是绝望。

陈镜河看着田小果，心里也有些不忍，他语重心长地说："孩子，这种问题在感情面前是无解的。感情这东西，就连我这么大岁数了，都还没有弄明白。不过啊，我觉得对待感情，不要太执着，也不要太计较得失，爱情不是商品，没法衡量的。"陈镜河指了指自己的心口，笑着说道，"只要记住一条，随心就好。"

陈镜河的眼前突然变得模糊了起来，时光一下子又回到了从前，通惠河水也渐渐地变得清澈了起来，河边的垂柳抽出了绿枝，自己又回到了记忆中最熟悉的那段场景。

面前的姑娘渐渐地变成了他朝思暮想的女人，即便过了这么多年，陈镜河只要一想到方雅琴，依然会怦然心动。

"雅琴，你放心，我一定会让你幸福的。"陈镜河看着方雅琴，柔情蜜意地说道。

方雅琴的脸上漾起了笑容，嘴角如同一弯纯洁的月牙，她伸出双手轻轻地放在陈镜河的胸膛之上，笑着说道："你要知道，人这一辈子是不能轻易许诺的，你这样信誓旦旦的，我会认真的，万一记到心里去怎么办？镜河，我们只要随心就好。"

"你放心，我就是要让你记到心里去，这是我对你一辈子的承诺。你一定要记到心里去。"

"你说真的啊，那我可当真喽！"方雅琴狡黠地笑着，脸上漾着浓浓的幸福。

陈镜河伸出宽厚的手,轻轻握住妻子的手,脸上满是憨厚的笑容:"我的心就是如此……"

陈镜河缓缓地闭上了眼睛,心中唏嘘不已,这么多年过去了,他好像都已经忘记了自己的诺言,这句"我会让你幸福的",最终还是变成了讨妻子欢心的谎言。

陈镜河睁开眼睛,他发现此刻站在自己面前的并不是妻子方雅琴,浊泪又抑制不住地在眼眶里面打转。

"爷爷,您怎么了?"

回忆在陈镜河的眼前恍然而过,田小果的声音突然响了起来。

陈镜河收起了对妻子的愧疚之心,定了定神,陈镜河轻咳了一声,缓缓地对着田小果说道:"没什么,孩子,随心就好,感情这东西不能强求,只能顺意。不过,老头子我一直都觉得,陈盼那臭小子离不开你。"

这个事实即便陈镜河不说,田小果也是能够感觉得到的。陈盼对她的好,任谁都可以看得出来。她的心头涌起一阵甜意,抹在嘴角的蜜意已经说明,她此时很开心。

田小果仔细地咀嚼着爷爷的话,陷入了深思之中。

田小果想了想,决定还是把自己的选择告诉陈镜河,老人对她挺好的,就算是自己不和陈盼告别,也必须要和陈镜河告别。

"爷爷,我想我需要离开一段时间,我要好好地考虑一下,我和陈盼的感情到底还能不能继续下去。如果还要我付出,那么我能够付出到什么程度?"

陈镜河没有多说什么,只是轻轻地点了点头,慈祥的面容上一直都挂着平和的笑容。他望着河上忙碌的河工,意味深长地说道:

"通惠河的水,再怎么流淌,也永远都会在河道中,这是既定的轨迹,也是命运的安排。"

顿了一下,陈镜河转过头看着田小果,一脸平淡地说道:"丫头,无论你什么时候回来,我都欢迎。"

"谢谢爷爷。"

田小果离开了,除了她最要好的闺密陆琪和陈盼的爷爷之外,她没有告诉任何人,她需要好好地冷静地考虑一下。

对于田小果的离开,陈盼并没有感到意外,虽然他的心里一直都放下不田小果,但是他相信现在这样的情况下,田小果离开一段时间,对于彼此都是最好的安排。

田小果离开以后,陈盼收到了一封信,田小果在信上写道:

陈盼,我回浦城了,至于什么时候回来,我不知道。

经过这么长时间的争吵、冷战,我想我们都感到十分的疲惫,我不想再这样重复下去了。我们总说彼此要冷静一下,但是我发现,只要我们还能出现在彼此的视线里,我们就没有办法冷静。

这段时间,我和爷爷聊了很多,对于你的执着和情怀,我已经多少有些理解了。但理解是一回事,能否做到是另一回事,我想我还是没有办法看着你怀着高尚的情怀过一辈子,毕竟情怀真的不能当饭吃。

我知道现在要劝说你离开京城是一件不可能的事,京城对你来说是你儿时的记忆和亲人的牵挂,就如同浦城对我的意义一样。我知道我一心让你来浦城,对你来说有些残忍。

所以，这一次，我想尝试一下没有你的生活，我想知道在我心中，到底是对家乡的眷恋更深，还是对你的依恋更重？

得到答案后，我一定会联系你的，这段时间，你就不要再联系我了。

当陈盼看到这封信后，他的心中虽然充满了失落，却也有些隐隐地庆幸。他知道，勉强田小果和他一起待在京城，这样做他很自私。如今，田小果做出这个决定，他终于可以减轻点儿内心的负罪感了。

第二十五章　代代相传的精神

清淤的工作依旧在有条不紊地进行着。对于陈盼来说,他最近这段时间的工作非常繁重,繁重到无法去考虑自己的感情问题,他也需要用工作来麻痹自己,让自己不再去思念田小果。

就在清淤工作进行到中段末期的时候,河湖管理处迎来了一个重大的任务。

国家环保督察组已经启动对京城的督察准备工作,而且督察组首先就把目光聚焦在了通惠河。

河湖管理处收到接待督察组的任务后,每个人都在加速赶工,希望能给督察组一个好印象。

这些日子,陈盼一直都在工地上废寝忘食地工作着,就连回到家也没有歇着。看着陈盼忙碌的身影,陈镜河的心中慰藉不已,看到陈盼就好像是看到了年轻时的自己。

"爷爷,过两天还需要请您到河上去。"

陈盼扭回头来对陈镜河说道,打断了陈镜河的深情凝望。

"是不是又遇到什么难题了?这次不会又是你们方处长的意思吧?"

"爷爷，还真不是。这次啊，可是刘区长亲自点您的名。"听到刘洪波叫爷爷去的时候，陈盼的心里满满的骄傲。

无论是河湖管理处的处长方为民，还是通惠区的副区长刘洪波，对于陈盼的爷爷都是发自内心的尊重。陈盼知道，这是一种常人根本就无法体会到的殊荣。

陈镜河拿起放在火炉上的茶壶给自己的杯子里添满了水，笑呵呵地说道："是刘洪波啊，他都已经是区长了吧？还能想到我这老家伙啊？说说吧，他找我干吗？"

陈盼难掩激动地说道："好事，爷爷，是天大的好事！"

"能有什么好事？"

"国家环保督察组马上就要下来视察了，现在正是通惠河清淤整治的时节，督察组的领导，把第一站定在了咱们通惠河。刘区长的意思是，希望您能够出现，毕竟您是咱们河工最具代表性的人物。"

听到这里，陈镜河明显激动了起来："真的？连国家环保督察组都来了？那可真的是天大的事啊，真的是太好了！"

"区里提前和督察组的领导沟通过了，对于他们的行程安排也已经确定下来了。不过督察组的领导提出了一个要求，那就是他们希望见见您这位通惠河上的老河工。"陈盼说到这里，心里闪过一丝骄傲。

"小盼，你不是在开玩笑吧，那么大的领导，居然想要见我这么一个普通的老百姓？不可思议，实在是太不可思议了！"

陈盼用力地点了点头，郑重地说道："爷爷，您看我像是在开玩笑吗？您要知道，这个机会有多难得，而且督察组的领导希望您能够讲一讲你们那会儿清淤的光荣历史呢。爷爷，您实在是太厉害了！"

听到这里，陈镜河的双手忍不住轻轻地颤抖了起来。对于陈镜河来说，这种殊荣让他简直不敢相信自己的耳朵。他干了几十年的河工，本以为只是一件微不足道的工作，竟然也会引起领导们的重视，他是何其的幸运啊！

陈镜河忍不住再次问道："真的假的？领导居然要见我？小盼，你不是在拿我寻开心吧？"

陈盼笑着说道："怎么可能，是真的，爷爷。"

"太好了，实在是太好了！不敢想，真的是不敢想啊！"

一晚上，陈镜河都沉浸在巨大的喜悦中无法自拔，他不敢相信自己此生居然有如此的幸运，能够得到众人的爱戴和重视。这是对他的肯定，也是对他多年来坚持的回报。

冬至日，通惠河上迎来了一批特殊的客人。

虽然外面天寒地冻，却依然抵挡不住河工们的热情。

此时的陈盼心中十分忐忑，这是自己第一次在国家级领导面前介绍通惠河清淤的整体情况。从早上到现在，他已经把相关的清淤文件看过好几遍了，其实就算不看，里面的内容他都已经熟记于心了。他转头看到方为民投过来鼓励的眼神，陈盼的心渐渐地放了下来。

"各位领导好，我是陈盼，是通惠区河湖管理处的工作人员，今天由我来负责向领导们汇报通惠河清淤的情况。"陈盼大方地站了出来，走到督察组领导的身边，脸上挂着自信的笑容。

"哟！是个年轻的小伙子啊，不错，有朝气。"督察组的领导对于这样的安排显得很满意。

督察组领导表现出来的随和，让陈盼彻底地放松了下来。他的脸上挂着笑容，落落大方，丝毫没有怯场。

"从元世祖时期开凿漕运河道，到明朝多次疏通而无果，再到清朝嘉靖年间引水路线成功疏通，疏通清淤的工作一直就没有停止过，通惠河上随时都可以看见辛勤的河工的身影……"

陈盼的讲解条理非常清晰，时而引经据典，时而结合现实情况，就算从来不知道通惠河的人也能从他的介绍中充分地了解通惠河。

督察组的领导脸上带着满意的笑容，时不时地点着头，颇为赞赏陈盼的表现。

看着大家工作得如此热火朝天，督察组的白组长笑着调侃道："河工？古时候大概有这种身份，现在都新时代了，还有这个工种吗？好像都已经消失很久了。年轻人，河工是什么，你清楚吗？"

陈盼环视了一下四周，自信地说道："白组长，通惠河是我们的母亲河，只要是服务于这条河的，都是通惠河的河工。虽然河工作为一种工种消失了，但是河工的精神却没有消失。就像我们河湖管理处，服务于通惠河，服务于老百姓，而我们就是通惠河的河工。"

白组长非常满意陈盼的回答，笑着说道："照你的解释来界定，你们河湖管理处，还有区里的规划局、水利局，都是河工喽？"

"是啊，我们这些人服务于百姓，服务于人民，其实与在场的诸位是一样的，我们是通惠河上的河工，而你们则是百姓和人民的河工。"

"小伙子说得好啊，河工的精神就是为人民服务。"

白组长的话刚落，便引起现场众人的掌声。

众人迎着凛冽的寒风，在堤岸上望着奔流了几百年的通惠河，脸上挂着微笑。

陈冼冰一直跟在人群之中,他隔着中间的几十个人望着儿子,他第一次感觉到儿子长大成人了。

督察组的白组长随口问了几个关于清淤的问题,陈盼都给出了令人满意的答案。领导不禁夸奖道:"小陈,你的讲解很到位,而且也说得不错,看来呐,通惠河已经印到你的脑子里了。嗯,好,现在的年轻人少有像你这样的啊,能够沉下心来做工作,静下心来做业务,你做得很好。"

"白组长,小陈可是我们的骨干,而且还是您点名要见的那位老河工的孙子。这小子打小就生活在通惠河边,是个老河工了。"方为民接着白组长的话茬儿说道。

"好啊,年轻有为,年轻有为啊!"白组长转而对陈盼说道:"小陈,既然说到了你爷爷,他老人家都安顿好了吗?这天寒地冻的,要是让老人家挨了冻,到时候我们可就犯错误喽。"

刘洪波笑呵呵地说道:"放心吧,我们区里已经将这位老河工安排好了。再说了,哪有河工怕冻的?要不是上岁数了,陈老还准备亲自上河清淤呢。今年这一次的清淤工作,我们也是劝了好久陈老才作罢的。但是陈老一直心系清淤工作,这不对我们不放心,把小孙子都派上来了!"

"哈哈,洪波啊,你这个周扒皮,这羊毛也不能老从一只羊身上薅啊!"白组长调侃地说道,让整个现场氛围轻松了不少。

一行人结束了河上的实地调研,来到了河湖管理处的小会议室。穿着整洁的陈镜河迎了上来,脸上露出了激动的神情。

刘洪波赶紧介绍说:"白组长,我给你介绍一下,这位就是通惠河上的老河工,陈镜河陈老。"

"陈老哥,麻烦您了。"白组长客气地说道。

陈镜河的双手有些颤抖地握住了白组长的手:"领导,领导好!"

"陈老哥,我们坐下来聊吧。"

众人坐下之后,白组长笑呵呵地对所有人说道:"今天啊,在这里没有什么领导,也没有什么下属,我们在陈老面前都是学生,普普通通的一名学生。所以,我们今天来啊,可不光是来河上看一看的,同时也是来取经求学的,好好地让陈老来给我们上一课。"

陈镜河慌张地说:"不敢,不敢。"

白组长郑重地说道:"陈老,您当之无愧。"

陈镜河坐了下来,整理了一下思路,空出两三秒的时间,整个会议室一丁点儿声音也没有。陈镜河清了清嗓子,说道:"我呢,可以说是从小就在河边长大的,那会儿的通惠河清澈见底,河畔的青草幽幽,河岸杨柳依依……"

陈镜河的述说勾起了在座的人的记忆,一时间,整个会议室都沉浸在怀旧的气氛里,只有陈镜河低沉的话语回响在会议室中。

陈盼曾不止一次地听陈镜河讲过去的事情,但每一次听,他都会有新的体悟,这一次也不例外,他沉醉在陈镜河的故事中,仿佛也经历了那些事一样。

陈冼冰坐在会议室角落的地方,感慨万千。这是他第一次听父亲说起河工,渐渐地,他心中那股莫名的抵触感消失了,他心中腾起了一丝渴望。陈冼冰想要了解父亲,了解儿子,还想要了解他们共同拥有的、一直被自己所忌讳、逃避和垢污的身份——河工。

陈冼冰总算是明白了刘洪波所说的灵魂是什么了,他的方案缺少的正是这种精神,河工的精神,而这也是他最大的缺失。

陈镜河说完,会议室响起一阵热烈的掌声。

面对着如潮水一般的掌声，陈镜河的心里感慨万千。看着眼前可以称之为后辈的同事，陈镜河的心中满是欣慰和慰藉。

陈冼冰才是那个感触最深的人，这么多年过去了，直到今天他才觉得父亲和儿子是自己最熟悉的陌生人。

"说得好啊！"白组长站了起来，感慨地说道，"陈老哥，你今天的这堂课，对于我们在座的每一个人来说，都是受益匪浅，受益匪浅啊！"

"是啊，从来没有想到我们所做的工作是如此的伟大，这是时代赋予我们最严峻的使命，也是我们当仁不让的使命，我们一定会坚持下去的。"刘洪波同样地感慨万千，他的雄心壮志被激发了起来。

"洪波啊，陈老这堂课很生动，很值得我们反思啊。百姓是最朴实的，他们想要的，就是我们努力的方向。正如陈老哥所说的，河工精神必须要传承下去。"

"白组长，我们接下来应该去看一看通惠河景观河改造工程项目的方案了。"刘洪波笑着说道。

白组长摆了摆手，缓缓地说道："这个就没必要了，窥一斑可见全豹嘛。如果所有人都传承着这种精神的话，那么我相信通惠河改造一定会成功的！"

在座的所有人都重重地点点头。陈冼冰的心中，如同是一石击起千重浪，掀起了轩然大波。

会议已经结束了，陈冼冰依然无法从迷茫中走出来，父亲的故事他第一次如此专注地去倾听，让他重新认识了父亲和父亲的河工身份。

回到了办公室，陈冼冰赶紧给乔雪梁打了一个电话，说今天晚上要回老院子吃饭。

陈冼冰希望能够借此机会，好好地向父亲请教一下。毕竟眼看着清淤工程已经实施了大半，而他设计的通惠河景观河改造工程的项目还没有立项，陈冼冰的心里非常焦急。

国家环保督察组结束了对通惠河的调研，离开了河湖管理处。

刘洪波和方为民一行人目送着车子缓缓地离开，刘洪波感叹道："国家现在对环境保护十分重视，每一条江、每一条河，都是惠及万民的母亲河，我们要保护好母亲河啊！"

扭回头，刘洪波对着方为民说道："为民同志，任重而道远啊！"

"请刘区长放心，我们这代甚至是下代、下下代的河工都会守护好通惠河这条母亲河的，而且我也相信一定能够做好的，因为我们有河工精神在，有通惠河精神在，只要精神传承下去，通惠河将会惠通后代。"方为民郑重地说道。

陈盼终于可以松一口气了，今天的任务可以说是非常圆满地完成了。但是对于他来说，却不能掉以轻心，因为他的工作还需要再继续下去。

第二十六章　更年期综合症

像往常一样，陈盼回到帽檐胡同的时候已经是夜幕初临了。刚一进屋子，陈盼就闻到了熟悉的香味儿，母亲乔雪梁从厨房中探出头来，笑呵呵地对陈盼说道："小盼回来了？"

"妈，今天是什么节日吗？"陈盼有些摸不着头脑。一般情况下只有过节或者有喜事儿的时候，母亲和父亲才会来老院子，一家人坐在一起吃顿团圆饭庆贺一下。可是他并没有听说家里最近有什么喜事儿，而且今天好像也不是什么节日。

"怎么了，不是节日就不能过来了？你这孩子，一工作起来就忙得团团转，什么都顾不上了，也不知道回去看看妈妈。你不来看妈妈，所以妈妈就只好过来看你喽。快进屋吧，你爸今天也回来了，在屋里和你爷爷聊天呢。"

听到这话，陈盼更是愣住了，奇怪，真是太奇怪了。难道今天太阳是从西边出来的，陈盼甚至怀疑自己的耳朵是不是出了什么问题。父亲和爷爷居然也会心平气和地聊天，这在陈盼的记忆里，绝对是第一次。

陈盼走进了屋子，看到里面的两个人安静地坐着，一句话也没有。陈盼无奈地摇了摇头，母亲所谓的聊天也只不过是寥寥几句的关心和问候罢了。接下来，父亲和爷爷还是陷入了和往常一样的沉默。

陈盼将外套脱了下来，挂在衣帽架上，对着陈镜河说道："爷爷，怎么样，我今天的表现还可以吧？"

"不错，不错，方家小二也真是胆子够大，居然让你这么一个毛头小子去接待那么大的领导。不过总的来说，你的表现还不错，可圈可点。"陈镜河点了点头，笑呵呵地说道。

陈盼面露喜色，一副得意的表情："那是，也不看看我是谁的孙子。"

"刚夸你两句尾巴就翘上天了？年轻人还是要稳重一些，踏踏实实地做工作，绝对不要刚取得一点儿成绩就骄傲。"陈冼冰接过话头，板着一张脸，端起了茶杯，轻啜了一口，像往常一样教训着儿子。

陈盼吐了吐舌头，对着爷爷做了一个鬼脸："爷爷，趁还没开饭，我有两个问题请教您。这一次啊，您可得给我支支招儿。"

"又把我当成你这小猴子搬来的救兵不成？"

"不不不，您怎么会是应急的救兵呢，您是我请来的佛爷，不对，是如来佛祖。"陈盼和陈镜河开着玩笑。

陈冼冰一听，眉头又习惯性地皱了起来，插话道："怎么和爷爷说话呢？没大没小的。"

"这有你什么事儿啊，我喜欢小盼和我这么说话，没架子也不拘束。"陈镜河打断了陈冼冰的话，然后笑呵呵地对着陈盼说道："来来来，说说，又遇到什么难题了？"

"其实也没什么，就是关于河底修复的问题。我们在清淤的时候发现有几处河底，泥沙淤积的情况有些复杂，淤泥的下面是坚硬的石块，几乎是石块盖着淤泥，淤泥上面又粘住了石块，给我们清淤的工作带来了很大的不便。爷爷，您看这种情况，有解决的办法吗？"陈盼有些无奈地说道。

陈镜河笑了笑，缓缓地说道："很正常，河底石块的积存，这是由于泄洪时造成的，上游带来的泥沙又很容易钻入石块的缝隙中，正常的挖掘机无法清理，上人工呢，又没有合适的工具，清理起来确实挺费劲儿的。"

"那爷爷，有没有好的办法呢？"

"办法也不是没有，只不过实施起来颇有些麻烦。想要清走这些石块和淤泥，就必须要用消防水枪将河底淤泥粉碎成泥浆，经过泥浆泵加压打进集浆池，清走淤泥，剩下的杂石清理起来也就方便了许多。"

听到这里，陈盼恍然大悟，他高兴地跳了起来："是啊，我怎么没想到呢？爷爷您这一招实在是太妙了，妙啊！"

"是啊，你这年纪轻轻的又怎么会想到呢？小盼，其实啊，清淤治河呢，可不光是一味地蛮干，要多动脑子，多想点子。爷爷干了这么多年的清淤工作，总结出来的经验自然是现阶段的你没有办法比，但你做得多了，经验也就多了，总有一天你会超过我的。"

陈盼一个劲儿地点着头，笑呵呵地说道："爷爷，您说得太好了，我明天一上班就把这个方案和组里提一提，看能不能行。"

"对啰，小子，慎重一点儿还是好的，老话说得好嘛，谋定而后动。"陈镜河满意地说道。

"是啊是啊，爷爷您真的是老谋深算。"

"有你这么评价你爷爷的吗？你这个臭小子。"

"陈盼啊，眼看着这就快到数九天了，施工的进度怎么样了？"一阵调侃之后，陈镜河开始关心起清淤的进度来。

"还行吧，年前肯定能够完成。"

"那就好，那就好啊。"陈镜河的心中闪过一丝安慰。

看着爷孙俩开心地聊天，被排挤在外的陈冼冰心里面很不是滋味儿。他时不时地偷瞄一下两人，想到了刘区长的建议，想着要让自己的工作能够按时完成，他就必须要向自己的父亲请教。

"爸。"

陈冼冰的声音打断了正聊得欢快的爷孙俩，陈镜河扭头看了看儿子，问道："冰子，咋了？"

"没什么，我的景观河改造工程的设计方案前几天过会了，没通过，刘区长希望我能够听听您的意见。"说着，陈冼冰从公文包里面拿出了早就准备好的设计方案，递到了父亲的手中。

陈镜河抬起头，浑浊的目光多了一丝喜色："你做的项目方案？"

陈冼冰点点头。

陈镜河看着陈冼冰手上的设计方案，心里隐藏不住的喜悦。

陈镜河没有想到，儿子居然也会主动地和自己说话，不是嘘寒问暖的客套话，而是发自肺腑的寻求帮助，这种感觉真的是许久未曾感觉到了。陈镜河觉得自己身为父亲的责任感在这一刻得到了认可和尊重。

"好好好！"

好一会儿，陈镜河才反应过来，他急急地应道，语调甚至还有些走音。他双手颤颤巍巍地接过陈冼冰手中的方案，戴上老花镜，围在火炉边认真地看了起来，越看陈镜河的脸色愈发地凝重了。

陈洗冰的心也变得忐忑了起来。

陈盼在父亲说话的瞬间就已经愣住了，他呆呆地看着父亲，就如同从来没有认识父亲一样。此刻的父亲和之前完全不一样。

祖孙三辈人，在陈洗冰做出这番举动之后都陷入了沉默。陈盼有些愕然，陈洗冰有些忐忑，而陈镜河正在认真地研读着陈洗冰的项目方案，一字一字地逐句读着。

良久，陈镜河将厚厚的方案放下，然后长长地叹了一口气，他抬起头，目光正好迎上儿子的目光。

陈镜河将方案放到了一旁，无奈地摇摇头，对着陈洗冰神色凝重地说道："这个方案做得花里胡哨的。"

陈镜河一语中的，陈洗冰有些汗颜："是，刘区长也是这么说的。"

"你的这个方案，很多东西都是脱离实际情况的，想要将这些一下子都补充起来，是有难度的。不过你能有这个心思，我真的很欣慰。想要修改这个方案，你需要做的有很多，首先你需要重新认识一下通惠河。"

"认识通惠河？"陈洗冰一怔，关于通惠河，陈洗冰觉得自己可以说是很熟悉了，从历史到地理，从水文到用途，他可以说是倒背如流，他还需要再怎么深入地认识？

看到陈洗冰的脸上露出的一抹轻视，陈镜河就像早就有准备一样，淡淡地说道："我知道你想要说什么，不过你所了解的只是最肤浅的认识，想要真正了解它，就必须要融入其中。"

这个时候，陈镜河突然间想到了什么，扭头对着不远处的陈盼问道："小盼，你们打算什么时候人工清淤啊？按照进度来说应该快了吧?"

陈盼点点头,脱口而出:"明天开展动员大会,正式开始人工清淤。"

"那正好。"

陈镜河又想了想,对着陈冼冰说道:"这样吧,这几天你抽个空儿,请上几天假,我带你去好好地认识一下通惠河,想必会对你的设计方案有用。"

"爸,我只不过是做个方案而已。"陈冼冰实在不愿意多靠近通惠河一步。

"是啊,可是你做的方案华而不实,而实实在在的东西就必须靠你亲自去寻找。人们常说没有调查就没有发言权。你只有进行彻底地实地探访,才能做出符合要求的设计方案。"陈镜河的语气听起来有些凝重。

陈冼冰为了工作,只得点点头,有些勉强地说道:"好吧。"

原本陈冼冰只是希望父亲能够指点自己一下,没想到父亲居然一竿子把自己支到了河上。

眼瞅着距离二次评审会的时间越来越近,陈冼冰的心里着实着急,现在的他也只好把希望都放在父亲身上了。

"放心吧,不会耽误你的事儿的。"陈镜河好像看穿了儿子的心思,胸有成竹地说道。

陈盼看了看爷爷和父亲,感觉自己的大脑有些转不过弯儿来。父亲怪怪的,爷爷也怪怪的,他觉得自己好像错过了一些话。

这个时候,乔雪梁端着热气腾腾的饭菜走了进来,看到屋里的气氛有些尴尬。

乔雪梁下意识地瞪了丈夫一眼,陈冼冰投过来无辜的眼神。乔雪梁没有理会丈夫的眼神,而是笑着对所有人说道:"爸,冼冰,小盼,开饭了。"

"好,先吃饭。"陈镜河哈哈一笑,大手一挥走到了餐桌边坐下。

乔雪梁朝着陈盼使了一个眼色:"小盼,来,跟妈到厨房端菜去。"

"好咧。"

陈盼和母亲出了门,进了厨房。

乔雪梁朝着屋子里望了望,有些急迫地问道:"小盼,你和你爸又吵架了?我说你这孩子,每次都要和你爸吵得不可开交啊!你也体谅一下你爸,他最近工作不太顺,不要惹他生气。"

陈盼举起双手,无辜地说:"没有啊,妈,我没惹我爸生气。"

"唬谁呢?你爸刚进门那会儿和你爷爷聊得挺好的,怎么现在又没音儿了呢?你说,你是不是又跟你爸顶嘴了,我说你也是二十大几的人了,让着你爸一点儿。他现在更年期,脾气暴躁。"乔雪梁的脸上露出焦急的神情,想必是被之前的几次"战斗"吓坏了。

"没有啦,不过我倒是觉得我爸不正常,估计是真的到了更年期了。今天我爸可奇怪了,他该不会是受到什么刺激了吧?"

"怎么说你爸的呢?他能受什么刺激?你小子就别在这里瞎猜了,今天你爸给我打电话的时候,我听他的声音也没觉得有什么不正常啊?"乔雪梁不解地接话道。

陈盼神经兮兮地用手托住下巴,装出一副正在思考的样子,对着乔雪梁说道:"那就奇怪了,我爸今天确实怪怪的,而且爷爷也怪怪的。这一对父子,今天唱的是哪一出啊?奇了怪了。"

"你惹你爸生气了?还是你爸惹你爷爷生气了?"

"都没有啊。"陈盼对今天的事,有些摸不着头脑。

"这里面肯定是有问题,行了行了,快点儿端菜吧,一会儿就凉了。"乔雪梁想了半天也没想明白到底是怎么回事,现在又不方便问陈冼冰到底怎么了,她这心里有些七上八下的。

一家人坐在一张桌子前和和睦睦地吃饭,平静得有些诡异。陈盼中间有几度甚至怀疑自己是不是在做梦。

吃完饭后,陈冼冰和乔雪梁就回家了。

第二十七章　比恨更深的是爱

陈镜河目送儿子和儿媳的身影越来越远，心里有一种说不清道不明的感觉。

陈盼看着有些失神的陈镜河，添了一杯茶，放在爷爷的椅子边上，有些担心地说道："爷爷，没什么事儿吧？"

"没事儿。"

陈盼看着陈镜河若有所思的神情，有些不忍打扰爷爷的思绪，于是他笑着说道："爷爷，我先去工作了啊，有什么事儿您跟我说一声。"

"行，你去忙你的吧！"

陈镜河靠在椅背上，他的思绪渐渐地又回到了以前，就连陈镜河自己都没有发现，自己现在是越来越喜欢回忆了。或许人上了岁数就这样，年纪越大，越是念旧。

记忆中的陈冼冰还是一个小孩子，脸上带着明显的稚嫩，让陈镜河永远都不能忘记的，是陈冼冰那种绝望的神情。

那是在方雅琴去世不久，陈镜河急匆匆地赶到家里，却看见一双含着泪和委屈的目光，狠狠地盯着自己，带着稚嫩的童音问道：

"爸,妈妈呢,妈妈去哪儿了?你是不是不要她了?"

"冰子,对不起。"

陈镜河的心里如同万蚁噬心一般难受,只不过在儿子面前,他不能表现出自己的软弱,他害怕自己的无助会带给儿子更深的恐惧。他希望自己可以撑起儿子的一片天,让他快乐地长大。

"对不起有什么用啊,我想要妈妈回来。"年幼的陈洗冰似乎在母亲死后,心底便埋下了仇恨的种子。

陈镜河还是没能忍住泪水,眼泪顺着眼眶溢了出来,掉到了冰冷的地上。看着儿子躲到河边不想回家,想要找回妈妈的时候,他更是心如刀割。因为他知道,自己的妻子、儿子的母亲回不来了。

看到陈镜河没有说话,年幼的陈洗冰冷冷地质问道:"你说,你是不是不要妈妈了,不要我了。为什么妈妈病了你不在,我病了你也不在,你在哪里?爸爸,那会儿你在哪里?"

"我有事情要做,所以,所以……"

陈洗冰的哭声很凄厉,让陈镜河心口更加疼痛:"还有什么比妈妈、比我还重要的吗?爸爸,你说啊,你为什么不回来照顾我们?我晚上害怕,妈妈晚上也害怕,你那会儿到底在哪儿啊?爸!"

陈镜河想要把陈洗冰搂在怀里,给予他安慰,但是陈洗冰却一直躲避着自己的双手,陈镜河感觉自己好像在这一刻失去了什么。

陈镜河变得低沉起来,他更习惯于一个人呆呆地坐在椅子上,望着墙上方雅琴的照片,他的心里满是痛苦。平日里除了工作之外,陈镜河几乎什么也不做,他失去了自己最爱的妻子和可爱的儿子,他觉得自己的生活已经没有任何希望了。

方雅琴走了,陈镜河变得终日郁郁寡欢。同样改变的还有年幼的陈冼冰，他变得懂事了，每天早上会自己起床、自己穿衣，甚至自己做饭；也变得更加漠视父亲了，他认为母亲的死，与父亲有着密不可分的关系，他恨父亲。

因为缺乏交流和沟通，让这一对父子渐渐地形同陌路。两人在一起的时间越来越少，聊的话题也越来越少，到最后，聊天变成了争吵，争吵变成了漠视，如此循环往复。

方雅琴去世后，陈镜河变得沉默了许多，多年来他总是一个人生活，邻居同事帮他介绍对象，也都被陈镜河以各种各样的理由拒绝了。对于他来说，他的心里已经有一个人了，再也容不下其他的女人。

再到了后来，陈冼冰长大了，工作了，原本陈冼冰是有机会留在京城市区，留在陈镜河身边的，但是陈冼冰却自作主张地拒绝了。

陈镜河明白陈冼冰为什么要远离自己，那是因为他不想面对自己，对着这个害死他母亲的"凶手"。

但是陈冼冰不知道，这么多年，陈镜河何尝有一刻放过自己，他每天都生活在愧疚中，如果不是为了陈冼冰，或许他早就活不下去了，这种煎熬让他越来越孤僻。

陈冼冰离父亲远了，虽然逢年过节都会尽一些孝道，但是他却知道，自己对于父亲的恨意并没有减少半分。一条通惠河不仅让他失去了母亲，也让他和父亲再也回不到从前了。

这么多年，从陈冼冰的身上，陈镜河感觉不到一丝儿子对父亲的关爱。陈镜河知道，儿子一直在心里面记恨着自己，妻子的死一直横在他和儿子之间，成了二人心中无法跨过的坎。

陈冼冰的恨，是陈镜河一辈子的遗憾，也成了他的梦魇……

回到西庄的房子，陈冼冰并没有向妻子做任何解释，他如往常一样洗漱，换上睡衣，睡前拿起报纸，准备看一会儿。

乔雪梁用好奇的目光看着陈冼冰的一举一动，她不明白平日里一向不愿意回老院子的陈冼冰，为什么今天会主动提出回去，这里面，肯定有什么原因。

"雪梁，虽然我承认，我这个年纪的人正是魅力四射的时候，但是咱们这么多年的老夫老妻了，你怎么还像年轻那会儿看不够啊？"陈冼冰撇了撇头，透过眼镜对着正盯着自己看的乔雪梁调侃道。

乔雪梁顿时觉得脸颊微烫，拿着胳膊肘儿轻轻地推了一下陈冼冰："胡说什么呢，'老帮菜'了，谁稀罕啊！我是觉得你今天有些怪怪的，主动提出回老院子也就算了，还没有发火。而且老爷子今天也不对劲儿，你有没有发现，老爷子最近的脸色有些差啊？"

"就知道你肯定要胡思乱想，现在终于憋不住了吧？实话告诉你吧，我之所以回老院子，是因为工作上的一些事情。好了，别瞎猜了。"陈冼冰将报纸放到一边，扭头对着妻子说，"刘区长说让我拿着通惠河景观河的设计方案给爸看看，听一下他的意见。"

陈冼冰话还没说完，额头上就多了一只手，乔雪梁担心地说道："你脑子没问题吧？居然真的会去询问爸的意见，你不是最讨厌工作和爸挂钩吗？"

陈冼冰无语地拉下妻子的手，笑着说："我没事。其实吧，我也好好地想了想，这次方案没通过对我来说，并不算是一件坏事，甚至还有可能是件好事。"

"好事？"乔雪梁有些不解地问道。

陈冼冰重重地点点头，沉吟了片刻才接着说道："是的，我的设计方案中缺少灵魂性的东西,所以我想要弄明白。结果刘区长让我去请教一下爸,说是爸能够替我解惑。"

"那你解惑了吗?"

陈冼冰摇了摇头:"还没有,但是爸让我明天跟他到河上去,说到了那里,我应该就会明白的。"

"真奇怪,这大冷天的,跑到河上干什么?"乔雪梁耸了耸肩,疑惑地说道。

陈冼冰像是想到了什么,提醒妻子道:"哦,对了,明天给我找件耐脏耐磨的衣服,到时候只怕是用得着。"

"干吗?"

"有好些年没有干粗活儿了,明天正好没什么事情,去河边卖苦力去。"

乔雪梁用怪异的眼神看着丈夫,今天的陈冼冰实在是太过于反常了。乔雪梁不禁想到,设计方案没有通过,陈冼冰是不是受什么刺激了?

"去哪个河边?"

"通惠河,我的方案缺乏灵魂,上面的意思让我多进行一些实地调查,然后再完成我的设计方案。而且老爷子也说了,想要真正地弄懂通惠河,就必须到河上去。只有到了那里,才能够真正地弄明白什么是通惠河的灵魂。"陈冼冰摘下眼镜,揉了揉眼睛,打了一个哈欠,准备睡觉。

乔雪梁还想要说什么,但是话到嘴边却什么都说不出来。她能够感觉得到,这一次丈夫是认真的。过了一会儿,乔雪梁会心地笑了出来。

通过今天晚上的谈话,乔雪梁十分清楚,陈冼冰内心的坚冰正在慢慢地融化,他开始尝试去理解陈镜河和陈盼的行为,而这,正是乔雪梁想看到的。

一家人和和睦睦的,没有什么比这更好的了。

冬月,京城的天气愈发地冷了,就连陈盼这样已经习惯了寒冷天气的人,也有些受不了了。他站在河边,忍不住吸了吸鼻子,心里想着今年怎么会这么冷啊。心念一转,他突然想起了如果田小果在身边,肯定又会和他抱怨京城的天气了。

自从田小果离开京城后,他们两个就再也没有联系过,二人之间的关系就好像是这天气一样,瞬间就降到了冰点。

其实,陈盼的心里对于二人的感情还是有信心的,但是这么长时间没有任何音讯,他的心里也是有些担心的。

以前陈盼觉得,他们之间的爱不惧怕任何困难,能够战胜世间的所有风浪。但是经历几次争吵之后,陈盼这才发现,原先的他们实在是太自信了,而现实就是连一条小小的通惠河他们都跨不过去。

陈盼挠了挠头皮,将这些烦心事儿赶紧抛之脑后,摊开手中的图纸,然后在图纸上面画了几个圈,认真地沉思了一会儿,这才将图纸卷了起来,在工地上检查了起来。

前阶段的机械作业,已经将大部分的河淤都清理掉了,清淤工作也正式进入了人工清淤的阶段了。今天是人工清淤的第一天。

之前接到任务的时候,陈盼的心里面还是有些忐忑的,毕竟现在大家都有着自己的工作,谁还会在这大冷天跑到河上干活?挣得不算太多,还受着刀割的河风,闻着发臭的烂泥,这样的工作简直就是活受罪。

可是,当陈盼真的到了工作场地后,才发现之前的担心有些多余。眼前的集合点附近,黑压压的都是人,大家伙儿热情高涨,相互之间还在聊着今年清淤工作要如何开展。

看到这幅场景,陈盼顿时激动起来。

时代在变,但是人们的精神却不会变,而且会一直传承下去。

这一刻,陈盼真正地体悟到了什么是河工?什么是河工的精神?眼前的景象就完全足以证明。

陈盼费劲儿地从人群中往前挤,时不时遇到胡同的街坊打声招呼。好不容易,陈盼才挤到方为民的身边。

"陈盼,怎么来得这么晚?"方为民看到了陈盼,对着陈盼招了招手,然后同样很是激动地说道,"今天来的人不少,我刚才粗略地数了数,比我们原计划的人数要多出一倍。原先的安排必须要重新进行布置,这件事儿就交给你来办,你辛苦一点儿。"

"好的。"

陈盼爽快地接下了任务,他摊开手中的图纸,然后对着方为民说道:"方处,原来我们计划今天的清淤任务,是从这里一直到晋商会馆。但照今天来的人,我们完全可以乐观地估计,将今天清淤任务的终点安排到将军庙。"

"这个线是不是拉得有些过长了?在保证效率的情况下,同样地还要保证工程质量。陈盼,你负责……"话说到一半,方为民的电话突然响了起来,他有些错愕地看着手机上的来电显示,顿了顿神,赶紧走到一旁接起了电话。

而陈盼趁机仔细地研究起了图纸,时不时地在笔记本上写着。今天来的人确实比预计的要多得多,原先的计划看来都要改变了。对于陈盼来说,临时更改计划,无疑是一个巨大的挑战,如何协调这么多人,陈盼的心里已经做好了准备,他没有心慌,如同临阵指挥的大将一样，从容不迫地进行着安排。

方为民回来的时候，脸上的神色明显地激动了许多："陈盼，还有一个最新的消息，市里的领导听说了我们的清淤工作，张市长和相关领导也准备来参加清淤，到时候你做好准备，这个时候，千万不能出乱子。"

"张市长？"

听到这里，陈盼忍不住吓了一大跳，今天是河工集体清淤的第一天，市里的领导居然要来参加清淤，这大大出乎了陈盼的意料。

方为民脸上难掩激动的表情，声调不自觉提高了好几个度："没错，陈盼啊，说实话，我的心里面很兴奋，这说明了什么？说明了市里对我们通惠河清淤工作还是非常重视的，市里领导亲自来参加清淤工作，这之前还真的是从未有过啊！"

陈盼重重地点点头，感叹道："是啊，没想到我们这又脏又苦又累的清淤工作，居然也能够引起如此高度的重视，实在是太不可思议了。"

方为民并没有多说什么，而是双手用力地拍了拍陈盼的肩头，可以看得出来，方为民此时此刻心里欣喜若狂，激动不已，更是感慨颇多。

对于方为民处长有些失态的表现，陈盼深有感触，直到安排完了所有的工作，他还能感觉得到自己的肩头在隐隐作痛。

今天的阵势感染到了方为民，同样也感染到了陈盼。他再一次地认识到了通惠河工的伟大。

大家略带着疲惫的脸上始终都挂着质朴的笑容，长长的河堤上排起了长队，每个人都认真而娴熟地挥动着手中的工具，甚至有相识的还会偶尔聊几句家常，入冬后结冰的通惠河都快被河工们的热情给融化了。

陈盼的心头暖意涌动,仿佛是受到了河工们的感染,从心底涌出了满满的干劲儿。

近三百人的清淤战线上铁锹上下飞舞,这让陈盼再一次感到"人多力量大"这句话的真谛,就连方为民都亲自上阵了。陈盼的心里很是欣慰,这个时候的他更加坚信,自己的选择没有错。

就在这个时候,在人群中,有两道熟悉的身影落入了陈盼的眼中,他微微地一怔,心底升腾起一股莫名的悸动。

爷爷陈镜河和父亲陈冼冰。

陈冼冰挥舞着手中的铁锹,而陈镜河则悠闲地站在他的身边,二人正有一句没一句地聊着天。

看到这一幕,陈盼先是不可思议地揉了揉眼睛,盯着他们看了一会儿,脸上洋溢起灿烂的笑容。他没有上前打搅父亲和爷爷的聊天,而是选择默默地离开。

第二十八章　上阵父子兵

当所有人都在热火朝天地工作的时候,陈洗冰直起身子,朝着面前的人群叹了口气。

陈洗冰的额头上渗出了汗珠,他不是娇生惯养的人,更不是手无缚鸡之力的无用书生,不过,随着这些年生活条件越来越好,这样的劳动强度对于陈洗冰来说,还是有些吃力,和其他人比起来,陈洗冰干得慢了许多。但是,并没有人会在意。

"感觉怎么样?还可以吧?是不是累了?累了就先停下来歇一歇。"一旁的陈镜河劝慰着。

陈洗冰抬起头,抹了一把额头上的汗,笑着说道:"没事,不累。"

"歇一会儿吧,别岔了气儿,不急的。"陈镜河有些不自然地拍了拍陈洗冰的肩膀。这些年来,他从来不敢跟儿子做出什么过于亲昵的举动。

看见陈洗冰没有拒绝自己的动作,陈镜河的鼻子有些泛酸。他调整了一下自己的情绪,笑着说道:"冰子,看到今天的场面,你的心里有没有什么别的感觉?"

陈洗冰知道陈镜河在暗指什么,但是他还是有些不想承认。

陈镜河也不在意儿子的沉默,接着说道:"你的设计方案很好,用现在流行的词说就是高大上,但是呢,却不适合通惠河。这治河就是给人看病,望闻问切都得有,闭门造车,是不行的。"

陈冼冰停下了手中的活,低头想了一下,然后说:"刘区长说我的方案华而不实,原来症结在这里。"

陈镜河笑了:"是啊,刘洪波让你来找我,说我能给你解惑,那是因为他自己以前就是一名河工,他和我一样,了解河工,了解通惠河。你觉得作为河工,我们清淤治河是为了什么?是为了好看,还是为了美观?"

陈冼冰摇了摇头。

陈镜河接着说道:"其实很简单,都不是,其实清淤是为了实用。冰子,虽然你是我的儿子,看起来好像应该是了解通惠河的人,但是可惜啊,因为你恨我,所以压根看不上河工的身份。"

陈冼冰听见陈镜河的话,想反驳,却又不知道怎么说,因为他也知道父亲说的都是事实。

其实,陈镜河看到陈冼冰承认恨自己的时候,心里是有些痛的,但是他又知道自己是罪有应得,也不能为自己辩解什么,只好苦笑着说:"因为我的关系,你一直都不想去了解通惠河、不了解河工,甚至还有些抵触。在这种情况下,即便是你的方案做得再好,但是缺少了灵魂的方案,是没有活气儿的方案,想要做好方案,你就必须要了解它。"

"所以您带我来这里,就是想要培养我对这条河的感情?"

陈镜河摇摇头,语重心长地说道:"是,也不是。我们家祖祖辈辈都生活在通惠河边上,我也做了一辈子的河工,但是我不能强求我的儿子和我一样,守护通惠河一辈子。但同时呢,我却希望你和我一样,是真心守护通惠河。"

陈镜河望着河堤上干活的河工,意味深长地说道:"守护一条河,是不容易的。通惠河少了谁都一样会流淌,你我这一辈子,在通惠河面前,甚至连一个浪花都翻不起来。但是却需要我们时时刻刻心怀感恩之心。通惠河见证了我和你母亲共同的人生,所以我就像是守护自己的爱人一样,它在,我就不会忘记你母亲,这就是我的寄托。"

说到这里,陈镜河心中有些戚戚然。

陈冼冰看着陈镜河浑浊的眼神中好像透着一种自己看不懂的光亮,这是自己和父亲少有的几次交心谈话,他之前一直觉得是父亲对不起母亲,可是现在看来,或者守护通惠河也是母亲一生的愿望。

陈镜河指了指眼前的通惠河,笑着说道:"所以说,我了解它,就像了解你母亲一样。这人呐,活着就得有个念想,不是吗?在我的内心深处,这里是我和你母亲开始的地方,也是你母亲离开的地方。你说,我能不把它当成我的念想吗?"

"爸!"陈冼冰听着父亲的话,心里忽然有些不安。

"其实都过去这么多年了,有些心结也是时候该解开了,再不解开的话,我怕以后就没有机会了。冰子,其实我对你母亲的死,这么多年很少感到悲伤,因为在我的心里,你的母亲一直活着,她活在我的心里,从来没有离去。但是对于你,我确实心怀愧疚,当年如果不是因为我不在家,你就不会那么小就失去母亲。多年来,你缺失的母爱,是我一直以来的心结。但是,冰子,作为父亲,我对你真的已经尽了自己最大的努力,我不期望你能原谅我当年的过失,但我希望在我死之前能看到你和小盼和睦相处,不要再走上你和我的老路。"

陈冼冰听着陈镜河有些祈求的话语，看着父亲雪白的头发，心中漾起了一种莫名的感动。或许他也从来没有站在父亲的角度上去思考问题，在母亲去世这件事上，他只看到了自己的悲伤，却忽略了父亲失去妻子的痛。而今天，当他终于明白父亲当年的心路历程后，他心里积压了多年的恨好像一下子就烟消云散了。

是自己太过于固执了，而自己的固执不仅伤害了自己，也深深地伤害了父亲。陈冼冰在心里想道。

陈冼冰并不善于表达自己的情绪，但此刻他却有些愧疚地说道："爸，对不起。"

这一声"对不起"，陈镜河等得时间太久了，此刻他已经是老泪纵横。

陈冼冰想到了自己的设计方案，直到这一刻，他终于明白了自己的方案缺少的灵魂到底是什么。自己的设计方案确实精美华丽，但却没有考虑到通惠河的实用功效，通航、泄洪才是它存在的实质和真谛。

今天之前，陈冼冰的心里面只是把通惠河单纯地当成是一条河，而不是把它当成是一位"母亲"，是需要自己精心呵护和照料的母亲河。

"冰子，想要明白通惠河的实质，你就必须要去好好地感悟这条河的魅力，带你来这里的目的也就是在于此。只有你心存感怀，你才能做好你的设计方案。"

"我明白了。"陈冼冰沉声说道。

陈镜河笑着点了点头："想要做好通惠河景观河改造工程的设计方案，首先，你必须得用心，你从内心里就抵触，无论做什么都做不好。"

陈冼冰并没有反驳，自己的父亲看得很清楚，也很透彻，而现在他最需要的就是这种能够给他指点迷津的人。

"你的方案我昨天看了几遍，首先，华而不实的东西肯定是要去掉的。同时，还要进行实地考察，在科学的基础上对通惠河进行改造。这一点你可以向小盼请教，这小子这段时间天天在河边溜达，俨然成了半个专家了……"

陈冼冰一边听着父亲的教导，一边又干起活来。

"就比如说你的设计方案里关于河道断面的问题，对于咱们北方大部分的季节性河流来说，一年之中水位变化是比较大的，而且更重要的是大部分时间为污水。为解决景观及防洪的需求，通常采用复式断面结构，这个在原则上是没有错的。但是呢，对于在人口集聚地的河流断面设计，则需要考虑河道两岸相对狭小的空间，这个时候就需要采用梯形和矩形断面形式……"

陈镜河的话对陈冼冰来说十分受用，绕过了心里的坎，陈冼冰忽然发现，或许通惠河在自己心中同样有着特殊的位置。正是因为爱之深，所以恨之切。现在自己的心结解开了，所有的恨也都转化成了浓浓的爱。

父亲把通惠河看成是母亲留在他记忆中的一个符号，而自己何尝又不是把通惠河和父亲联系在一起？

陈冼冰忍不住地偷瞄着陈镜河，从小到大对父亲所有的不满和憎恨，在此刻一下子都化为乌有，他终于理解父亲多年的执着和坚持到底所为何求。他转头看着父亲苍老的容颜，心里一阵发酸，从什么时候开始，父亲已经老成了这个样子，他却一点儿都没有察觉。

"爸，累了就歇一会儿吧。"陈镜河毕竟上了年纪，陈冼冰忍不住劝道。

陈镜河站了起来,对着儿子露出了一个满意的微笑,缓缓地说道:"我没事,嘿嘿,就是上了年纪了。这人一老啊,就不中用了,干什么都容易累,不如你们年轻人呐,还真的是有些干不动了。"

陈镜河的心情很舒畅,对于他来说,儿孝媳贤,还有什么比这更幸福的事吗?如果说他的人生还有什么遗憾的话,那就是妻子过早地离开了自己。想到了方雅琴,陈镜河忍不住地思念了起来。

陈镜河抬头望着通惠河,眼眶再一次湿润了。

干了一天的活,傍晚陈冼冰随着陈镜河回到老院子,虽然外面的天气寒冷,但陈冼冰却浑身都冒着热汗,他觉得自己的心窝处有一种暖暖的火苗,让他的心口发热,这种酣畅淋漓的感觉是以前从未有过的。

"干了一天了,先泡泡脚。"

端着一盆水,陈镜河走了进来。陈冼冰将冻得有些发麻的双脚放了进去,温热的水刺激着脚面,陈冼冰忍不住发出舒畅的声音,陈镜河笑着坐在一旁,看着儿子,心里面暖暖的。

"现在觉得怎么样?"陈镜河欣慰地问道。

"挺累的。"陈冼冰随口说道,心中的那道坎儿已经不复存在了,陈冼冰对父亲说话自然是随性了起来,"不过我觉得还是有效果的。"

"说说吧。"

陈冼冰一边搓着脚,一边对父亲说道:"其实啊,这景观设计呢,实用性是要大于美观性的,最好是实用与美观并重。今天这一天下来,我才明白,我的方案中所欠缺的就是这种实用性的东西。"

"人呐,就是再怎么厉害,也不可能逆天而行的,什么是天?

山川、河流、大地都是自然，我们可以去适应自然，去了解自然，但是想要去改变自然，那样无疑是逆天而行。"陈镜河从抽屉里面拿出了针线盒，然后放在一边，对陈冼冰说道，"这就是老话说的顺天而生，逆天而亡。"

陈冼冰点了点头，说："从明天开始我准备仔细修改一下我的方案。经过这一天，我有很多想法，我觉得经过这次修改，我的设计方案一定可以得到领导的认可。"

看到陈冼冰一副信心十足的样子，陈镜河露出满意的笑容，他温柔地对儿子说："把脚擦干净。你不经常干活，今天干了一天，再经这热水一泡，估计脚上该起水泡了，我来给你挑一挑。"

陈冼冰有些不好意思地笑了笑，他确实能够感觉到脚底板此刻已经是生疼了起来。

陈镜河小心翼翼地挑破陈冼冰脚上的水泡，嘴上说道："那会儿我们清淤，可比现在要辛苦多了。虽然挣得并不算多，不过能够在寒冬腊月多一份活计，也是好的，至少可以贴补一些家用。而且河边的孩子都对通惠河有感情了，这清河清淤更多的是一种责任。"

"那个年代的人都很质朴啊。"陈冼冰感叹道。

陈镜河点点头："是啊，我们那个年代，一顿饺子就足以让全家的人乐上一天。可现在就算桌上摆满了鲍鱼龙虾，也不见吃的人有多满足，时代不一样了啊。生活水平提高了，反倒是不如我们那会儿过得幸福啊。"

"那个时代的人都有信仰，都有信念啊。"陈冼冰感叹着说道，突然间，他的脑海中闪过一道灵感，愣怔了片刻，他徐徐说道，"是啊，精神追求。"

天色越来越晚，深冬的夜总是来得很早。父子俩之间的隔阂破除了，话也越来越多，陈镜河的脸上露出了笑容，他讲起了自己年轻时的旧事，关于方雅琴的，关于陈冼冰的，还有关于河工的，所有的一切都与通惠河分不开。

　　河畔的人，河边的事，通惠河见证了河边祖祖辈辈的更迭，承载着无数的欢笑和伤痛，这是大河文明的包容，也是通惠河边生活了世世代代的人所形成的民族特性。

第二十九章　实战出真知

"爸，爷爷。"

陈盼回来了，看到屋内两人聊得如此畅快，陈盼觉得有些不可思议，在他的记忆中父亲和爷爷从来没有如此亲近过。

"工作做完了？"陈镜河看着带着寒气进来的陈盼，笑着说道。

"是啊，没想到今天来的人真多，比原计划多了两倍，这可把方处长给高兴坏了。本来他还担心没人肯出力呢，毕竟给的补助并不算多，但还来这么多人，实在是太意外了！所以，结束后我们验收今天工作成果的时候，还费了不少劲儿呢！果然是人多力量大，我们的进度快了很多呢。"

陈镜河的目光落在了陈冼冰的脸上。陈冼冰笑了起来，是啊，结果大大地出乎他们的意料。

这说明了什么，只能说明，河工精神还在，通惠河工还在。

陈冼冰忍不住感慨道："没想到，真的是没想到啊，居然能有这么多人去清淤，看来所谓的河工精神还是存在的。"

陈盼看到陈冼冰也在，而且今天还破天荒地和陈镜河一起到河上清淤，这大大地出乎了他的意料。他带着一丝调侃的语调笑着说道:"爸,您这位大领导怎么今天还要亲自去河上清淤?"

"当然要去了。你小子说话怎么阴阳怪气的,难道我就不能到河上清淤吗?"陈冼冰在陈盼面前一直都是严父的形象,看到儿子调侃自己,陈冼冰狠狠地瞪了儿子一眼。

陈盼见势不好,赶紧躲到一边:"我手头上还有些活儿要忙,你们先聊,你们先聊。"

陈镜河见陈冼冰父子俩打闹的样子,笑了笑。人上了岁数,最期盼的就是一家人其乐融融,儿孙绕膝,他没想到自己在有生之年居然还能够实现这样的愿望。陈镜河从心里涌出了满满的暖意,对于他来说,这才是真正的阖家之福。

陈冼冰站了起来,一天的劳作下来,他也是累了,他对着正在做饭的乔雪梁说道:"雪梁,今天不回了,干了一天了,累得走不动了,晚上我就住在这里了。"

"好。"乔雪梁笑了笑,她能够感觉到丈夫态度的转变,而这也正是她想看到的。

陈镜河满意地点点头,这幸福来得实在是太突然了,让他有些措手不及。

"一会儿把西厢房收拾一下,我们今天晚上就在这里对付一晚。正好,我现在有些思路了,需要好好地把设计方案改一改。"说着,陈冼冰拿出了笔记本电脑,开始了自己的工作。

几天下来,陈冼冰白天在河上清淤,晚上则回到老院子做着景观改造设计方案。在父亲的指导之下,陈冼冰越来越觉得自己之前的方案实在是太失败了,自己之前对于通惠河了解得实在是太少了。

陈冼冰在不断地完善着自己的方案,而且修改完之后还请陈镜河过目,然后再进行修改。几易其稿之后,陈冼冰终于拿出了一套自己满意的方案。

当陈冼冰把自己的设计方案摆在柳庆国案头的时候,他还是有些担心,这份方案是他花了近一个星期的时间重新做的,与之前的方案有很大的出入。但是他对自己的这份方案还是有信心的。这份方案,不仅涵盖着陈冼冰对于通惠河的所有理解,更是体现了父亲这位老河工多年的愿景,凝聚了一家三代河工的心血和经验,包含着河工精神。

柳庆国神色凝重,认真且仔细地阅读着陈冼冰的方案。

这一次,柳庆国看得非常慢,有些地方甚至还要凝思一会儿才往下看。柳庆国的态度让陈冼冰的心也跟着紧张了起来。

一个多月前,在这个办公室,申请调岗让柳庆国对陈冼冰的工作态度产生了怀疑;半个月前,也是在这个办公室,陈冼冰拿出来的华而不实的方案,让柳庆国对陈冼冰的工作能力产生了怀疑。于是柳庆国对陈冼冰是否能够胜任这份工作也产生了怀疑。

本来今天柳庆国是准备和陈冼冰好好谈一谈的,但是没想到陈冼冰一上来就把厚厚一沓的方案策划书直接摆到了自己的面前。看着陈冼冰虽然满是疲惫,但是又充满期望的脸,柳庆国拿起了方案仔细地审阅了起来。

半个小时过去了。

等柳庆国看完陈冼冰的设计方案后,他端起桌上的茶杯,喝了一口,才发现茶水已经凉透了。

柳庆国抬起头看着陈冼冰。没想到,只不过才过去十几天,陈冼冰的变化就如此大,拿出来的设计方案,简直是太完美了。

如果让柳庆国来评价的话,这一次的计划和之前的就好像是两个人做出来的。陈洗冰这一次的方案中涉及一些具体的问题,而且也能够方方面面地照顾到通惠河的地质和构造,可以说,这样的方案才是一份像样的方案。

柳庆国将方案放回桌子上,长长地舒了一口气,接过陈洗冰刚刚换上热水的茶杯,抿了一口,语气凝重地说道:"洗冰啊,这总算是有一个像样的东西了,做得不错。"

顿了顿,柳庆国接着说道:"这个方案可以说是面面俱到,既考虑到了景观设计的美观性,又兼顾了通惠河的实用性,可以说是一个成功的方案了。嗯,做得真是很不错。我看呐,可以上会进行讨论了。辛苦了。"

陈洗冰在心里面长长地舒了一口气,那颗悬在半空中的心终于落到了实处。

看着陈洗冰一副如释重负的样子,柳庆国满意地点点头,轻松地笑着说道:"听说这两天你跟着你家老爷子在河上清淤,看来还是卓有成效的嘛。"

陈洗冰有些不好意思,他点了点头,然后感慨地说道:"只有深入地了解了,才能做出像样的设计。我爸带着我清淤的这几天,让我深刻地了解了通惠河,比起之前的闭门造车,效果当然更好了。"

"没错,通惠河可是祖先给我们留下来的宝贝,决不能败在我们的手中。"柳庆国调侃着说道。

听柳庆国这么一说,陈洗冰的脸皮隐隐地发烫,想到之前自己的做法,无疑就是在挥霍老祖宗留下来的宝贝,他有些内疚。

"洗冰啊,我一直觉得你在我们这一行里是最优秀的,这一次虽然你出现了一些心理问题,但还是完满地完成了任务,证明了你的能力。不过，你要知道，把你摆在这个位置上，也说明了上级领导对你还是比较放心的。所以，你必须要做好，干出成绩来。"柳庆国充满干劲儿地鼓励着陈冼冰。

陈冼冰赶紧点点头，坚定地说："您放心，对于这次通惠河景观河改造工程，我一定会打起十二分的精神，绝对不让您失望。"

柳庆国满意地拍了拍陈冼冰的肩膀，说道："现在说也无妨了，老实话讲，上面动过想要把你换掉的心思，不过被我压下来了。你之前的状态我一直觉得不是能力问题，而是心态问题。我想只要你能调整好心态，绝对是这个项目的最佳负责人，而且临阵换将原本就是大忌。而你这次的表现果然没有让我失望，冼冰，好样的！"

陈冼冰放在桌上的手轻轻地颤了颤，他感激地看着柳庆国，不知道该说什么好。

"看来呐，这劳动教育还是很有用的嘛！"柳庆国调侃了一下陈冼冰，然后爽朗地哈哈大笑起来。

笑过以后，柳庆国认真地盯着陈冼冰，说："能够让我们认清自己，认清自己的职责和使命，冼冰啊，我觉得你的这种方式很好，看来我也不能老坐在办公室里面了，必须像你一样，深入到第一线中，想必看到的、学到的东西才会更多。"

"是啊。"陈冼冰感叹地说道。

"这样，你的初步方案呢，就这么定了。接下来我们就联系市里和区里的专家，对你的设计方案进一步地进行论证，这不仅关乎我们京城的城市形象，更关乎河边百姓的美好生活环境啊，所以呢，我们要慎之又慎，慎之再慎。"柳庆国认真地说道。

"明白。"陈冼冰点点头。这些必要的流程还是要走的，只要定下来基调，接下来就是一些细节上的讨论和修改了。

"到时候我把专家联系到一起，然后还是由你来负责介绍你的方案，毕竟是你自己做出来的，轻车熟路嘛。"柳庆国眉角舒畅了开来，眼中也满是赞许之色。

出了柳庆国的办公室，陈冼冰忍不住兴奋地挥了挥拳头。

今天晚上，陈冼冰总算是可以睡一个安稳觉了。

第三十章　懂你，爱你

京城的第一场雪，来得比以往都要晚上一些。

已经到了二月份，离过年还有十几天的时间，天气进入四九，越来越冷了，零下十度的气温让家家户户的玻璃上结满了漂亮的冰花。缩在屋子里的田小果，望着窗户上亮晶晶的冰花，嘴角不自觉地露出笑意。

此时的田小果，穿着厚厚的睡衣，屋内的暖气也不断地输送着温暖的气息，让她有些昏昏欲睡的感觉。

田小果已经回来半个月了，她得到了自己想要的答案。在她的劝说之下，父母终于同意了暂时让她留在京城。

离家的那天晚上，田小果哭了。

田小果很感谢父母能够体谅自己，但是看到父母有些沧桑的脸庞，她的心里充满了愧疚，她觉得自己实在是太自私了。但是一想到陈盼，她又觉得舍不得。

自从田小果回来之后，陈盼一直没有联系她，这让她原本下定的决心，有了一丝的委屈，想到自己步步退让，但陈盼却没有丝毫反应，田小果的心里感到十分不甘。

其实，田小果也知道陈盼之所以不联系自己是因为他不知道自己已经回来了，或许他还以为自己在生气，所以不敢打电话。

天刚蒙蒙亮，冰花在清晨阳光的折射之下变幻得五彩缤纷，田小果想到了自己刚才做的梦：她梦到陈盼捧着厚厚的围巾和热腾腾的早饭，站在宿舍门口等着自己。陈盼的鼻子已经被冻得通红，笑容却显得那么迷人。

田小果的鼻子发酸，陈盼的心思她非常明白，他不想离开京城，离开通惠河，田小果也能够明白他对于这块土地的热爱。但是爱情，总是要有人做出让步的，而田小果已经做出了让步。这种让步，让田小果对于未来充满了不安，陈盼对自己的爱会一直不变吗？田小果不敢保证。

就在这个时候，田小果的手机突然响了起来。

屏幕上显示的名字让田小果的心头一动，她飞快地拿起了手机，但是想了想，又把手机扔在了一边。

田小果心里想着，这个没良心的家伙，自己都做出了这么大的牺牲，他却隔了这么长时间才联系自己，自己为什么要接他的电话？

铃声倔强地响着，并没有要停下来的意思，田小果的心情就好像是贴在窗户上的冰花一样，渐渐地被冬日的阳光融化着，她很享受让陈盼焦急的心情。

田小果看着手机，故意噘起了嘴角，做出生气的表情，一点儿没有要接的意思。

手机铃声停止了，不到一分钟，手机又再次响了起来。田小果直接摁断了电话，她在心里面不停地提醒着自己，这一次，不能让步。

陈盼的电话依旧不停地打进来，两三次之后，陆琪有些不耐烦地从卫生间走了出来，看着田小果捧着手机傻愣在床上，陆琪无奈地叹了一口气，问道："陈盼？"

"嗯。"

"为什么不接电话啊？"陆琪有些不解。

"为什么要接？"田小果抬起头，反问了一句。眼中带着一丝丝的怒意，还有一份委屈，甚至是有些恼怒。

陆琪一把抢走田小果的手机，有点儿恨铁不成钢地说道："我在卫生间都听得心烦了，你们这场游戏还要玩到什么时候啊？"陆琪得意地扬了扬手上的手机，然后说道，"你们这个游戏一点儿都不好玩，再这样玩下去，你的宝贝男朋友都要被你玩坏了。我看，还是让我来帮你们结束这场无聊的游戏吧！"

"干吗？"

"当然是帮你喽。"陆琪一边躲着扑上来的田小果，一边认真地说道，"多少有情人难成眷属，都是因为万恶的误会二字。《前任3》没看呀？你和陈盼长相厮守了这么多年，万一分道扬镳了，我这个夹在你们两人之间的朋友是最难做的。对你们来说长痛不如短痛，所以，有什么问题都可以摆到明面上来啊！"

"快把电话还给我！"田小果有些气恼地说道。

"不还，田小果，感激我吧，为了我自己的'世界和平'，就让我来帮你接这个电话吧，一切误会都可以消除了。"陆琪示威地朝着田小果晃了晃手中的手机。

说罢，陆琪摁下了接听键，二话没说，直接将电话又塞给了田小果，然后闪回到了卫生间，躲了起来，伴随着的还有她那阴谋得逞的"咯咯"笑声。

"喂，小果。"

陈盼的声音听起来有些僵硬，还夹杂着抽气的声音。田小果猜这家伙应该是在外面，估计被冻得不轻。

接过电话的田小果心里有些别扭，干巴巴地说："干吗？"

"我听说你早就回来了，你应该给我打个电话的。这不，我来给你送馄饨汤。"

"我已经吃过早饭了。"田小果赌气地说道，心里面却有些庆幸。这个反应迟钝的家伙，总算是做对了一件事情，此时她心中所有的委屈都化成了柔情蜜意。

"你什么时候有主动吃早饭的习惯了？"

"现在。"田小果坚决地说道，心里在和陈盼赌气。

"好吧，好吧，是我错了，我承认错误。不过麻烦你能先帮我开开楼门吗？京城现在的气温零下十六度，中雪，东南风三到四级。总的来说，外面很冷的。"陈盼也听出了田小果话语里的赌气成分，故意装出一副可怜样儿，讨好地说道。

田小果往窗户外面一瞅，透过已经消退得差不多的冰花，隐隐地看到了一个模糊的身影。那个身影裹紧了上衣，在楼门口蹦蹦跳跳的，估计是因为天气冷的缘故。

看着陈盼的模样，田小果的眼睛中渐渐地蒙上了一层泪雾。

"播天气预报呢吗？反正跟我没关系，我窝在屋里面很暖和的。"田小果撇撇嘴，这么长时间都不知道联系自己，冻一会儿活该！

"哦，没关系，琪琪说你没吃早饭，所以我特意给你带了你喜欢吃的馄饨汤。"陈盼的声音听上去有些发抖，但是说的话却让田小果感到满满的暖意。

这个时候陆琪走出卫生间,看到田小果瞪向自己的目光,又赶紧躲了回去。

"你傻呀?大冷天你还跑出来做什么啊?我想吃可以自己去买。"田小果没有发现,自己强装出来拒人千里之外的感觉已经消失得毫无踪迹了,她的声音带着一丝哽咽,还有一丝感动。

陈盼自然也听出了田小果的意思,他傻笑道:"你不是最怕冷的吗?京城的冬天本来就冷,又赶上今天下雪,估计你只会躲在家里面不出门了。所以,我当然要过来给你送饭啊,要不然饿坏了,我可是会心疼的。"

田小果听见陈盼难得的甜言蜜语,心里的气顿时烟消云散了,她赶紧按下了门铃。

很快,陈盼的身影出现在了门外面,带着一股北方冬天独有的寒意,脸上挂着田小果再熟悉不过的笑容。

田小果义无反顾地扑进了陈盼的怀里。

直到这个时候田小果才发现,自己一直以来所坚持的,真的是太容易被击破了。陈盼这么一个小小的举动就将自己心中的隔阂轻松地击破了。

被田小果这么动情地一搂,陈盼手中还拎着保温盒,身子顿时僵了起来,脸上的笑容也有些僵硬了,但是他的心里已经乐开了花儿。陈盼知道,田小果已经做出了决定,而这个决定正是自己希望的。

"好啦,好啦,我身上还带着凉气儿呢,你穿得这么少,万一感冒了就不好了。先喝馄饨汤吧,我刚买的,还热乎着呢。"

闻着陈盼身上熟悉的味道,田小果并没有感觉到任何的寒意,从陈盼身上涌出来的是让自己非常舒服的温暖:"不,还是让我多抱你一会儿吧,抱着你就不会冷了。"

"嘿,好感人啊!什么时候我家成琼瑶阿姨的片场了?"

刚从卫生间出来的陆琪,看到两人动情的一幕,笑着对陈盼说道:"陈盼,你家的这条小狗在我这里寄养了这么长时间,你什么时候把她领回去啊?天天吃我的住我的,老娘都快破产了。"

田小果狠狠地瞪了一眼陆琪,没好气地说:"这狗窝这么暖和,休想赶我出去。"

"我说,你在这里我会很不方便的。"

陆琪的目光很快地就锁定在了陈盼手中,嗅了嗅鼻子,眼中更是露出了贪婪的目光,兴奋地说道:"什么味道,这么香?"

"馄饨汤。"陈盼如实回答道。

"哈哈哈,还是陈盼你考虑得周到啊,现在我终于能够体会到田小果这条小流浪狗在我家白吃白喝白住的好处了,就是在天冷不想出门的时候还有香香的馄饨汤能够送上门来啊。辛苦辛苦!"

田小果一把将陈盼手里的保温盒抢了过来,死死地搂在了怀里,一本正经地说道:"我告诉你,琪琪,这是我的!"

"嘿,你这个小没良心的,你在我这里白吃白喝白住的,总得交饭票吧。这馄饨这么香,还不先孝敬好心收留你的我?"

"去去去,这是陈盼特意带给我的爱心早餐,和你半毛钱的关系都没有。"田小果调皮地说。

陈盼看着田小果久违的笑脸,他也发自内心地笑了出来。

田小果,还是之前的那个田小果,而自己,依然还是爱着她的陈盼。陈盼的身上寒气未消,但是他的心里却是暖暖的。

第三十一章　相濡以沫

凛冽的寒风，还有漫天的大雪，让施工的工程都暂时先停滞了下来。对于京城来说，今年的冬天格外的寒冷，不过再冷的天气也不能阻止河工的热情，在河上，还有着自发组织起来的河工在热火朝天地干着清淤疏通的工作。

"陈局长！"

这个时候，从一辆车上跳下来一个年轻人，深一脚浅一脚地来到了正在干活的陈冼冰身边。

陈冼冰虽然已经提交了通惠河景观河改造工程的设计方案，但是他还是坚持每天来到河上干活。他需要去好好地体会一番，去追寻自己一直想要得到的答案。

听到有人叫自己，陈冼冰将铁锹杵在了地上，回过头，发现是自己的秘书小梁，他笑着说道："小梁，怎么了？"

"市里的领导下来了，他们要听取您的直接汇报。"小梁气喘吁吁地说道。

陈冼冰心中一惊，将铁锹收了起来，然后对小梁说道："走。"

小梁看着陈冼冰像一个普通人一样，扛着铁锹健步如飞地往河堤走，小梁无奈地叹了一口气。

小梁每天都跟在陈冼冰身边，自然能够体会到陈冼冰的改变。

小梁这一跑神，发现陈冼冰已经走远了，他赶紧快步追了上去。

回到规划局，陈冼冰的脸被风吹得通红，他还没来得及换件衣服，就发现专家和各位领导已经就位。陈冼冰走上讲台的时候，身上还带着一股屋外的寒气。

"各位专家，各位领导，很高兴能够在这里研讨我的设计方案。"

刘洪波翻看了陈冼冰的设计方案，沉思了片刻，抬起头率先问道："冼冰同志，你这次上报的方案我们看过了，非常不错。但是有一些具体的细节问题还需要我们一起来好好地商榷一下。今天我特意请了几位水利方面的专家，主要是针对你的方案来进行论证。"

"我接受各位专家和领导的意见和建议。"陈冼冰信心满满地说道。

刘洪波满意地点了点头，接着说道："冼冰同志，我来提一个吧。我看到你采用的是河道断面不对称性的设计方案，你知道这样做，我们的成本会大大地增加。"

和上一次完全不同，对于这一次的设计方案研讨会，陈冼冰显得信心满满。

"没错，我采用的正是不对称性的河道断面设计方案。主要是考虑到通惠河的地形和流向问题。以往受堤防工程约束或河道两侧用地的局限，河道断面几何特征一般为对称规则型，但是相对均匀的流场会因一些局部扰动而发生小的紊乱，这些扰动会在河道的不同位置被放大和抑制，从而加速水流发散和收缩，导致河道趋于不稳定。这些天我一直都在河堤上，对于通惠河的河道断面也有了一定程度的了解，我认为用这种不对称性的河道断面有助于引导水流，从而减少河底积淤。"

所有专家的目光全部都集中到了陈冼冰的身上，但陈冼冰丝毫不显怯场，而是针对自己的方案提出自己的想法。

陈冼冰的侃侃而谈引来专家组成员的频频点头称赞。这一次，刘洪波的脸上也终于露出了笑容。

陈冼冰这一次，的确算是交上了一份令人满意的答卷。

这一次的方案研讨会，显然非常成功。

柳庆国看着陈冼冰如同脱胎换骨了一般，嘴角扬起了笑容。

方案终于定下来了，通惠河这一次可真正地就要旧貌换新颜了，而且将会继续惠通百姓。

陈冼冰有些迫不及待地想要把这个好消息告诉陈镜河，也让父亲为他感到骄傲。对于他来说，自己能够做出如此完美的方案，所有的功劳都应该归功于父亲陈镜河。

陈镜河挂断手中的电话，站在河边的他，嘴角不自觉地扬起微笑来，虽然京城的天气是如此的寒冷，但是陈镜河的心里却温暖如春。陈冼冰迫不及待地向自己汇报了方案通过的好消息，这让他心感慰藉。

这么多年过去了，陈镜河终于等到了儿子的温情，这种感觉，让他很是欣慰，也很是幸福。

就像是眼前的这条通惠河一样，即便是蜿蜒曲折，但始终有着自己的河道，就算是历经九曲十八弯，却也是能够勇往直前。此时，方雅琴的笑容在陈镜河的脑海中闪过，陈镜河喃喃低语道："雅琴，用不了多久，我们就可以相见了。"

河水永无止息地流淌，带不走的只有亲情和眷恋。

"爷爷！"

田小果和陈盼来到了陈镜河的身边。看着这一对年轻人，陈镜河的脸上展露出了如沐春风般的笑容。陈镜河的眼前恍惚不已，仿佛看到了年轻时的自己，还有自己深爱的妻子。

"爷爷，这里风大，我们回家吧。"田小果还是无法适应北方的寒冷，但是她已经想要去适应了，有陈盼这样的"羽绒衣"呵护着自己，即便天再冷，她的心也是暖暖的。

陈镜河笑着说道："这里，是我和小盼的奶奶第一次认识的地方，这么多年过去了，我心里还觉得她一直就在我的身边，从来都没有离开过。其实吧，生与死的区别并不在于阴阳相隔，而在于怀念与淡忘，我在这里站着，等着你们的奶奶。"

看着陈盼不好意思地挠了挠头，陈镜河满是慈爱的脸上又望向了正在进行清淤的河面："所有感情的问题都只不过是困扰和磨难，只要还有情在，无论地域、气候，还是所有的阻碍，都是考验。就像是这条河，再怎么曲折，终将会流入大海。而这，就是包容。"

"爷爷，我明白了。"田小果的脸颊微微泛红。陈盼则轻轻地搂住了田小果的蛮腰，两人依偎在一起，甚是甜蜜。

陈镜河凝望着通惠河，眼前浮现的是方雅琴纯洁的笑容，还有陈镜河对妻子许下的诺言。可惜，他食言了，这成了他心中永远的伤痛。

对不起，我爱你……

"镜河，累了吧，好好歇一歇吧。"

陈镜河耳畔响起方雅琴关切的声音。看着妻子熟悉的身影，陈镜河突然间恍惚了起来，他笑着对妻子说道："是啊，好累啊，差不多了，是应该好好地歇一歇了……"

陈镜河苍老的身躯无力地倒在了河边，倒在了自己最熟悉的地方，耳边残留的只有陈盼和田小果焦急的呼喊声。陈镜河的脸上露出了安详的笑容，这一次，他了无遗憾，就算是离开了，他也很开心，因为他马上就要见到妻子了。而这一次，他一定要好好和妻子长相厮守。

夜已经深了，冬夜的严寒带着一股钻心的凉意，万家灯火已经只剩下了点点寥寥，而此时的陈镜河拖着一身的疲惫回到了家。

儿子陈冼冰已经熟睡了。

方雅琴开门看到了丈夫，脸上的倦容顿时换成了喜色。

"镜河，回来了？快来洗一洗，今天怎么忙到这么晚才回来？在外面冻坏了吧？"方雅琴看着满是倦容的丈夫，赶紧倒了一盆热水。

陈镜河接过水盆，洗了几下脸，顺手接过妻子递上来的毛巾，擦了擦脸，笑着说道："我不是说了嘛，这几天回来都没有个准点儿，不用等我，这段时间清淤就快要完成了，大家都铆足了劲儿呢，干得起劲儿就忘了时间。"

方雅琴带着一丝的埋怨："那也不能干起来没完没了啊！"

"呵呵，快完了。你怎么还没睡？"

"还不是等你啊。"方雅琴将陈镜河脱下来的衣服挂在衣架上。

方雅琴看着躺在被窝里熟睡的陈冼冰，替儿子掖了掖被角儿，缓缓地对陈镜河说道："今年的冬天冷，家家余粮都不算多，张婶家人多，今年又添了一张嘴，今天又向咱家借粮了。我替你做主了，分了一斗给张婶。"

"咱家的粮够吗？"陈镜河问道。

方雅琴笑了笑:"够。你先坐着歇会儿,我去给你热热饭,干活的时候可别太拼命了。"

陈镜河从口袋里掏出两个焐得还算湿热的鸡蛋,直接塞到了方雅琴的手中,认真地说道:"我知道了。河工一人多分了两个鸡蛋,我偷偷地藏了起来,你和孩子一人一个,你们娘俩儿别饿着了。"

"好。"方雅琴接了过来,有些无奈地看了一眼丈夫,"你也别天天给我们捎吃的了,大冬天上工,吃饱了才有力气干活嘛。放心,家里有我,能够照顾好冰子的。等明年开春了,河一修好,日子肯定会好过的。"

陈镜河点点头,说道:"好了,你就别操心了,等清完了河淤,明年一开春,到时候我还去河里给你们逮鱼去,咱们也打打牙祭。"

"这几年闹饥荒,这河里哪还有鱼啊?你还别说,这么长时间了,我都忘了鱼肉的香味儿了。"方雅琴的脸上满是憧憬。

陈镜河握着妻子的手,笑着说道:"放心吧,肯定会有的,你不知道我这几天在河上干活的时候,已经偷偷地勘察好了,保准儿能捞上好几条大鱼。到时候给你和孩子打打牙祭,天天都吃这些粗粮,营养跟不上。"

一说到吃鱼,方雅琴有些气不过地说:"还说这个,那会儿你天天儿地往我家送鱼,弄得别人家的猫天天在我家门口赖着不走,都等着闻我家炖鱼的味儿呢。后来更是害得没人来我家提亲,好不容易来了一个,还被我爸用各种理由打发走了。我看啊,我爸就是被你的几条鱼收买了,要不然我怎么会嫁给你这个穷小子?"

"嘿嘿,说得也是,这说明了什么,说明好女婿都会讨好自己的老丈人,要不然的话我怎么能娶到你这么贤惠的媳妇?"

"说你胖还喘上了!好了好了,你等着我,我给你热饭去。"出了门，方雅琴将手心里的两颗鸡蛋藏到了一个小篮子里面，而她看着快要见底的米袋，无奈地叹了一口气，然后勤快地忙活了起来。

方雅琴很快就为陈镜河端上了热气腾腾的饭菜，看着丈夫狼吞虎咽地吃了起来。

过了一会儿，陈镜河抬起头看着方雅琴盯着自己，有些不好意思地问道："雅琴，你吃了吗？"

"吃过了，早先就和冰子一起吃的，你快吃吧，不吃饱哪有力气干活？你可是咱们家的顶梁柱，我们娘儿俩可指望着你呢。"方雅琴暗暗地吞了吞口水，笑着对陈镜河说道。

陈镜河笑了笑，又埋下头吃了起来。

直到过后许多年，陈镜河才明白过来，那年冬天自己从来都没有和方雅琴一起吃过一顿饭。她省下了口粮，是为了自己和孩子，却也落下了病根儿，过早地就离开了自己，这成了陈镜河的心中永远的痛。

第三十二章　大好河山

嘀……嘀……嘀……

陈镜河睁开眼睛，脸上满是倦容，好像是做了一个漫长的梦，他艰难地扭过头，看着儿子、儿媳，还有孙子，以及未过门的孙媳妇，陈镜河有些干涩地说道："我这是在哪儿？"

"爷爷，我们在医院呢。"看见陈镜河终于醒了过来，陈盼的心里稍微松了口气。

医院？又是在医院。

陈镜河忽然有些恍惚，他想起自己上次住院的场景，这一次他却彻底地没了力气，他艰难地露出一个微笑，淡淡地说道："看来，我做梦了。"

陈镜河努力地回想着，却怎么都想不明白自己怎么又回到了医院，看着儿子和儿媳一脸焦急的样子，陈镜河努力地表现出自己很好的样子，笑着问道："怎么了？一个个愁眉不展的样子。"

"爸，这么大的事情，您不应该瞒着我们的。"陈洗冰的声音有些哽咽。

陈镜河摇摇头：“一个大男人怎么哭哭啼啼的，成什么样子！还当着小辈儿的面，丢不丢人，放心，我没事的。”

"爸，我们都知道了。早知道您得了病，我们就应该搬过来住，也好有个照应。这样，等您出院了，我和冼冰就搬过去和您一起住。"乔雪梁在一旁有些愧疚地说。

"说什么糊涂话呢，我没事的。人老了毛病就多了，再说了，我都已经看开了，生老病死这道坎儿，总是逃不过去的。"

"爸！"

陈冼冰还想要再劝一劝陈镜河，却被陈镜河给打断了："好了好了，我这里没什么事的，清淤的工作要收尾了，冰子的方案也准备要开始实施了，这段时间应该是你们最忙的时候，待在我这老头子这里做什么，还不赶紧回去干活去？"

一行人并没有打算要离开。

陈镜河又说："放心吧，我这把老骨头没事的，赶紧回去干活，别耽误了工作。"

陈冼冰还是没有动，乔雪梁对着丈夫说道："冼冰，你先回吧，咱爸这里有我照看着就行了。"

陈冼冰知道陈镜河的固执，于是说道："那好吧，我先回去了。"

陈冼冰这段时间确实是挺忙的，陈镜河现在又病倒了，这对于陈冼冰来说无疑是雪上加霜，扭回头看了看儿子陈盼，陈冼冰点点头。

陈盼知道父亲的意思，微微点头回应，陈冼冰就匆匆地离开了。

对于陈镜河这次住院，陈冼冰的心里有些悲伤，他知道父亲这次是真的挺不过去了,当他听到医生说"肝癌晚期"的时候,他觉得自己仿佛陷入了时空虫洞里面,耳边听不到任何声音,心里满满的仓皇和无助。

"你们是怎么照看老人的,这么迟才送过来,上一次的检查结果就已经很不乐观了,我们提议让老人家静养,结果这次可好,癌细胞已经扩散,神仙来也没有办法了,你们就准备后事吧。"主治医生无奈地叹了一口气,对陈冼冰颇多埋怨地说道。

"对不起,是我们疏忽了。"

主治医生应该是看过太多这样的情况,有些唏嘘地说:"趁着老人家还在的时候,好好地尽孝吧。其实啊,人活着比什么都重要,死了那都是做给活人看的。"

陈冼冰点头应是,是啊,人活着比什么都重要。现在,他的心中更是有着无尽的遗憾,而且他还要一直带着这种遗憾……

病房里,陈镜河一脸平静地望着陈盼和田小果,两人安静地站在床边,谁也没有说话,脸上带着担心的表情。陈镜河笑着对陈盼说道:"小盼,你和丫头坐过来。"

两人依言坐在了陈镜河的身边。陈镜河拉起二人的手,语重心长地说道:"孩子们,人活这一辈子,最重要的是什么,是活得值。我这一辈子过得挺值的,守着通惠河过了一辈子,有心爱的女人,有疼爱的孩子,可以说是圆满了。"

吸了两口气,陈镜河接着说道:"不要难过,人嘛,生老病死,总是逃不掉的。有时候死是一种解脱,我能够去陪你奶奶了,她在那边肯定也会很孤单的。"

"爷爷,您一定会好起来的。"田小果忍不住哽咽着说道。

陈镜河艰难地露出了一个笑容:"我的身体我知道,孩子,我希望你们俩能够和和睦睦的。小盼是我看着长大的,是个好孩子,你们俩在一起,我很放心,也很开心。"

"是,爷爷,我和陈盼一定会好好的。"田小果肯定地说道。

陈镜河点点头:"我知道,你也是个乖孩子。"

"爸,您少说两句吧,您应该多注意休息。"乔雪梁忍不住偷偷抹起眼泪来。

陈镜河笑着摇摇头,淡然地说道:"以后还怕我没有时间休息吗?"

"爷爷,您放心,我一定会照顾好小果的。"陈盼抽噎地说。

陈盼从小就和陈镜河的感情最深,看到爷爷即将不久于人世,对于陈盼来说,他的心里是非常难过的。

"我知道,我知道。"陈镜河闭上了眼睛,喃喃地说道,"我现在没有任何遗憾了,现在只想好好地睡一觉,安安稳稳地睡一觉。"

春去秋来,寒来暑往,两年的时间转瞬就过去了。

金秋十月,通惠河景区正式对外开放,银杏的黄与枫树的红交织在一起,为秋天的美添上了浓重的一笔,清澈的通惠河义无反顾地向前流淌着,河面波光粼粼,倒映着蓝天与白云,河畔上柳枝迎着秋风摇曳,河岸上的一行人并没有引起太多人的注目。

这几个人的脚步略显得有些沉重,好像并无意于通惠河畔那诗意的胜景,只是缓缓地走着。每个人的脸上都露出了一丝庄重,就好像是在完成一种神圣的仪式。

这是一家人,陈冼冰一家人。

陈冼冰的怀中抱着一个黑色的盒子,脸上并没有露出太多的悲伤。妻子乔雪梁在旁边挽着他的手,后面跟着的则是小腹微微隆起的田小果,还有陈盼。

四人并没有任何言语上的交流,却是心意相通。

陈冼冰的脚步停了下来,在一个石凳上面坐了下来,将盒子放在身边,宽大的手掌轻轻地摩挲着身边黑色的盒子,心中怅然不已。

而在陈冼冰的对面,是一个黑色的雕像。

一位健硕的河工,正在热火朝天地挥动着铁锹,他赤着脚、挽起了裤腿、撸起了袖子,那种认真的样子,充满了力量与热情,这个动作很普通,但是却充满了仪式感,让陈冼冰久久地陷入了沉思。

陈冼冰就这样静静地坐在雕像前,一言不发。对于他来说,这算是一种仪式,他在用这种方式缅怀一个人,更是在纪念一种信仰。

这个人刚刚离陈冼冰而去,他的心中充满了愧疚和歉意。这个人不仅给了他生命,更赋予了他灵魂,让他多了一种信仰,多了一份坚持。

这就是陈冼冰的父亲——陈镜河。

陈镜河慈祥的笑容一直留在陈冼冰的脑海之中。父亲并不是一个伟大的人,他只不过是一个普普通通的河工,但是也正是因为他的普通,所以伟大。

陈镜河虽然离开了,但是陈冼冰知道,父亲留给自己的"财富"是有多么的宝贵,不是家财万贯,也不是良田万顷,而是一种精神,河工的精神。

最质朴的精神,同样也是最伟大的精神。

陈冼冰的眼角有些发涩,他感觉到泪水已经涌出了自己的眼眶,但是他还是拼命地将眼泪忍了回去，他的耳边响起了陈镜河的话。

时间可以再稍微地回溯一些。

一年前，已经无法行走的陈镜河希望能够再到河边走一走，转一转。

对于一个风烛残年的老人来说，这样的请求陈冼冰必须要满足。于是带着父亲，陈冼冰来到了河上，来到这条自己已经是非常熟悉的通惠河边。

此时，清淤工作已经完成了，河水也渐渐地恢复了往日的清澈，在落日的余晖之下，河面上波光粼粼，荡漾着春天和煦的气息，田小果和陈盼也陪在陈镜河身边。

田小果已经替陈盼拒绝了浦城 FM 的邀请，但是峰回路转的是，FM 为了拓展业务，在京城开了一家分部。

陈盼在完成了通惠河的清淤工作后，便到了 FM 事务所京城分部工作，这样既能照顾到陈镜河，又能待在自己想要守护的通惠河边。

陈盼虽然离开了河湖管理处，但是他却从来没有忘记，自己是一名通惠河工。

陈盼和田小果已经登记结婚了，而他们的婚纱照也准备在通惠河边拍摄，这里对于他们有着特殊的意义。能够在这里拍摄婚纱照，对于二人来说有一定的纪念意义。陈盼设计了很多服装造型，其中就有一套是穿着六十年代的服装。

陈盼将拍好的照片拿给陈镜河看的时候，陈镜河的眼眶湿润了。

陈镜河指着挂在墙上的照片，陈盼明白了爷爷的意思，将自己和田小果的照片挂在了爷爷奶奶的照片旁边。

陈镜河一脸欣慰地看着墙上的照片。

田小果作为孙媳妇陪着爷爷一起到河边来转一转，她的手轻轻地挽着陈盼的胳膊，脸上露出了新妇的喜色。

陈冼冰带着父亲在一座雕像前停下了脚步，此时的陈镜河已经无法行走了，坐在轮椅上的他佝偻着背，脖子艰难地抬着，睁大已经浑浊的双眼，仰起头凝望着雕像，一言不发。

良久，陈镜河缓缓地说道："冰子，如果哪一天我死了，你就将我的骨灰埋在这里吧，我喜欢这里。"

这是陈镜河唯一的要求，身体日渐苍老的他此刻已经不怎么说话了，每天只是安静地坐在火炉子边，安详无比。但是当他看到这座雕像的时候，陈镜河的心里面还是忍不住地激动了起来。

对于陈镜河来说，通惠河就是他最后的归宿，也是让他灵魂安息的地方。当了一辈子的河工，把一切全部都献给了通惠河。陈镜河又低低地垂下头，目光变得迷离起来。

陈冼冰点点头，凝重地说道："好。"

陈冼冰后来才知道，这里是父亲和母亲第一次相遇的地方，母亲每天都会站在这里盼望着父亲的出现，更是父亲思念亡妻的地方，同时也是父亲倒下去的地方，这里承载着父亲的一切。

而这座雕像，在陈冼冰的眼里就是父亲。

通惠河工，或许是最普通的一群人，又或许是最伟大的一群人，无论什么时候，通惠河工就是生活在河边的人。

通惠河，哺育着河边的人，而河工，则馈赠着这条母亲河。

一条河，永远都在不停歇地流淌，承载着河边的人世世代代、生生不息的记忆。记忆多了，也就变成了一种回忆，变成了一种文化,关于过去的回忆,关于通惠河的文化。

河工,世世代代都传承着一种精神,正是这种精神,让通惠河长存在人们的心中,只要有这种精神存在,那么任何人都是河工。

通惠河工,守护着通惠河,通惠河又世世代代恩惠着住在河边的万千百姓。如果要说通惠河有"河神"的话,那么,当仁不让的就是像陈镜河这样的人,他们为了通惠河奉献了自己的青春,甚至是一生。

所以,陈冼冰希望在陈镜河弥留之际,能够让他从心里得到一些宽慰。而这座雕像屹立在这里,足以宽慰父亲的心。

这是一座丰碑。

"这里很好。"陈镜河满是感慨地说道。

多年的默默付出,能够以这样的一种方式被记住,陈镜河的心里激动异常。

父亲的话虽然很简短,但是陈冼冰却能够听得懂父亲话里所蕴含着的深情,他在自己的设计方案中加入了这么一座河工的雕塑,用以纪念所有为了通惠河努力过的河工。

陈冼冰意味深长地说:"是啊,这里确实很好。"

夕阳西下,一家人站在雕像前,落日的余晖将雕像的周边镀了一层金边……

如今,一家人再次站在雕像前,但却是少了一个人。

耳边熟悉的声音不会再响起,但是对于陈冼冰来说,陈镜河的音容笑貌却一直都留在他的心里,陈冼冰相信自己永远都不会忘记。

乔雪梁坐在陈冼冰的身边,安慰地握着丈夫的手:"冼冰,不要太伤心了。爸的夙愿已经达成，现在通惠河又恢复了往日的清澈，而且比之前还要更好。这里有爸一辈子的辛苦，有你和小盼的心血，所以，爸走得很开心，没有任何遗憾。"

"是啊。"陈冼冰反手握住妻子的手，动容地说道，"最终，绕了一大圈，还是回到了这里。这里，是我的起点，也将是我的终点。以前的我总是想要逃离父亲的身边，逃离通惠河，但是，父亲点醒了我，现在的我终于能够明白，通惠河就是我们的一切。"

乔雪梁有些担忧地望着丈夫："冼冰。"

"我没事。"陈冼冰在乔雪梁的手背上轻轻地拍了拍，然后露出了一个释怀的笑容，"现在觉得，那会儿的我还真的是不懂事。我一直以来都在躲避一个事实。但是过了这么多年，却发现自己再怎么逃避，却也始终改变不了我作为一个河工儿子的身份。"

陈冼冰像是在自言自语，又好像是在和父亲聊天。

乔雪梁并没有打扰丈夫，她能够感觉得到从丈夫手心里传来的力道。

陈冼冰扭头看向了陈盼和田小果，笑着说道："而且，这个身份还会一直传承下去，我会和我的孙子说，我们是祖祖辈辈生活在通惠河边的河工，不管将来如何，这种传承都是要延续下去的。"

乔雪梁的脸上露出了赞同的神色，淡淡地说："没错，要传承下去。"

陈冼冰站起来，将黑色盒子抱在了怀里，对着陈盼说道："小盼，你和我一起来吧。"

陈盼微微一怔，看着自己的母亲，乔雪梁点点头。陈盼又看了看自己的娇妻，田小果的脸上也露出了一抹赞同的笑容，鼓励着他。

"好。"

陈盼默然地跟在陈冼冰的身边,两人一起将黑色盒子埋在了雕像之下。乔雪梁和田小果两人站在远处,看着陈家父子像是在完成神圣的仪式一样将陈镜河的骨灰埋在了他最熟悉的地方。

通惠河畔,这尊主题为"通惠河工"的雕像,在落日的余晖之下,显得是如此的熠熠生辉,就如同是披上了一层金色的霞光,它的身后是一条一直都流淌不息的清澈的通惠河……

(全文完)